KB239363

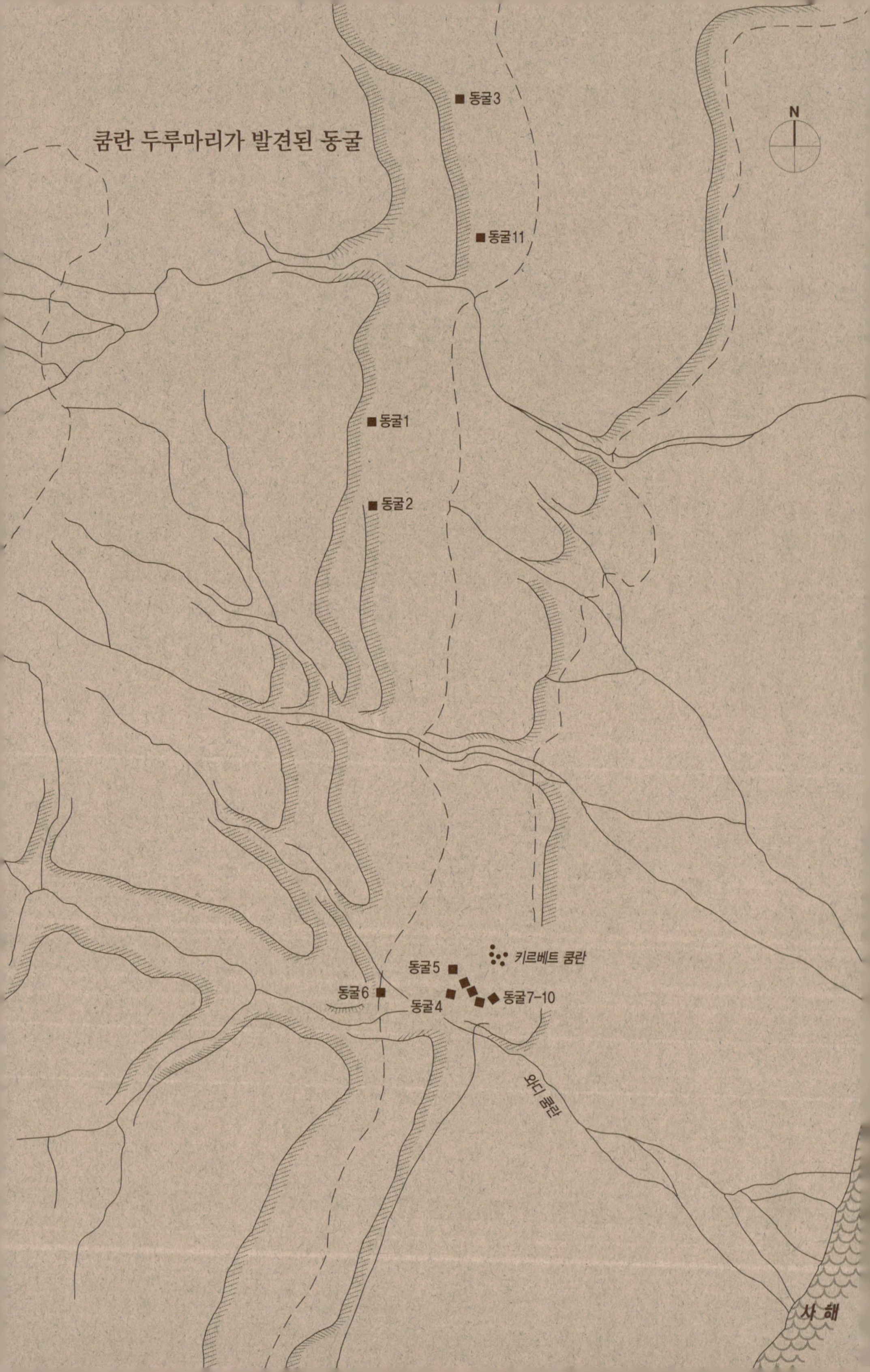

쿰란 두루마리가 발견된 동굴
N
동굴 3
동굴 11
동굴 1
동굴 2
키르베트 쿰란
동굴 5
동굴 6
동굴 4
동굴 7-10
와디 쿰란
사 해

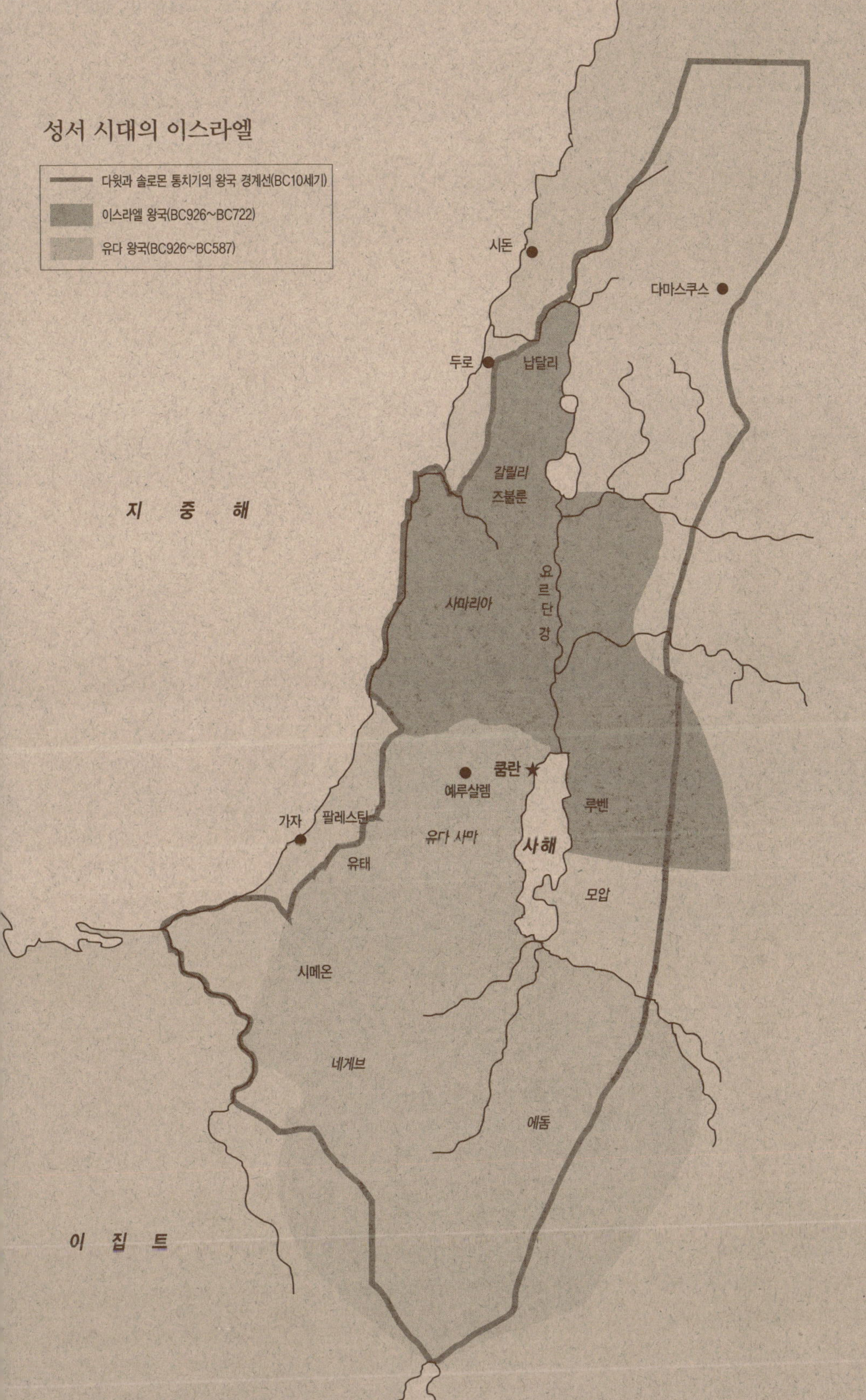
성서 시대의 이스라엘
다윗과 솔로몬 통치기의 왕국 경계선(BC10세기)
이스라엘 왕국(BC926~BC722)
유다 왕국(BC926~BC587)
지 중 해
시돈
다마스쿠스
두로
납달리
갈릴리
즈불룬
사마리아
요르단강
쿰란
예루살렘
루벤
가자
팔레스틴
유다 사막
사해
유태
모압
시메온
네게브
에돔
이 집 트

# 쿰란

Qumran

Eliette Abécassis

2

엘리에트 아베카시스 장편소설 · 홍상희 옮김

문학동네

토라 두루마리

예루살렘 유적 발굴터

통곡의 벽, 서벽이라고도 한다

통곡의 벽 앞에서
기도하는 여자들

네게브 사막

예루살렘 히브리 대학 내에 위치한 유태 교회당

베두인 족 시장

쇼파르(숫양 뿔)를 부는 예멘인

예루살렘 구도시

큰밭난

로즈 랄리에에게
그녀의 비전들 중 하나에 의해 탄생된 이 책을 바친다.

제2권

제Ⅰ권

1	2	3
א	א	A
ב	ב	B
ג	ג	Γ
ד	ד	Δ
ה	ה	E
ו	ו	Y
ז	ז	Z
ח	ח	H
ט	ט	Θ
י	י	I
כ	כ	K
ל	ל	Λ
מ	ק	M
נ	נ	N
ס	ס	Ξ
ע	ע	O
פ	פ	Π
צ	צ	
ק	ק	
ר	ר	P
ש	שׁ	Σ
	שׂ	
ת	ת	T

히브리어 문자

1. 쿰란 두루마리와 동시대의 히브리어
2. 현대 히브리어(5세기부터 정착)
3. 대응되는 그리스어

일러두기

1. 히브리어 표기는 한글 맞춤법통일안 및 『편수 자료』의 원칙을 따른 『브리태니커
   세계 대백과사전』을 기준으로 하였으나, 『브리태니커 세계 대백과사전』에 나오지
   않는 고유명사는 『공동번역 성서』와 『오픈 성경』을 따랐다.
2. 원서의 '용어 정리 Glossaire'는 본문에 원주로 처리하고, 이와 별도로 독자의
   이해를 돕기 위해 한국어판 '용어 해설'을 각권 뒤에 두었다.
3. 원주와 역주는 괄호와 각주 방식을 함께 썼다.
4. 쿰란 두루마리, 구약·신약성서, 유태교 경전과 관련된 책들은 〈   〉로 표기하였다.
5. 화보로 사용된 사진들은 주한 이스라엘 대사관의 도움을 받았다.

위에는 무엇이 있을까?
아래에는 무엇이 있을까?
이 세상 전에는 무엇이 있었을까?
후에는 무엇이 있을까?

이 네 가지 의문에 대해
한 번이라도 사색해보려 시도한 자는 누구든,
태어나지 않은 것이 그 자신을 위해 나았으리라.

바빌론의 탈무드, 〈하기야〉, 11 b.

다섯번째 두루마리

싸움의 두루마리

빛의 전진과 영원한 승리

그때 정의의 아들들은 어둠의 모든 순간들이 소멸될 때까지,
세계 방방곡곡을 점진적으로 밝히리라.
신의 순간에, 그 숭고한 위대함이
모든 시대 동안, 행복과 축복을 위하여 빛나리라.
모든 빛의 아들들에게
영광과 기쁨과 장수가 주어지리라.

키팀들이 패하게 될 그날,
이스라엘의 신 앞에서 전쟁과 가혹한 살육이 있으리라.
왜냐하면 그날은 예전부터 신께서 예정해두신 날,
어둠의 아들들을 전멸시키기 위한 전쟁의 날이기 때문이니.
그날이 되면 엄청난 살육을 위해,
신들과 인간들의 무리가 다가오리라.
불행의 그날, 어마어마한 수의 군중이 내뿜는 소음과
신들과 인간들의 외침 가운데,
빛의 아들들과 어둠의 무리는
신의 권세를 놓고 함께 싸우리라.
신에게 속죄받은 온 민족에게 그날은 비탄의 시간일 것이니,
비탄이 시작된 이래로 비탄이 끝나

결정적인 구원과 대체되는 때까지

그들의 모든 비탄 가운데, 이와 유사한 비탄은 결코 없으리라.

그들이 키팀 족과 대항하여 싸울 그날,

그 전투에서 그분께서는 그들을 살육에서 구하시리라.

세 무리의 운명이 지속되는 동안, 빛의 아들들은

불경한 언동을 뒤엎기 위해 가장 강한 자들이 될 것이다.

그리고, 또다른 세 무리의 운명 동안, 벨리알의 군대가

신의 무리를 퇴각시키기 위해 반격을 가하리라.

보병대가 용기를 사라지게 할 것이나,

신의 전능은 빛의 아들들의 마음을 다시 굳건히 하시리라.

그리고, 일곱번째 무리의 운명에, 신의 위대한 손은

어둠의 아들들을 신의 제국의 모든 천사들과

신의 무리의 모든 인간들 앞에 굴복시키리라.

쿰란 두루마리
〈어둠의 아들들에 대항하는 빛의 아들들의 전쟁〉

I

　잘못을 저지른 후, 남자와 여자는 새벽녘에 동산에서 울리는 신의 목소리를 들었다. 그때 그들은 몸을 숨겼다. 그러자 신이 남자를 불렀디. 남자는 자기가 벗고 있으므로 몸을 숨기고 있다고 대답했다. 그러자 신이 물었다. 어찌해서 네가 벗은 것을 알았더냐, 먹어서는 안 되는 그 나무 열매에서 비롯된 게 아니었더냐? 남자는 그것을 맛보았노라고 고백했다. 그리고 그것은 신이 자기 옆에 두었던 여자의 잘못이라고 자백했다. 그러자 여자는 자기를 속인 뱀 때문이었노라고 말했다. 이렇게 하여 그들은 신 앞에서 다투어야 했다. 어찌나 싸웠는지 각자가 있었던 일을 보고하고, 자기가 한 짓을 자백하고, 자기 죄값을 치르는 데 하루가 걸렸다. 왜 그들은 비겁하고 악덕하게도, 상대방에게 책임을 전가하는가! 자신이 저지른 나쁜 짓을 뉘우치지 못하고 거기서 빠져나가려고만 하는가!

　마침내 그토록 기다리던 대면의 날이 왔다. 『성서 고고학 리뷰』사 쪽에서는 심포지엄을 위해 커다란 원형 강당을 빌려두었다. 목재로 장식한 그곳의 벽들은 법정을 연상시켰다. 우리는 제일 먼저 도착한 사람들 축에 끼었다. 나는 제인이 분주히 움직이는 동안, 혼자 오거나 소그룹으로 들어오는 사람들을 관찰했다. 기자들, 교수들, 연구원들, 성직자들, 세계 각지에서 온 랍비들. 모두가 불안과 호기심 어린 얼굴로 몰려오고 있었다. 어떤 사람들은 보란 듯이 확고한 미소를 짓고 있었다. 무신론자들이었다. 아니 어쩌면, 마침내 진실이 드러나게 될 것이며, 최후의 심판이 내려질 것이라고 믿는 사람들인지도 몰랐다.
　또 어떤 사람들은 고통스러워하는 것처럼 보였다. 몇몇 텔레비전 방송국에서는 이 사건을 생중계로 방송하고 있었다. 앞으로 전개될 장면을 보고 들을 사람들 수가 얼마나 되는지 나로서는 상상하기 어려웠다. 그렇지만 나는 텔레비전 화면 앞에 있거나 혹은 이 강의실 안에 있는 사람들 중에, 아버지의 흔적을 찾는 일을 도와줄 누군가가 있기를 간절히 기도했다.
　심포지엄이 열리던 바로 그 순간, 아버지에게 무슨 일이 일어나고 있었는지 상상할 수 있었다면, 그때 내가 얼마만큼 진실에서 멀리 떨어져 있었는지, 얼마만큼 내가 잘못된 길에 들어서 있었는지, 그리고 그 순간 아버지에게서 얼마나 멀리 있었는지를 알았더라면…… 나는 미쳐버렸을 것이라는 생각이 든다.

피에르 미셀의 아파트에서 납치당한 후, 아버지는 자동차로 약 두 시간 거리에 있는 파리 교외로 끌려갔다. 그의 눈은 가려져 있었고 손은 묶여 있었다. 자동차 안에서는 아무도 단 한 마디도 하지 않았다.

그들은 곧 어느 시골집 앞에 당도했다. 아버지는 그 집의 한 방에 감금되었다. 거기서 그는 자유롭게 움직일 수는 있었다. 그러나 밖으로 나갈 수는 없었다. 납치자들은 그를 그곳에 며칠 동안이나 감금시켜두었다. 그 며칠이 그에게는 영원처럼 느껴졌다. 그들이 그에게 먹을 것을 주러 올 때면 그는 그들에게 말을 걸어보려 애썼다. 히브리어로, 아랍어로, 그가 아는 모든 언어로 질문을 던져보았다. 그러나 아무 소용이 없었다. 그 남자들은 대답하지 않았다. 아버지는 자기가 왜 이렇게 감금되어 있는지, 도대체 그들이 사기에게 바라는 것이 무엇인지조차 알지 못했다. 내 생각과 마찬가지로, 아버지도 그들이 납치하려 했던 사람이 정말 자기였는지 아니면 자기를 피에르 미셸과 혼동한 것은 아닌지 자문했다. 그는 또한 십자가 처형을 생각해내고는 아들을 끊임없이 염려했다. 감금된 채, 말을 건넬 사람도 하나 없고, 아무 할 일도 없었던 그는 한없는 낙담에 사로잡혔다. 너무 움직이지 않아 사지는 마비되었고, 계속 누워 있자니 머리가 아팠다.

그러던 어느 날, 그들은 영어로 그를 심문하기 시작했다. 그들은 육필 두루마리에 대한 정보를 원했다. 누가 그것을 가지고 있는지, 누가 그것을 찾고 있는지 알고 싶어했다. 아버지는 우리가 거기에 대해 알고 있는 것을 이야기해주었다. 그것은 별 대수롭지 않은 것들이었다.

그러자 남자들은 그를 집 밖으로 데리고 갔다. 그리고는 소형 비행기에 태워 약 여섯 시간을 날아갔다. 도착한 곳은 사막 한가운데였다. 아버지에게는 낯익은 풍경이었다. 돌투성이의 단조로운 풍경은 멀리서 모습을 바꾸고 있었다. 움푹 패고, 계곡이 형성되는 과정을 끊임없이 반복하고 있었다. 해가 지고 있었다. 하루 일을 마치고 보랏빛 언덕들을 뒤로 한 채 바삐 가축을 몰아 집으로 돌아가는 사람들 무리가 길에 가득했다. 메소포타미아 평원이었다.

*

많은 사람들이 있었다. 모두들 이 기회를 놓치지 않으려고 찾아온 사람들이었다. 수많은 연구원들이 몰려와 앉았다. 그들은 종이와 펜을 꺼내들고 이제 곧 진술될 내용들을 기록할 채비를 하고 있었다. 기자들은 서로 활기찬 토론을 벌이고 있었다. 벌써 사진을 찍는 기자들도 있었고, 신문을 열심히 읽고 있는 기자들도 있었다. 그 신문들 중 하나의 제목은 이러했다. '예수는 존재했는가? 온 시대를 통틀어 가장 위대한 고고학적인 대발견에 대한 새로운 사실.' 그 기사는 쿰란 두루마리 발견의 중요성을 설명하면서, 그 연구를 둘러싸고 있는 수수께끼를 강조하고 있었다.

조금씩 조금씩 토론이 소그룹별로 형성되었다. 대결의 시간이 왔음을, 어쩌면 최종 대결의 시간이 왔음을 느끼는 듯, 랍비들과 사제들이 눈에 띄지 않게 조금씩 다가섰다. 이 심포지엄이 끝나면, 마지막 의혹까지 걷힐 것이며 더이상은 속이는 것이 불가능하리라는 것을 그들은 알고 있었다. 그러면 옳지 못한 신앙은 순수한 신앙에, 혹은 배교(背敎)에 자리를 내주어야만 할 것이다. 진실은 백일하에 드러날 것이며, 그 앞에서 수세기에 걸친 이데올로기와 반(反)계몽주의, 무지와 거짓말은 무너지고 말 것이다.

때론 극단적으로 예절을 갖춘 대화, 전 기독교인의 의도가 합치된 듯한 이야기가 이어지다가 가장 격렬한 언쟁이 뒤따랐다. 점점 더 멀리서 열띤 대화의 토막토막이 들려왔다. "예수는 에세네인이 아니었어" 혹은 "세례 요한이 실제로 존재했다는 것은 확실해. 그렇지만 역사적인 인물로서의 예수는 그렇지 않아……" 어떤 사람들은 '신성모독' '거짓말' '지옥'이라는 단어들을 마치 무기처럼 휘두르고 있었다. 마침내 원형 강당은 가득 메워지고 군중들이 주고받는 말들은 거대한 웅성거림이 되어 뒤섞였다.

제인이 작고 뚱뚱한 남자와 함께 다시 돌아왔다. 그 남자는 극도의 흥분 상태에 빠져 있는 듯이 보였다. 우리가 그토록 찾던 사람, 피에르 미셸이었다. 우리 셋은 맨 앞줄에 자리를 잡았다.

피에르 미셸은 자신의 발표를 위해 준비해두었던 서류들을 열에 들뜬 목소리로 다시 읽기 시작했다. 그는 탐색하는 듯한 시선을 주위에 끊임없이 던지고 있었다. 그런 그를 관찰하면서 나는 생각했다. '이건 세번째 범주의 인간이로군. 이자는 이 세상에 두번째로 다시 태어나, 전생에 지은 죄를 속죄하려 하고 있어.' 오른쪽 뺨에는 수직으로 난 흉터 자국이 있었고, 주름살들이 깊게 패어 있었다. 그는 피곤한 기색이었다. 그러나 가장 놀라운 것은 그의 두 눈이었다. 그의 두 눈에는 어떠한 광채도 없었다. 표정 없이 거의 텅 빈 그 눈은 인형이나 헝겊으로 만든 장난감의 눈동자처럼 고정되어 있었다.

"무얼 두려워하시는 겁니까?" 나는 그에게 속삭였다.

그는 놀라서 내 쪽으로 고개를 들어올리며 대답했다.

"종교재판소의 판사들이오. 신앙교리 수도회의 판사들이지요. 나는 그자들을 떠났소. 그들은 그 때문에 나를 용서 못 하는 것이오. 당신이 내 의견을 듣고 싶다면, 말하겠소. 이 모든 살인 뒤에는 그자들이 있소. 그들은 예수에게 저질러졌던 일에 대해 복수하고 있는 것이오. 그자들이 편집광들처럼 제식적인 행동을 반복하고 있다는 것을 모르시오? 이제는 내가 그들 리스트에 올라 있소. 그 이유는 내가 너무 많은 것을 알고 있기 때문이오. 1987년 쿰란에 관한 강연회 때 내가 아는 사실의 일부분을 폭로함으로써 내가 그들을 배반했기 때문이오. 바로 그 직후부터 위협은 시작되었소. 위협이 어찌나 심각했던지 나는 두루마리들을 가지고 몸을 숨겨야 했소. 이제 아시겠소, 나는 내 목숨 때문에 두려워하고 있는 것이오. 그 이후로 나는 잠을 이루지 못하오. 그들이 나를 찾아내면 어쩌나 하는 공포 속에 숨어서 살고 있소. 내 말하건대, 그들이 목표한 다음 희생자는 바로 나요."

첫번째 발표자들이 연단에 자리잡았다. 역사학자, 문헌학자, 철학자 들이었다. 제인은 쿰란 계(界)를 맴도는 몇 명의 유명한 대학교수들을 내게 소개시켜주었다. 세례 요한은 저 유명한 정의의 스승이었으며, 예수는 불경한 사제였다는 주장을 폈던 시드니 대학의 미셸 브론필드도 있었다. 1948년 오제의 두루마리의 가치를 처음으로 인정한 몇몇 사람들 축에 끼었던 피터 프로스트도 있었다. 또 두루마리들에 관해 연구한 모든 책들, 소논문들 혹은 출판물들에 대한 철저한 목록을 작성하면서 은퇴생활을 보내고 있는 대학교수 에모리 스코트도 있었다.

중키에 어깨가 떡벌어진 한 남자가 갑자기 우리 옆에 와 앉았다. 그의 얼굴 양쪽으로 기른 시커멓고 널찍한 구레나룻은 파피요트처럼 보였다. 제인은 그를 내 쪽으로 오게 했다. 바르텔르미 도너스, 『성서 고고학 리뷰』지의 편집장으로 제인을 고용한 사람이었다. 그는 한창 기쁨에 들떠 있는 것처럼 보였다.

"반갑습니다. 제인에게 이야기 많이 들었습니다. 오늘같이 굉장한 날 이렇게 자리를 함께 해주셔서 기쁩니다. 내가 쿰란 두루마리들의 출판이 언제 마무리될 것인지 알려달라고 요구했을 때, 사람들은 코웃음쳤습니다. 나를 비웃었지요. 그때부터 나는 이날을 기다려왔습니다. 그런데도 예루살렘 고문화재 관리부는 여태껏 사라진 두루마리를 되찾기 위해 아무런 노력도 안 하고 있어요…… 이해가 안 됩니다. 하지만 이제는 모든 사람들이 그 육필 두루마리를 읽을 수 있어야 할 때입니다. 작년 11월에 저는 프린스턴 심포지엄에서 심지어 존슨과 직접 맞서기도 했었지요. 두루마리의 사진에라도 접근하게 해달라고 그에게 요구했었습니다. 당연히 그는 거절했지요. 게다가 그는 자기 동료들이 내게 화를 내도록 만들었습니다. 강연회 때 그는 앞으로 미출판된 육필 두루마리에 대한 언급은 피하겠다고 선언했습니다. 요리는 먹을 수도 없으면서 메뉴를 읽는 것 같은 일이기 때문이라나요. 그는 매스컴에서 내게 빈정거리는 말을 퍼부었소. 『굿모닝 아메리카』에서 그는, 나를 겨냥하고 이런 말을 던졌어요. '유일한 소일거리라고는 우리 주위를 맴도는 것밖에 없는 파리떼가 있는 것 같습니다.' 그런 그를 위해 내가 뭘 준비했는지 아십니까?"

그는 서류 가방 속에 손을 넣어 잡지 표지의 원본을 자랑스럽게 꺼냈다.

"『성서 고고학 리뷰』의 다음호 표지입니다."

실물보다 못 나온 폴 존슨의 확대 사진이었다. 면도도 잘 안 한 데다가, 머리에는 기름때가 끼여 있고, 흘겨보는 듯한 눈에 입끝이 흉칙한 씰룩임으로 일그러져 있었다. 텔레비전 화면으로 테두리가 쳐진 사진 위에는 파리떼에 관해 존슨이 쓴 문장이 굵은 활자체로 찍혀 있었다. 그 문장엔 존슨과 그의 국제팀 주위를 심술궂게 붕붕거리며 맴도는 듯한, 저명한 대학교수들을 벌들로 그린 삽화가 곁들여져 있었다. 나는 웃음이 터져나오는 것을 참을 수가 없었다. 분명 많은 사람들이 존슨을 증오하고 있음을 확인할 수 있었다.

이 심포지엄의 회장인 도널드 스미스 교수의 개회의 말이 있었다. 두루마리의 발견 이후로 있어온 연구가들 사이의 표절에 대한 간단한 연설이었다. 그는 수많은 표절의 예를 들었다. 번역의 오류를 포함해서, 특히 다른 작품의 페이지를 거의 그대로 베껴쓰다시피 한 어느 책의 구절을 인용했다. 그는 이런 수법에 대해 혹독하게 비난하는 것으로 끝을 맺었다.

그 다음에는 뉴욕 고대 필사본 센터의 한 교수가 연구자들의 소위 '소유욕'이라는 것에 대해 비난했다. 연구가들은 벌써 수년 전부터 힘들여 연구하고 있으나 그 결과는 전혀 볼 수가 없다는 것이었다. 그러자 연단에 있던 연구가들 중 한 사람이 대답했다.

"그렇지만 그건 장기적인 작업입니다. 우리는 그와 함께 동시에 진행해야 할 다른 업무들이 많아서 빨리 진척시키기가 어렵습니다."

그러자 교수가 이렇게 반박했다.

"그건 아무도 속지 않는 핑계일 뿐입니다. 차라리 지적인 검열이라고 이야기합시다. 누구나 검열을 두려워합니다. 혹은 누구나 검열을 행합니다. 내가 보기에, 그 두루마리들은 혁명적인 중요성을 갖고 있습니다. 그 두루마리에 접근하지 못하는 것이 나로서는 유감입니다. 그것을 볼 수만 있다면 내 가설을 증명할 수 있을 텐데 말이오."

그는 사해 두루마리가 뜻밖에도 지난 세기 동안 성서 텍스트들이 위조되고 변질되었다는 증거를 보여준다고 설명했다. 왜냐하면 성서 텍스트들과는 달리, 사해 두루마리들은 검열을 받지 않았기 때문이라는 것이었다. 기독교와 유태교는 둘 다 좀더 심오한 메시아 신앙에서 나온, 품위가 떨어지는 이데올로기여서, 메시아 신앙의 뒤늦은, 왜곡된 메아리에 불과할 뿐이라는 것이 그의 가설이었다. 그의 주장에 따르면 유태교는 에세네 종파를 거쳐 메시아 신앙으로 발전했으며, 에세네 종파는 끝내 기독교를 낳았다는 것이다.

　연단에 있던 대학교수들 대부분은 이러한 주장을 못마땅하게 여겼다. 그리고 지난 몇 세기 동안 교회가 성서 텍스트에 가한 검열과 변형 작업에 대한 토론이 이어졌다.

　마침내, 폴 존슨이 발언할 차례가 되었다. 피에르 미셸은 자기 자리에서 점점 더 안절부절못하고 들썩였다. 그는 우리 쪽으로 몸을 숙여 말했다.

　"나를 죽이려 하는 자가 바로 저 남자요. 내가 수도원을 떠난 이후 그는 사람들을 풀어 나를 찾고 있어요. 난 저 사람을 잘 알아요. 필사본에 대해 함께 연구했으니까. 존슨이란 이름은 그가 미국에 이민간 후부터 쓴 차명이오. 실제 이름은 미지크지요. 처음에, 우리가 이스라엘 고고학 박물관의 스크롤르리에서 일하고 있을 때, 그는 우리 모두에게 육필 두루마리를 보게 해주었소. 그렇게 해서 리르노브가 육필 두루마리 해독을 시작했어요. 그렇지만 자기가 발견한 사실을 받아들일 수 없었던 리르노브는 그 두루마리를 미예에게 맡긴 후 자살해버렸소. 그래서 미예가 그 두루마리 연구를 시작했지요. 그 속에 담겨 있는 사실을 깨달은 미예는 존슨에게 그것을 알렸고, 존슨은 그를 없애버리기로 결심했지요. 마티가 그의 육필 두루마리 해독을 위해 왔다가 아무것도 발견하지 못했던 그날을 난 아직도 기억해요. 우린 두건을 푹 눌러쓴 채 웃고 있었어요. 왜냐하면 우리는 그걸 누가 가지고 있는지 모두 알고 있었으니까 말이오. 그때 존슨은 내게 그 육필 두루마리를 주며 아무에게도 말하지 말고 연구하라고 했지요. 그 두루마리 속에 담겨 있는 진실을 내가 폭로하기 시작했을 때, 그는 내게 그 두루마리를 반환할 것을 요구했소. 내가 거절하자, 그는 나를 위협했고, 그것을 되찾으려 사람을 풀어 내 뒤를 쫓게 했어요. 저 남자는 무슨 짓이든 저지를 채비가 되어 있어요. 심지어……"

그 순간 존슨과 미셸의 시선이 마주쳤다. 존슨은 놀란 것 같았다. 한순간 미셸을 뚫어지게 보더니 다시 연설을 시작했다.

"사해 육필 두루마리는 예수에 관한 어떤 새로운 사실도 가져다 주지 않습니다."

등뼈를 타고 흐르는 전율처럼 떠들썩한 웅성거림이 강연장 안을 휩쓸었다.

*

엔진의 부르릉거리는 소리가 사막의 침묵을 메웠나. 자동차 한 내가 그들을 데리러 왔디. 그들은 그 차를 타고 사마리아인*들이 살고 있는 어느 외딴 마을로 갔다. 그들은 어떤 집으로 아버지를 들여보냈다. 성경에 나오는 세겜이라는 고대 도시, 나불루스**라

---

* 지금은 거의 멸절된 유태인 공동체. 이들은 자신들이 기원전 722년 아시리아가 이스라엘을 정복했을 때 포로로 잡혀가지 않은 고대 사마리아 지방 유태인들의 후손임을 주장했다.

** 1967년 이후로 이스라엘이 점령하고 있는 웨스트뱅크(요르단 강 서안)에서 가장 큰 도시. 나중에 생긴 이 도시는 고대 도시 세겜과 동일한 곳이 아니었는데 거의 이천 년 동안이나 밀접하게 연관지어졌다. 랍비들의 문헌과 초기

는 아랍 도시가 내려다보이는 집이었다.

아버지는 사마리아 사람들을 알고 있었다. 이 민족은 성서로서
는 오직 구약의 〈모세 오경〉과 〈여호수아〉*만을 인정하고, 다른
모든 성경의 글들은 배척했다. 그들은 그들의 산 꼭대기 위에 진
짜 신전인 신의 집이 서 있던 것이며, 우상 숭배자인 솔로몬이 예
루살렘에 가짜 신전을 세운 것이라고 믿고 있었다. 율법학자들이
며 〈모세 오경〉을 다시 베껴쓴다는 점에서, 그들은 에세네인들과
공통점을 갖고 있었다. 그들은 하루에 대여섯 시간 동안 이십오
미터짜리 두루마리를 베껴쓰는 일을 했고, 일곱 달마다 두루마리
를 하나씩 완성했다. 그들은 천문학과 미래의 예견에도 몰두했다.
그것은 모세가 그의 유태 민족과 함께 이집트 파라오의 궁에서
이끌고 나왔던 한 종파로부터 물려받은 전통이었다. 미래 예측의
방법은 아론(구약 속의 인물. 모세의 형으로 유태 최초의 대제사장이
됨—옮긴이) 시대 때부터 보존되어온 어느 서적에 담겨 있었다.

억류되어 있긴 했지만 아버지는 그 집에서 조금이나마 휴식을
취했다. 며칠 후 사마리아인들은 옷가지들을 싸고 식량을 모아서
언덕 꼭대기, 그리짐 산**에 있는 또다른 거처로 갔다. 거기서 얼

기독교 문헌들은 나불루스를 고대 세겜으로 여기고 있으며, 현재까지도 히브
리어로는 세겜이라 한다.

* 구약성서 가운데 여섯번째 책. 주된 등장인물의 이름을 따서 제목을 붙인
이 책은 유태교 정경(正經)의 전기(前期) 예언서 가운데 첫권으로서, 이스라
엘 민족이 약속의 땅 가나안을 정복한 이야기를 전한다.

** 팔레스타인 중부 사마리아에 있는 산. 구약성서에 따르면 그리짐 산은 하
느님이 이스라엘 백성에게 은총을 약속한 곳이다. 유태인 소수 집단인 사마리
아인들은 고대 유태의 제2성전시대(기원전 4세기) 초에 예루살렘 대신 이 산

마 떨어진 곳, 올리브 나무 숲 옆에 샘이 하나 흐르고 있었다. 좀 더 먼 곳에는 나불루스 시가 나무 덤불들이 군데군데 흩어져 있는 언덕 허리에 자리잡고 있었다. 아버지는 이것이 순례라는 것을 깨달았다. 이집트에서의 탈출을 기념하는 유월절 기간 초반이었다.

그는 또다른 집에 감금되었다. 그 집은 사제들의 거처로, 천지 창조 이래로 가장 오래된 책, 삼천육백 년이나 묵은 『아비슈아의 토라』라는 유명한 책이 보존되어 있는 곳이었다. 그 소중한 필사본이 보존되어 있는 성막을 열기 위해서는 세 개의 열쇠가 필요했다. 각각의 열쇠는 각기 다른 사제에게 맡겨져 있었다.

아버지는 그들의 의식 중 한 행사에 참여했다. 세 명의 제식 집행자들이 성막을 가리고 있는 비로드로 된 조그만 텐트 뒤로 사라졌다. 그리고는 기도 숄을 두르고 다시 나타났다. 그들 중 한 사람이 금실로 수놓인 비단에 싸인 몇천 년 된 토라를 들고 있었다. 그는 토라를 나무 의자 위에 내려놓았다.

그러자 사제들은 장엄하게 그 소중한 포장을 걷어냈다. 그리고 은으로 된 두 개의 둥근 손잡이 위에 조심스럽게 손을 얹어 뚜껑을 돌렸다. 두루마리는 세 부분으로 펼쳐졌다. 낡은 양피지는 고대 문자들이 새겨진 하얀 맨살을 드러냈다. 그들은 장롱에서 제식 집기들, 키두시(포도주를 마시기 전에 하는 기도—원주) 때 쓰는 금과

에 성전을 짓고 신도들을 교화했다. 이들은 주로 산비탈이나 나불루스 가까운 곳에 살면서 지금까지 성서에 나오는 그대로 유월절에 어린 양을 제물로 바치는 의식을 지내고 있으며, 이 의식은 많은 관광객들의 관심을 끌고 있다.

보석으로 상감된 잔들과, 지품천사들, 그리고 키푸르* 날 여호와
의 성전의 대제사장이 가지고 있던 열두 개의 보석들이 박힌 판
을 꺼냈다.

아버지가 사마리아인들의 전설을 기억해낸 것은 바로 그때였
다. 그리짐 산 위에 있던 그들의 성역은 기원전 135년에서 104년
사이에 유태인 왕이자 대제사장인 요한 히르카누스 1세에 의해
파괴되었던 것이다. 전설에 따르면 사마리아인들은 자신들이 여
호와의 성전의 보물 일부분을 갖고 있으며, 그것은 메시아가 올
때 꺼낼 것이라고 말하고 있었다. 아버지는 〈청동 두루마리〉의 한
문장을 떠올렸다.

그리짐 산 위,
높은 입구 아래,
옷장이 있네, 그 내용물과
은화 육십 달란트가 있네.

그러니까 아버지를 납치한 사람들은 사마리아인들의 보물을 되
찾기 위해 이곳에 온 것이었다. 그렇지만 사마리아인들은 그것을
왜 그렇게 쉽게 내주는 것일까? 돈을 받고 그러는 것일까? 아니
면 무슨 다른 것을 받았을까? 왜 그로 하여금 이 거래를 목격하
게 하는 것일까?

---

* 욤 키푸르 Yom Kippur, '대속죄일'이라는 뜻으로 유태인의 성일(聖日) 10월
6일을 말한다.

의식은 계속됐다. 쇼헤(제식의 도살자—원주), 제물을 바치는 자가 날카로운 긴 칼을 들고 나타났다. 모두들 유태 교회에서 나왔다. 여자들, 어린아이들, 노인들, 젊은이들이 분주하게 움직였다. 그들은 술 달린 붉은 터키 모자를 쓰거나 발목까지 내려오는 줄무늬 원피스를 입고, 유월절 제물 공여를 준비하고 있었다. 젊은이들은 울타리를 준비하고, 땅에 불 피울 자리를 팠다. 장작을 가져오고, 짚단과 진흙을 준비하고, 물을 가득 담은 대야들을 갖추어놓고, 긴 꼬챙이들을 다듬었다. 다른 사람들은 피의 응고를 막는 특성이 있는 히숍(꿀풀과 식물—옮긴이)과 쓴 풀들을 따러 갔다. 사마리아인들은 그것들을 사용하여 어린 양들의 피를 보존해두었다가, 그들의 전통대로 대문 위를 가로지른 나무에 칠하는 것이다.

아버지는 자기를 방에 감금해두다가 왜 지금 이 축제에 데리고 나왔는지 그 이유를 생각하고 있었다. 도망친다는 것이 전혀 불가능하도록 두 명의 사마리아인이 그를 바싹 에워싸고 있었디. 제물 공여를 위한 모든 준비가 끝났다. 제단, 세물 바치는 사제, 칼과 어린 양. 그런데 제단이 두 개가 있었다. 큰 제단과 그 옆에 있는 그보다 작은 제단. 큰 것은 아마도 어린 양을 바치는 제단일 터였다. 그러면 작은 제단은…… 어떤 동물을 바치는 것일까? 제의에 필요한 모든 것이 거기 준비되어 있었다. 제단, 칼, 제물 바치는 자, 그러나 제물로 희생시킬 대상은 없었다.

그가 아니라면.

                                    *

　폴 존슨이 연설의 결론을 계속 길게 늘어놓고 있었다. 그 동안
피에르 미셸은 눈에 띄게 불만스러운 표정으로 다리를 떨고 있었
다.
　존슨이 말했다.
　"사해 두루마리가 우리에게 밝혀줄 수 있는 것은 고작해야 예
수가 어떻게 살았나 하는 것과 기독교가 어떤 사회 환경에서 생
겨났는가 하는 것입니다. 제 목표는 역사적인 관점에서 그 육필
두루마리가 씌어진 주변 상황을 밝히는 것입니다. 여기서 말하는
주변 상황이란 물론 유태교입니다. 그렇기 때문에 저는 지금부터
에세네 종파가 그 두루마리들을 썼던 시대와 그 이전 시대에 무
슨 일이 일어났는가를 엄밀하게 역사적인 관점에서 여러분께 말
씀드리고자 하는 것입니다."
　그리고 나서 그는 이런저런 것들에 대해 긴 연설을 시작했다.
그러나 육필 두루마리에 대한 주제는 교묘히 언급을 회피했다. 이
따금씩 그는 두려움 섞인 증오의 눈으로 자신을 위아래로 훑어보
는 피에르 미셸의 시선과 마주쳤다. 그럴 때마다 피에르 미셸은
너무나 놀라서 어이가 없다는 듯, 온 하늘을 자신의 놀라움에 대
한 증인으로 삼듯 몇 번이나 눈을 천장으로 돌렸다. 피에르 미셸
은 점점 더 격분하는 듯 보였다.
　갑자기 그가 자기 자리에서 벌떡 일어섰다. 그는 마침내 더이상
참을 수 없다는 기색으로 연단으로 올라갔다. 그리고는 자기 앞에
종이들을 펼쳐놓고 마치 적수를 훑어보기라도 하듯 잠시 청중을

바라보았다. 존슨은 때론 위협적이고 때론 불안한 시선으로 미셸을 쏘아보았다. 존슨은 입을 다물고 있었다. 연단에 있던 다른 사람들도 감히 항의하지 못했다. 가장 중요한 서류들을 가지고 있는 사람이 피에르 미셸이라는 걸 알고 있는 참석자들은 숨을 죽이는 것 같았다. 장내에는 완벽한 침묵이 자리잡았다. 그때였다. 희망도 동정심도 없는 예언자의 새로운 예언처럼 피에르 미셸이 떨리는 목소리로 말했다.

"거짓으로 점철된 몇 세기가 지났는데도 다시 이런 위선으로 끝맺음을 하도록 내버려둘 수는 없습니다."

그는 단어 하나하나를 발음할 때마다 마치 최종 공격을 위해 북을 두드리듯 단상을 주먹으로 내리치며 말했다.

"유태인들이나 기독교인들은 왜 진실을 말하지 않는 겁니까? 왜 우리에게 거짓말을 하고 왜 그렇게 두려워하는 겁니까?"

그는 존슨 쪽으로 몸을 돌리며 말했다.

"우리는 길을 찾아가는 길 잃은 어린 양들입니다. 우리는 길을 잃었는데도 이미 접어든 그 길을 그저 끊임없이 다시 가고 있을 뿐입니다."

그리고는 다시 청중들을 바라보며 말을 이었다.

"두루마리의 나이를 알고 싶으십니까? 두루마리들이 예수에 대해 말하고 있는지 혹은 예수에 대해서는 암시조차 하지 않는지 알고 싶으십니까? 예수가 실제로 존재했었는지, 아니면 그저 신화에 불과한 것인지 알고 싶으십니까? 예수가 존재했었다면, 에세네인이었는지 바리새인이었는지, 어떤 종파에 속했었는지? 그가 존재했었다면, 누가 왜 그를 죽였는지 알고 싶으십니까? 아니면 여러분은 계속 어린아이로 취급당하고 싶으십니까?

신자 여러분, 여러분은 의도적인 몽매 속에서 만족하고 있습니다. 여러분은 우상을 숭배하면서 그 우상을 여러분 신앙의 논거로 삼고 있다고 주장합니다. 여러분은 진실이란 똑바로 확고하게 바라보는 것이 불가능하다고 판단하는 사람들을 증오하지 않습니다. 여러분은 모르는 쪽을 선호합니다.

무신론자 여러분, 여러분은 여러분이 살고 있는 이 세상을 빚어가는 기독교에 대해 이야기하는 것을 더이상 듣고 싶어하지 않습니다. 신자들과 그들이 가진 바보 같은 믿음을 비웃습니다. 그러나 여러분이 그들을 경멸하는 것은 여러분의 내면 깊은 곳에 깔려 있는 더 높은 차원의 요구에 의해서라는 것을 아십니까? 비신도 여러분, 여러분은 믿지 않는다고 생각하시겠지요. 그렇지만 여러분은 여러분이 가진 불만의 끝까지 가볼 용기도 내보지 못하고, 다른 사람들보다 더욱더 믿고 있는 것입니다.

자, 그럼 이제 제가 여러분에게 쿰란에서 실제로 무슨 일이 일어났었는지 말씀드리겠습니다. 어떤 사람들에게는 제가 세례를, 새로운 탄생을 가져다 줄 것입니다. 몽매의 세기 동안 쌓인 모든 군더더기들로부터 여러분을 정화시킬 것입니다."

그때 청중 한 사람이 그의 말을 끊었다.

"쿰란 텍스트는 중세의 것입니다."

그러자 피에르 미셸이 응수했다.

"그러니까 기독교의 기원과는 아무런 관계도 없을 것이다, 당신이 내리고자 하는 결론은 이것이지요?"

"그렇소! 그것은 기원후 2세기 혹은 3세기 것이오."

또다른 사람이 말했다.

피에르 미셸은 마이크 속에서 떨리는 목소리를 높이며 대답했다.

"그렇다면, 관계가 있다면, 그 관계는 중요하지 않을 것입니다…… 그렇지만 반대로, 기독교 시대 '바로' 앞의 세기 동안 그 두루마리가 씌어졌다면, 그 두루마리들은 기독교뿐만 아니라 유태교에도 막대한 중요성을 띠게 됩니다. 그런데 그 두루마리에서 묘사되고 있는 공동체는 박해를 받은 듯한 어떤 정의의 스승에 대해 말하고 있습니다. 그 기록 날짜가 그토록 중대한 문제인 것은 바로 이 때문입니다. 여기에 어떤 문제가 걸려 있는지 이제 여러분들은 놓치지 않고 파악하셨을 것입니다. 바로 기독교의 기원에 관한 것입니다. 본질적인 문제는, 초기 기독교인들이 에세네 공동체 소속이었을까 하는 것입니다.

신자들에게도, 역사적인 질문에는 역사적인 답변이 주어져야 합니다. 이천 년 전부터 기독교의 기원과 의미에 관한 교회의 답변은 명백합니다. 예수는 유대만을 위해서가 아니라, 모든 나라를 위해서 성경을 완성하러 온 메시아라는 것입니다. 예수는 신께서 보내신 자입니다. 신께서는 그를 유태인으로 만들었습니다. 그러나 예수의 가르침은 유태교의 가르침과는 근본적으로 구별됩니다. 그런데 그 두루마리가 이러한 비전에 침해를 가한다면, 그 두루마리가 우리로 하여금 예수와 초기 기독교인들이 유태교의 한 종파에서 나왔다는 사실, 그리고 이 유태교 종파가 초기 기독교와 거의 동일한 성례와 조직을 갖고 있었다는 사실을 인정하지 않을 수 없게 한다면, 결함은 바로 수세기 동안의 믿음에 있는 것입니다. 그렇다면, 수세기 동안의 무지와 배척은 결정적인 선고를 받게 되는 것입니다. 그렇게 되면 역사적 사실들로부터 결과를 이끌어내야 할 것이며, 기독교는 초감각적인 차원의 개입에 의해 탄생된 것이 아니라 사회적이고 자연 종교적인 발전의 결과라는 것을 불가피하게 인정해야 할 것입니다.

그 두루마리들은 우리에게 어떤 사실을 드러내주는가? 저는 여러분께 아주 분명하게 말씀드리겠습니다. 예수 탄생 후 삼 세기 동안, 에세네 파, 그노시스 파, 크리스티아노스, 이렇게 세 종파가 있었고, 이들 사이에는 격한 이데올로기적 갈등이 있었습니다. 이 두루마리들은 기독교가 유태에서 성인들에 의해 전파된 믿음이 아니라, 유태교의 많은 분파들 중 하나였다는 것을 우리에게 가르쳐줍니다. 이 분파는 바로 에세네 파입니다. 이 분파는 세계의 다른 종교들과 접목되어 독자적인 믿음 체계를 형성하면서 기독교가 됩니다. 바리새 파라는 유태교의 또다른 분파는 랍비 전통을 높이 숭상하고, 토라를 장려하며, 탈무드를 성경보다 더 계시를 받은 텍스트로 장려했습니다. 이 바리새 파는 이교도의 세계에 영향을 받긴 했지만 그 정도는 미미했습니다. 바리새 파는 우리가 오늘날 알고 있는 유태교가 됩니다. 그렇지만 유태교 근본주의론자들은 예외입니다. 이들이라면 저는 오히려 바리새 파보다 에세네 파 계보에 위치시키겠습니다."

"그 두루마리들은 가짜요."

또 누군가가 말을 끊었다. 그러나 그는 곧 질서를 유지하라는 회장의 주의를 받았다.

그런데 또다른 자가 나섰다.

"그 두루마리는 카라이트 종파의 것이오. 10세기로 연대를 잡아야 합니다."

피에르 미셸은 침착하게 답변했다.

"카라이트라는 유태교 종파는 기원후 8세기에 바빌로니아와 페르시아, 시리아 그리고 이집트뿐만 아니라 팔레스타인 전역에 걸쳐 흩어져 있었습니다. 11세기에 이 종파는 이 지역에서 쇠퇴했습니다. 반면 유럽에서는 막대한 발전을 하고 있었습니다. 그 두드러진 특성은 신앙 규칙에 있어 성경을 문자 그대로 해석한다는 점이었습니다. 그럼에도 불구하고, 고고학적이며 고문서학적인 발견들은 이 종파와 쿰란 사이의 그 어떤 연관성도 부인하고 있습니다.

물론, 두루마리의 연대 결정이 여러분들에게 두려움을 준다는 것은 이해합니다…… 사실 놀라운 일치 사항들이 있습니다. 교회의 신부들에 의해 거부당한 글들 중에서는, 구약과 신약의 외경(外經)과 위경(僞經)도 있습니다 이건 분명히 우연이 아닙니다. 여러분도 아다시피 '외경'이라는 말은 '숨겨진'이라는 뜻입니다. 그 텍스트들이 배제된 것은, 텍스트들의 의미가 신도 대중들에게는 알려지지 않고 숨겨진 채 오로지 몇몇 드문 입문자들만 그 의미에 접근할 수 있기를 원하는 사람들이 있었기 때문이라고 나는 생각합니다. 기독교 시대 초기에는 비교(秘敎)의 서적들이 많았다는 것과, 그 글들이 원래의 기독교를 이해하는 데 매우 중요하다는 사실을 잊지 맙시다. 주장하건대, 그 글들은 우리가 사해 육필 두루마리를 해석할 수 있게 해줍니다. 그건 사해 두루마리가 반대로 외경들을 설명해주는 것과 같습니다. 놀랄 만한 일치점들이 있으니까요……."

　피에르 미셸은 잠시 말을 멈추고 물을 한 모금 마셨다. 그리고
는 서류 가방에서 희끄무레한 천으로 둘러싼 꾸러미를 천천히 꺼
냈다. 그것을 펼치자 두루마리가 하나 드러났다. 나는 그것이 사
해 육필 두루마리 중 하나임을 즉시 알아보았다. 그는 그 두루마
리를 머리 위로 들어올려, 그 자리에 모여 있는 모든 사람들에게
보여주었다. 사람들은 입을 벌린 채 바라보았다. 그것은 밝은 갈
색의 아주 얇은 고대 양피지였다. 시간과 벌레들과 습기가 좀먹
어, 좀더 짙은 색의 얼룩이 군데군데 반점처럼 번져 있었다. 그 두
루마리는 양 끝이 안쪽으로 말려 있었다. 그것은 마치 자기 자신
의 대담성에 질려, 펼쳐 보이기를 망설이는, 진리의 불경한 알몸
을 드러내기를 주저하는 수줍은 두 팔 같았다. 스스로 오그라든
그 양피지 두루마리는 너무나 섬세하고 약해 보여, 우리가 보는
앞에서, 아무도 그 내용을 알지 못한 채 먼지로 부서져버릴 것 같
았다. 천 갈래로 갈라져 영원히 사라져버릴 수도 있을 것 같았다.
그토록 수많은 세기가 흐르는 것을 보아온 너무도 오래된 양피지
였다. 그 길고도 긴 고난을 마침내 끝내고, 마지막 한숨을 내쉬며
마지막 먼지로 날아가버리기 전에, 양피지는 해야 할 이야기를 하
려는 듯했다. 쉽게 망각하는 인간에게 이제 더이상 증거, 확신의
증거물이 아니라, 하나의 추억, 생각, 역사, 형언할 수 없는 덧없는
역사의 흔적의 흔적, 하나의 기도, 부모들과 자식들을 위하여 그
리고 자식들의 자식들을 위하여 내세우는 하나의 이름이 되어버
리기 전에, 자기가 해야 할 이야기를 하려는 것 같았다. 이제 곧

그 두루마리는 자신이 단지 버팀대 역할을 해주었던, 자기 위에 새겨진 단어들에게 권좌를 물려주고 퇴위할 것이다. 이미 그 두루마리는 물질과 비물질 사이, 현실과 상상 사이에서 망설이고 있었다. 영원히 새겨지고, 영원히 사라져버리고, 영원히 되찾은 이 단어들에 대한 순수한 기억과 정신 사이에서 주저하고 있었다. 그것은 어찌나 오래 견디고 싸웠던지, 그리고 얼마 전부터 얼마나 긴 여행을 했던지, 지치고 고단하여 이제 힘이 막바지에 다다른 것 같아 보였다. 그러나 지금은 모든 사람이 보고 듣는 앞에 엄연히 현존하고 있었다. 아직 만질 수 있었다. 왜냐하면 그것은 아직 자기 사명을 다하지 않았으며, 그 갈피 속에 마침내 말해야 할 무언가를 간직하고 있기에.

피에르 미셸이 강한 목소리로 다시 말을 이었다.

"예수가 존재했었는지, 그가 누구였는지 여러분은 알고 싶습니까? 이 육필 두루마리가 그 해답을 줍니다. 제기 그 답을 여러분에게 전해드리겠습니다. 네, 예수는 존재했습니다. 이 육필 두루마리는 그것에 대해 말하고 있습니다. 그런데, 아닙니다. 예수는 여러분이 믿고 있는 그 사람이 아닙니다."

굉장한 소란이 장내에 일었다. 그러나 모든 눈동자는 피에르 미셸이 아직도 머리 위로 치켜올려 들고 있는 그 두루마리에 고정되어 있었다. 잠시 후 미셸은 두 팔을 내려, 그것을 탁자 위에 가만히 내려놓고 말했다.

"에세네인들과 초기 기독교 교단 사이에 놀랄 만한 유사성이 있다는 것은 모든 사람들이 알고 있습니다. 이 유사성은 결코 우연의 결과일 수 없습니다. 두 공동체는 그들의 재산을 공동으로 관리했습니다. 일종의 총괄 금고 속에 공동 재산을 보관한 것입니다. 보물 금고였죠. 공동체의 구매를 위해 필요한 것은 정식 자격을 갖춘 재정관이 다시 나누어주었습니다. 예수는 어느 부자에게 가지고 있는 모든 것을 '가난한 자들'에게 주라고 말했습니다. '가난한 자들'이라는 칭호로 예수가 가리킨 것은 자기 형제들, 즉 에세네인들이 분명합니다. '가난한 자들'이라는 용어는 바로 에세네인들이 그들 공동체의 회원들을 부르기 위해 사용하던 단어들 중 하나였던 것입니다. 에세네 종파에 합류하는 부유한 사람들은 그들의 부를 포기하고, 공동 재산에 개인 재산을 헌납해야 했습니다. 예수가 그 부자를 초대할 때 한 말은 바로 "이리 와서 우리와 함께 하자"라는 말이었고, 그것은 '예수 자신이 속해 있던' 에세네인 공동체에 합류하기를 격려하는 말이었던 것입니다."

또다시 소란이 청중 사이에서 높이 일었다. 그러나 피에르 미셸은 흔들리지 않고 계속 말했다.

"에세네인들의 규칙과 초기 기독교인들의 규칙 사이의 유사성은 거기에서 끝나지 않습니다. 공동체에 대한 재정적 사기 행위는 양쪽에서 다 엄중하게 벌했습니다. 기독교인들이 좀더 가혹한 것 같기는 했습니다. 에세네인들의 〈계율 개론서〉를 보면, 종파에서 도둑질한 자는 특정 액수의 벌금을 지불하거나 60일 동안 처벌을 받아야 합니다. 〈사도행전〉*에서, 베드로는 아나니아의 부정 행위

---

* 신약성서의 다섯번째 책으로, 그리스어로 씌어졌다. 초기 기독교 교회의 귀중한 역사서.

를 발견하고서 그에게 신에게 반역하는 죄를 지었다고 말합니다. 그러자 아나니아는 공포에 질려 그 자리에서 숨을 거둡니다.

특히 에세네인들과 초기 기독교인들은 똑같은 방식으로 생활하고 있었습니다. 에세네인들은 도시를 피해 시골에 살기를 좋아했습니다. 그들은 동물을 제물로 희생시키는 것을 거부했지요. 그들의 가르침은 경건함, 정의, 성스러움, 신과 미덕과 인간에 대한 사랑에 근거하고 있었습니다. 그렇기 때문에 에세네인들은 많은 유태인들에게 존경을 받았습니다. 하지만 그것은 신앙이 없는 점령군들과 내통하고 있던 여호와의 성전의 사제들에게는 해가 되는 일이었습니다.

게다가 이 두 공동체는 유사한 세계관을 갖고 있었습니다. 둘 다 종말에는 큰 재앙이 닥칠 것이라 예언하며, 메시아가 신의 왕국을 열 것이라고 믿었습니다. 자기 공동체를 신에게 선택받은 것으로 생각했습니다. 그리고 자기들은 거짓의 아들들과 갈등관계에 있다고 생각했습니다. 또한 자신들을 어둠의 아들들과 싸우고 있는 빛의 아들들이라 여겼지요. 에세네인들은, 기독교인들과 마찬가지로, 우주적 갈등의 핵심에 자신들을 위치시켰습니다.

이러한 운명을 완성하기 위해 그들은 똑같은 메시아 신앙 체계를 갖고 있었습니다. 그들 공동체 조직도 똑같이 종교 운동으로 이루어져 있었으며, 우주관도 똑같았습니다. 이런 사실을 확인하려면 〈계율 개론서〉와 신약성서를 비교하십시오. 모든 요소들이 일치합니다. 같은 종파였으니까요. 여러분께 말씀드리건대, 에세네인들과 기독교인들은 하나의 종파였습니다. 이것은 교회가 세워지기 전까지, 기독교가 유태교 조직의 일부였다는 것을 의미합니다."

점점 더 혼란스런 웅성거림이 청중들 사이에서 들려왔다. 피에르 미셸은 소음을 누르기 위해 더 큰 목소리로 말을 이었다.

"텍스트를 왜곡해온 그 수많은 세기들에 이제 끝장을 내야 합니다. 〈십이족장의 유언〉*을 보십시오. 우리는 오랫동안 그것이 어느 한 기독교인에 의해 씌어졌다고 믿었습니다. 그 속에 메시아가 거론되고 있었기 때문이었지요. 그후 사실은 그렇지 않다는 것을 알게 되었습니다. 어느 유태인의 손으로 씌어졌다는 것을 발견했습니다. 이건 수많은 예들 중 하나에 불과합니다!

그때부터 우리는 〈요한복음〉의 신비를 이해할 수 있게 되었습니다. 기타 복음들과 거의 타협 불가능한 〈요한복음〉의 기이한 점을 이해하게 된 것입니다. 〈요한복음〉에서 예수는 일종의 랍비입니다. 그의 공적인 생활은 다른 복음에서보다 더 깁니다. 몇 달이나 일 년이 아니라 삼 년입니다. 또 예수의 전 생애는 갈릴리가 아니라, 유태에서 전개됩니다. 그는 처음부터 메시아입니다.

저는 〈요한복음〉이 제가 연구한 쿰란 육필 두루마리의 몇몇 문장을 거의 문자 그대로 인용하고 있다는 사실을 발견했습니다. 그러므로 〈요한복음〉은 매우 일찍이 팔레스타인에서, 기독교 사상과

---

* 위경. 각각의 유언은 여러 민담Haggada적인 요소들을 포함한 족장의 자서전을 담고 있다. 부활과 최후의 심판에 대한 믿음에 기초를 두고 있으며, 작품의 경향은 매우 경건하고 금욕적이다. 현존하는 형태의 〈십이족장의 유언〉은 2세기 후반의 유태교 작품으로서, 기독교 신앙이 가미된 것 같다. 그리스어로 씌어졌으며 역사적으로나 사상적으로 쿰란의 에세네 파와 그들의 사해 사본과 관계가 있다.

그리스 사상이 교차한 그곳, 다시 말해 쿰란에서 씌어졌던 것입니다. 〈요한복음〉은 에세네 교파의 한 회원에 의해 구성되었다고 생각할 충분한 이유가 있다고 봅니다.

〈요한복음〉에 묘사된 대로 예수라는 인물이 에세네 교파의 정의의 스승, 찬양받는 사제, 고통스럽게 순교하고 메시아가 되어 다시 나타나야 할 예언자와 얼마나 비슷한지 모르시겠습니까? 그러니까 〈요한복음〉의 저자는 예수의 일생을 정의의 스승의 교리와 일치시켜 이야기한 것입니다. '나는 길이요, 진리요, 생명이니라. 나로 인하지 않고 아버지로부터 오는 자가 아무도 없으며, 나는 그대들에게 평화를 가져다 주노라.' 〈요한복음〉에서는 이렇게 인용하고 있습니다. 이 두루마리를 읽고서 저는 〈요한복음〉의 신비를 풀 수 있게 되었습니다. 이 두루마리는 예수의 생애라는 형태로 쓴 신학론입니다. 이 두루마리에는 정의의 스승이 설교한 교리들이 담겨 있습니다."

청중들은 이제 침묵에 잠긴 채 미셸의 입에 온 신경을 집중하고 있었다.

"저는 좀더 중대한 결론을 이끌어내려고 합니다. 설사 아무도 인정하려 하지 않는다 해도, 사람들 모두가 세례 요한이 에세네인이었다는 것을 알고 있습니다. 그는 에세네인들의 본질적인 의식인 세례를 전파했고, 에세네인들처럼 사막에서 왔으며, 에세네인들처럼 하늘의 왕국의 도래를 예고했습니다. 그러면 예수가 세례 요한에게 세례를 받았다는 사실은 무엇을 의미하는 것일까요? 예수가 자기 자신의 가르침을 전달하면서 실제로 요한과 멀어졌다는 것은 확실하지 않습니다.

　마찬가지로 예수의 제자들 또한 틀림없이 에세네인들이었습니다. 그렇지 않으면 예수가 자기를 따라오라고 요구했을 때 그들이 즉시 자기 직업을 버린 것을 어떻게 설명할 수 있겠습니까? 예수는 제자들에게, 가서 두 사람씩 설교하라, 그리고 빵도 돈도 받지 말라고 말합니다. 그렇다면 그들은 어떻게 살아갔겠습니까? 그들은 어디서 잤을까요? 갈릴리에는 손님에게 후한 대접을 하는 사람들이 있었거나, 예수의 제자들에게 친구나 연고자들이 놀랄 만큼 많았던 것입니다. 어쩌면 그들은 필론과 요세푸스가 묘사한, 도시와 마을에 뿌리내린 에세네인들의 집에서 영접받을 거라고 예상하고 있었을지도 모릅니다. 예수의 제자들이 에세네인이었다면, 그 교파의 신성한 규칙이 그들에게 후한 대접을 보장해주고 있었을 테니까요.

　마지막으로, 세례 요한과 그 제자들이 에세네인이었다면, 예수는 어땠을까요? 생각해보십시오. 열두 살 때, 예수는 여호와의 성전의 학자들과 논쟁을 했습니다. 아직 어린아이였던 예수는 바로 그 순간, 에세네 종파의 관습에 따라 입문한 것입니다. 바로 그때 그는 주요 성서들과 에세네 종파 고유의 글들을 배운 것이죠. 이 사실은 왜 예수가 그렇게 성서를 잘 아는가를 설명해줍니다. 예수가 어디선가 성서를 배우지 않고는 그건 불가능하기 때문입니다. 그 당시에는 모든 사람들이 스승들을 모시고 있었습니다. 예수가 아무에게도 가르침을 받지 않았다는 것, 어떤 교파에도 속해 있지 않았다는 것은 불가능한 일입니다."

　피에르 미셸은 다시 하던 말을 멈추고는 물을 조금 마시고 정신을 가다듬었다. 땀방울이 그의 이마 위에 송글송글 맺혔다. 존슨은 그를 음험한 눈빛으로 쏘아보았다. 미셸이 말하는 것을 막을 수만 있다면, 존슨은 분명 그렇게 했으리라. 청중들은 입을 다문 채 침묵하고 있었다. 그러나 이제는 놀라움을 금치 못하며, 조그만 이 남자의 말에 조금씩 조금씩 설득당하고 있는 듯했다. 어떤 사람들은 그들이 오래 전부터 기다렸던 말인 듯 환한 얼굴로 기쁨의 미소를 짓고 있었다. 어떤 사람들은 마음이 동요되어 불안한 듯했다.

피에르 미셸은 혼란, 추문을 불러일으키고 있었던 것이다. 일단 말문이 터진 그는 흔들림 없이 집요하게 그의 전복 작업을 밀고 나갔다. 어떤 영혼도, 어떤 세기도, 어떤 확신도, 그의 전복 작업에서 무사히 빠져나올 수 없을 것 같았다. 그는 신들린 듯이 보였다. 오랫동안 세워올린 교리들과 교의들, 날이 가고 해가 감에 따라 교회와 교회의 신앙에 설득당해, 아무런 논쟁 없이 사람들의 의식 가장 깊은 곳에까지 끈기 있게 뿌리를 내린 오류들, 사람들의 의식을 영원히 아무 말 없게 그냥 놔두라고 충고하던 막후의 실력자에게 그는 도전하고 있었다. 그러나 교회를 넘어서 사람들이 되찾은 것은 예수였다. 아무런 속박 없이 홀로 존재했던 예수, 그가 한 말과 그의 믿음을 통해 본 원래 그대로의 예수였다. 청중들은 그것을 알고 있었다. 그러기에 그들은 귀를 기울이고 있었던 것이다.

"그렇지 않다면 예수가 사막에서 사십 일을 보냈다는 것을 어떻게 설명할 수 있단 말입니까?"

피에르 미셸은 다시 말을 이었다.

"아무런 피난처가 없었다면, 그는 살아남을 수 없었을 것입니다. 쿰란의 수도원이 유다 사막 속에 있었던 것입니다. 그러므로 예수는 다른 에세네인들이 그랬던 것처럼 쿰란 동굴 속에서 살았다고 볼 수 있습니다.

그렇지 않으면 예수가 어디서 유태 교회에 갔겠습니까? 유태 교회는 집회의 장소였습니다. 예수는 그가 강렬하게 비난했던 바리새 파의 집회에는 분명 가지 않았습니다. 예수는 에세네인들의 모임에, 그들이 '다수' 의 모임이라고 불렀던 곳에 갔던 것입니다.

그렇지 않다면, 나자렛이라 불리는 도시가 없던 시대에 예수가 '나자렛 사람' 이라고 불렸던 사실을 어찌 설명하겠습니까?"

놀라움의 감탄사가 청중들 사이에서 터져나왔다.

"나자렛은 구약, 탈무드, 플라비우스 요세푸스의 글 이외의 다른 곳에서는 전혀 언급되지 않습니다. 플라비우스 요세푸스는 갈릴리에서 벌어진 로마인과의 전쟁 때 유태인 총지휘관이었습니다. 그는 눈앞에 보이는 모든 것을 빠짐없이 기록했습니다. 나자렛이 갈릴리의 중요한 도시였다면, 그 지방에서 싸우고 그 지방을 소상히 묘사한 그가 어떻게 그 도시에 대해 언급조차 하지 않을 수 있었겠습니까? 그 이유는 나자렛이 도시 이름이 아니라 교파의 이름이었기 때문입니다. 예수가 나자렛에 갔다고 쓴 사람은 마태오[*]입니다. 예언이 문자 그대로 실현된다는 강박관념에 사로잡

---

[*] 1세기 때 팔레스타인에서 활동한 복음서 저자. 12사도 가운데 한 사람으로 첫번째 공관복음서 기록자이다.

혔던 그는 메시아가 '나자렛' 사람일 것이라는 예언의 말이 이루어지도록 그렇게 쓴 것입니다. 그것은 〈이사야서〉(11장 1절)와 관련이 있습니다. 〈이사야서〉에 따르면, 히브리어로 이새—네체르 netzer—라는 묘목이 있는데, 그 위에 여호와의 정령이 내릴 것[*] 이라고 했습니다. 그런데 바로 에세네인들이 '나자렛 사람들', 다시 말해 '메시아를 믿는 사람들'이라고 불렸던 것입니다…… '크리스티아노스'들과 마찬가지로."

존슨은 무릎 위로 두 주먹을 불끈 쥐었다. 모든 안면 근육이 경직되었다. 폭발 직전의 얼굴이었다. 그는 그곳에서 피에르 미셸의 말을 경청하는 사람들의 숫자를 세느라 사방을 둘러보는가 하면, 때로는 낙담하여 이제 자기 주위에서 일어나는 일은 더이상 듣고 싶지도 보고 싶지도 않다는 듯이, 머리를 두 손으로 감싸쥐고 있었다.

*

혹시나 하는 의심이 점점 더 짙어지면서, 아버지는 완전히 대경실색하고, 얼이 빠졌다. 아버지는 공포에 말문이 막힌 채 준비 과정을 바라보았다. 하지만 도저히 믿겨지지 않았다. 어떤 사람들은 쓴 풀들을 끓여 누룩을 넣지 않은 반죽 속에 넣었다. 어떤 사람들은 원통형의 커다란 탑 속에 있는 뜨거운 가마에 불을 지폈다. 불

---

[*] 메시아, 구원자의 등장을 예언하는 것이다.

씨가 옮겨 붙은 장작과 잔가지들에서 불길이 높이 치솟아올랐다. 젊은 사마리아 남자들이 축제 옷을 입고서 초조하게 이리저리 거닐고 있었다. 그들은 김이 무럭무럭 피어오르는 냄비 주위에서 분주한 척하고 있었다. 아이들은 어린 양들과 함께 장난을 치고 있었다.

사마리아인들은 모두 희생 제의를 위한 전통 의상을 입고, 목욕 재계를 위하여 띄엄띄엄 거처로 되돌아갔다. 연장자들은 고운 줄무늬 제의를 걸치고, 기도용 흰 숄을 어깨에 둘렀다. 이윽고 그들이 다시 모여 행렬을 이루었다. 선두에는 대제사장이 있었다. 그 뒤에는 성직자 계급의 연장자들, 그 다음에는 공동체의 노인들이 뒤따랐다. 맨 뒷줄에는 가장 어린 아이들이 따르고 있었다.

대제사장이 돌단 앞에 섰다. 얼굴은 석양의 반대편에 있는 그리짐 산 정상을 향하고 있었다. 열두 명의 다른 사제들이 제단 주위에 둘러섰다. 그들은 폐부를 찌르는 듯한 기도, 한탄을 읊조렸다. 주위 사람들이 그 후렴구를 합창으로 반복했다. 대제사장이 돌단 위로 올라가 〈시편〉을 송독하기 시작했다. 산 너머로 태양의 마지막 잔광이 사라지는 순간이었다. 침묵과 감동이 가득한 그 순간에 아론의 146대손이 쩌렁쩌렁한 목소리로 성경의 명령을 세 번 암송했다. "그리고 이스라엘의 모든 사람들이 모여 저녁 무렵에 그의 목을 벨 것이다."

양들이 극도의 공포에 사로잡혀, 온 힘을 다해 힘차게 버둥거리고 있었다. 제물을 바치는 자들은 칼날을 자기들 혀끝에 대보고는 완강한 손으로 양들을 단숨에 움켜잡아 목을 베었다. 굉장한 소음이 울려퍼지고, 헐떡이는 소리가 하늘을 찢었다. 양의 잘린 목에서 피가 철철 흘렀다.

폭발적인 기쁨이 제물의 희생을 반겼다. 단 일 분 만에 스물여덟 마리의 양이 바쳐졌다. 그러자 열두 사제들이 〈출애굽기〉를 암송하며 제단으로 다가갔다. 문 위를 가로지른 나무에 붉은 핏자국을 찍으라는 신의 명령을 상기하면서, 가장들은 아직 피가 흐르는 양의 목구멍에 검지손가락을 적셨다. 그리고 그 손가락으로 자식들의 이마와 코에 표시를 했다.

그리고 나서 사람들은 모두 대제사장에게 가서 경의를 표했다. 사람들은 그에게 김이 무럭무럭 나는 요리를 가져다 바치고, 그의 손에 입을 맞추었다. 도처에서 사람들이 서로 얼싸안고 있었다. 오직 기쁨만이 넘쳐흐르고 있었다. 젊은 사람들은 희생된 짐승들을 가져다가 가죽을 쉽게 벗기기 위해 끓는 물 속에 집어넣었다. 일단 껍질을 벗긴 후, 그들은 짐승들을 말뚝에 매단 채 불순한 부분을 씻고 나서 잘게 잘랐다. 그리고 나서 피를 정화하기 위하여 소금을 뿌렸다. 먹을 수 있는 짐승들을 고르고, 그것들이 아무런 결함이 없는지 확인하는 것은 사제들의 몫이었다. 완전하지 않은 짐승들은 양털과 내장, 다른 짐승들의 발과 함께 즉각 불 속에 던져졌다.

그 순간, 아버지는 자신의 생각이 틀렸던 것 같다고 생각했다. 아직 순결하게 남아 있는 조그만 제단은 자기를 희생시킬 제단이 아닌 것 같았다. 젊음의 열기가 젊은이 노인 할 것 없이 종교적 환희에 들떠 있는 모든 사람을 사로잡았다. 사제들은 지칠 줄 모르고 신자들 사이를 빙빙 돌면서 〈출애굽기〉를 단조로운 어조로 웅얼거렸다.

그러자 아버지는 어쩌면 그들이 자신의 존재를 잊어버린 것인
지도 모르겠다고 생각했다. 그들은 제물 희생 의식을 거행하고 어
쩌면 그냥 자기들 집으로 돌아갈지도 모른다. 양들은 꼬챙이에 끼
워져 커다란 제단 위에서 구워질 채비가 되어 있었다. 양들의 주
위마다 똑같이 우루루 달려든 젊은이들은 꼬챙이에 끼워진 양고
기를 한꺼번에 불 속에 집어넣으라는 〈출애굽기〉 구절을 이제나
저제나 기다리고 있었다.

*

　"모세가 제물의 피를 그의 민족에게 뿌리면서 이야기하던 〈출
애굽기〉 구절을 떠올려보십시오. '이것은 주께서 그대들과 함께,
그분의 모든 말씀을 기초로 체결한 계약의 피이니라.' 이 구절이
여러분에게 상기시키는 것이 아무것도 없습니까? 예수는 포도주
를 자기 피와 동일시하면서, 그로써 모세의 계약을 새로이 합니
다. 이것이 성체(聖體)의 기원입니다. 그러나 이 구절은 또한 공동
식사 때 메시아의 피와 살을, 축성된 빵과 포도주로 상징하는 에
세네 교파의 의식을 생각나게 하기도 합니다."
　피에르 미셸은 잠시 침묵했다. 자기가 한 말을 신중하게 생각하
는 것 같았다.
　"에세네인들은 나자렛 예수, 에세네인 예수라고 불리는 사람이
그들의 메시아, 그들의 정의의 스승이라고 생각하고 있었습니다."
　"무슨 말을 하고 싶은 거요?"

존슨이 더이상 화를 참지 못하고 소리쳤다. 그리고 덧붙여 말했다.

"기독교도들의 메시아가 에세네인들이 말하는 정의의 스승과 다르지 않다는 겁니까? 기독교인들은 단 한 명의 메시아를 기다렸습니다. 그러나 에세네인들은 두 명의 메시아를 말하고 있습니다. 당신은 이 사실을 모릅니까?"

"그 두 메시아가 하나가 되었을 수도 있습니다. 기독교인들이 뒤늦게 하나로 종합했을 수도 있습니다. 두 교단은 자기네들이 '새로운 계약'의 민족이라고 생각했습니다. 새로운 계약이란 '신약성서'와 같은 의미입니다. 에세네인들과 마찬가지로 초기 기독교인들에게 문제는 모세의 계율이었습니다. 이 모세의 계율에서 멀어진 것은 사도 바울로였습니다. 그는 쉽게 개종할 수 있게 하기 위해서, 그리고 이방인 교회의 진보를 용이하게 하기 위해 그렇게 했던 것입니다."

피에르 미셸이 침착하게 말했다. 그러자 존슨이 거칠게 말을 끊었다.

"아니오. 신약성서의 근거를 역사적인 기초 위에 세운다는 것은 불가능합니다. 그 문제는 신학에 의해 해결되어야 합니다."

"당신은 그렇게 말하겠지요. 교회는 단지 신앙만으로 예수를 믿으라고 요구합니다. 그러나 그런 예수만으로는 당신도 만족하지 못합니다. 그건 당신 자신도 잘 알고 있겠죠. 당신은 이 수수께끼 같은 인물에 대해 좀더 알기를 원하지요. 당신은 역사 속의 예수를 알고 싶어합니다. 이것은 순환적인 추론입니다. 당신은 신학을 역사의 심판관으로 세우고 싶어합니다. 역사적 문제의 기초를 성경 위에 세우고 싶어합니다. 신약의 서술이 사실에 의한 것이 아니라면, 어떻게 그 신약의 주인공에게 믿음을 가질 수 있겠습니까? 믿음이 어찌 현실에서 분리되지 않게 할 수 있겠습니까?"

"그러나 인류 역사의 대부분은 의심받기 쉽습니다. 역사에 의미를 부여하기 전에, 대부분의 경우 믿음이 필요합니다."

"그건 성경에 기초한 신학에서 취할 수 있는 입장이 아닙니다. 단지 우리가 그러기를 바란다고 해서, 기독교의 기원을 발생 불가능한 사실에 둘 수는 없습니다. 그런 식으로 상징을 통해 생각하고, 숙고하고, 신을 경배할 수 있는 상상의 세계를 세울 수는 있습니다. 그러나 그때 우리는 진짜 세상 밖에 위치하게 됩니다. 저는 종교인입니다. 그러나 역사의 어떤 의미를 포기할 수는 없습니다. 현실과의 접촉을 유지하고 싶기 때문입니다. 과거 사건들을 결정할 수 있기 위해서는 현재의 신학을 믿는 것으로 충분하다고 생각지는 않습니다.

쿰란 두루마리를 그렇게 매혹적으로 만드는 것, 그것은 이 두루마리가 우리가 만질 수 있는 현실이라는 것입니다. 두루마리는 여기 있습니다. 여기 존재하고 있습니다. 신학이 이 두루마리를 사라지게 할 수 있습니까? 이 두루마리가 담고 있는 것 역시 무언가 정신적인 실체입니다. 신학이 그 결과와 추론을 제거할 수 있는 겁니까? 육필 두루마리만 있는 것이 아닙니다. 동굴도 있고, 수도원의 폐허도 있습니다. 세례에 쓰이던 연못도 있고, 필사실도 있습니다. 쿰란 덕분에 이렇게 역사가 생명을 갖고 돌아오게 된 것입니다."

피에르 미셸은 연단에서 천천히 걸어내려오며 모든 사람들에게 각자 한 사람씩 개별적으로 이야기를 건넸다. 그는 마치 설교를 하듯, 아니 오히려 축복을 해주듯 팔을 움직였다. 그는 이따금씩 멈추고서 행복에 찬 몇몇 얼굴들을 응시했다. 그 또한 자기 자신을 초월한 상태에 도달한 듯했다. 그리고 자기가 하는 말에 도취했다. 마치 후광이 그를 둘러싸고 있는 것 같았다. 마치 은총이 그의 머리 위에 머무는 것 같았다. 그의 어조는 부드럽고 따뜻했으며 또 열렬했다. 그날은 그의 날이었다. 수난을 당하던 그 남자가 오래 전부터 기다리던 날이었다.

그는 계속 말을 이었다.

"두루마리는 존재합니다. 이 두루마리와 함께, 두루마리 자체의 의미를 초월하는 다른 것도 존재합니다. 이 두루마리는 기호가 됩니다. 역사 문서의 방향 표시가 됩니다. 에세네인들은 비록 죽었지만 이 두루마리를 통해 말을 하기 시작하는 것입니다. 그리고 그들이 말하는 것은 옛 질문들에 대한 새로운 답변들을 가져다 줍니다. 그 답변들에서 더 많은 다른 답변들이 나올 수 있습니다. 그래서 그 모든 답변들이 기독교 역사의 자연스런 보고서가 될 수 있는 것입니다.

예를 들어, 사막에서의 세례 요한의 모습은 갑자기 성령이 내린 사람이 아닙니다. 엄격한 생활을 하는 에세네 교단의 일원으로, 자기 동료들과 마찬가지로 의식적인 목욕 관습을 통해 순수함을 추구하던 사람의 모습인 것입니다."

그러자 존슨이 그의 말을 끊으며 반박했다.

"그건 세례 요한과 에세네인 사이의 중대한 차이점을 망각한 이야기입니다. 에세네인들의 명상에 찬 침묵의 생활과, 엘리야 혹은 아모스*가 지닌 예언자적 정신으로 신의 심판이 임박했음을 예언하고 궁중의 스캔들을 고발하는 세례 요한의 예언적 열정 사이에 무슨 공통점이 있습니까?"

피에르 미셸이 다시 반박하고 나섰다.

"그리고, 〈공동체의 규칙〉의 종말론적 초조함 사이에 말이지요? 정의의 스승의 지휘 아래, 그때 막 생겨나기 시작한 에세네 교단은 이미 종말이 가까웠다는 확신을 갖고 있었습니다. 〈전쟁의 두루마리〉가 그것을 증명합니다. 벨리알은 이스라엘의 속죄자들에 대하여 분노를 터뜨리고 있었습니다. 심판의 시각이 울릴 때가 임박해 있었습니다. 〈하바꾹 두루마리〉의 해설자는 예정보다 시간이 더 지체되고 있다고 인정하고 있습니다. 그래서 구약을 어긴 자들에 대한 최후의 심판은 그 때문에 더욱더 끔찍해질 것이라고 그 해설자는 결론짓고 있습니다. 〈전쟁의 두루마리〉를 쓴 자는 극단주의자였습니다. 그는 로마에 대항해 싸우던 젤로트 당원들과 합세했었고, 어둠의 아들들에 대항하는 빛의 아들들의 성스러운 전쟁을 현실주의적이면서 동시에 묵시록적인 언어로 환기시키고 있습니다. 종말에 대한 생각에 사로잡혀 있던 에세네 교단은 반대로 세례 요한의 모습을 이해하고 위치시키는 것을 가능하게 해줍니다."

"세례 요한이 에세네인이라고 주장하시는군요. 그건 잘못된 주

장입니다. 어디 그렇다고 칩시다. 그가 쿰란과 접촉이 있었다는 것을 증명할 수 있겠습니까? 말해보시오. 당신도 아다시피, 에세네 종파에는 여러 형태가 있었습니다. 쿰란의 몇몇 사람들은 에세네 교단을 이루는 수많은 가족들에 비하면 한줌에 지나지 않습니다. 필론과 플라비우스 요세푸스의 말에 의하면, 대부분의 에세네인들은 도시와 마을 주변에 살고 있었습니다."

"세례 요한은 분명 쿰란 종파와 접촉이 있었습니다. 쿰란 수도원과 요한이 군중들을 모으던 장소에는 지리적인 근접성이 있습니다. 그것은 우연이 아닙니다. 그러나 나는 거기서 한발짝 더 나아가 이렇게 말하겠습니다. 세례 요한만 에세네인이었던 것이 아닙니다. 자기가 자랐던 사막을 환기시키는 루가* 또한 그렇습니다. 오늘날 우리는 압니다. 사막에 아이들을 받아들여, 그들 교리대로 아이들을 가르친 것은 에세네인들뿐이었다는 것을 말입니다."

"세례 요한은 에세네인이 아니었습니다. 그의 아버지 즈가리야는 어호외의 성전의 충실한 사제였습니다. 반면 에세네인들은 직무를 행하는 제사장들을 부인하지 않았습니까!"

"세례 요한은 〈공동체의 규칙〉을 세심하게 존중하며, 쿰란 일원들과 비슷한 금욕생활을 했습니다."

"플라비우스 요세푸스는 에세네인들의 공동체적이고 신성화된 식사의 성격에 대해 말하고 있습니다. 그것은 성전의 사두개 파

---

* 복음서와 〈사도행전〉의 저자이자 사도 바울로의 동역자(同役者)로, 여러 차례에 걸친 전도 여행에 바울로를 따라다녔다.

교도들의 식사와 유사했습니다. 식사를 할 때 사제들은 정결한 상태에서 의식적으로 신에게 바쳐진 제물들을 먹었다고 합니다. 하지만 세례 요한, 그는 사막에서 나는 기장과 메뚜기 같은 자연 식품들만을 먹고 살았습니다."

"에세네 종파의 몇몇 일원들은 단식을 주장했습니다. 그러나 가장 중요한 것은 사막에서 세례 요한이 한 행동의 의미입니다. 그는 예언적 선교의 관습을 되살리고 싶어했습니다. 사막의 영적이고 종교적인 중요성을 여러분은 알고 있습니다. 선지자 호세아는 신께서 불성실한 그분의 민족을 사막으로 이끌어, 약혼의 언약을 되찾게 해주실 것이라고 예언했습니다. 에스겔(유태의 선지자—옮긴이)은 신께서 그분의 민족과 함께 심판에 들어갈 사막을 환기시켰습니다. 〈제2이사야〉*에서는 사막으로의 새로운 집단 이동을 마치 천국처럼 묘사하면서, 동포들에게 사막에서 신을 향한 길을 틀 것을 권유했습니다. 〈공동체의 규칙〉에서는 에세네 교단이 집단에서 이탈한 것, 그리고 성전을 버리고 사막으로 간 것을 정당화하기 위해 이 텍스트를 두 번이나 인용했습니다. 사막은 항상 위대한 날이 도래하기 전, 준비의 마지막 단계였습니다.

게다가 세례 요한은 자기 동시대인들, 특히 묵시록의 저자들과

---

* 〈이사야〉는 구약성서의 대예언서들 중 하나. 이사야의 마지막 활동은 기원전 701년에 이루어진 것으로 기록되어 있다. 그러나 이 기간에 해당하는 본문은 1~39장뿐이다. 40~66장은 훨씬 후대에 작성되었으며, 〈제2이사야〉로 알려져 있다. 〈제2이사야〉는 바빌론 유수 때(기원전 6세기) 씌어진 것으로, 이 책을 쓴 예언자는 포로로 잡혀간 곳에서 자기 민족의 구원을 내다보았다. 그는 바빌로니아의 멸망을 예언하고, 포로들이 자기 고향으로 돌아갈 것을 약속한다.

몇 가지 공통된 생각을 가지고 있었습니다. 그러나 그가 그들과 구별되는 점은 그의 급진주의였습니다. 이런 급진주의로 볼 때 그는 쿰란의 에세네인들과 가깝습니다. 쿰란의 에세네인들은 타락한 이스라엘과 자기네들의 작은 공동체를 대립시켰습니다. 자기네들은 이사야의 예언에 충실하면서, '흔들리지 않을 소중한 열쇠'가 되고자 했습니다. 세례 요한은 신이 분노할 것이라며 유태 민족을 위협했습니다. 이스라엘의 자손들에게 근본적인 개종 없이는 신의 분노에서 벗어나지 못할 것이라고 예언하는 세례 요한은 쿰란의 에세네인들과 가깝습니다."

"요한은 군중 속에 섞이기를 두려워하지 않던 순회 전도사였습니다. 그러나 당신이 말하는 에세네인들, 그들은 죄지은 자들에게서 멀리 떨어져 살지 않았습니까?"

"그의 목적은 모든 사람들을 세례를 통해 정화시키는 것이었습니다. 세례는 에세네인의 관습이었습니다. 에세네인들은 정결례를 통한 '다수의 정화'에 가장 큰 중요성을 부여하고 있었습니다."

"그렇지만 쿰란 공농체의 구성원들은 다른 중개자 없이 각자 스스로 정화 목욕을 했었습니다. 반면, 요한은 다른 사람들에게 세례를 주었습니다. 사해 연안에서 발전된 교조주의적인 급진파와는 반대로, 요한은 죄지은 자들을 폭넓게 맞아들이고 이를 통한 복음의 위대한 숨결을 예언했습니다. '자신보다 더 위대한' 자, 예수 앞에서 세례 요한이 보인 겸손의 자세는 그를 뛰어난 기독교인으로 만들고 있습니다. 전통이 세례 요한을 우리 주 예수의 선구자이며 예언자로 본 것은 당연한 일입니다……"

"저는 바로 그 예수에 대해 말하고자 하는 것입니다"

*

　그들은 내 아버지를 잊지 않았다. 자기들 임무를 끝내고 난 후 그들은 아버지 쪽으로 갔다. 그들은 천천히 그의 입을 틀어막았다. 그리고 굵은 밧줄로 그를 제단에 비끄러맸다.

　아버지의 두 눈에서는 눈물이 흘러내렸다. 온몸이 끔찍한 전율로 걷잡을 수 없이 흔들렸다. 그러나 그를 제물로 희생시키기로 결심한 사형 집행인들은 말없는 탄원에도 눈 하나 깜짝하지 않았다. 그의 시련은 끝나지 않았다. 사마리아인들은 가족끼리 각자의 집으로 물러났다. 시나이 산에서의 히브리 민족사를 계속 읽고, 명상하고, 묵상하기 위해서였다.

　재갈이 물리고 꽁꽁 묶인 채, 아버지는 도움을 청하는 것조차 포기했다. 공포에 질린 채 잠깐의 시간이 흘렀다. 매분 매초가 마치 마지막 순간처럼 다가왔다. 한층 더 견디기 힘들어지는 매초마다 사라지지 않는 희망의 불빛이 겨우 겨우 절망을 뚫고 들어왔다. 그 불빛은 끈질기게 머무르며 신이 그를 버리지 않을 것이라고 그에게 속삭였다. 그는 그렇게도 떼려야 뗄 수 없이 삶에 연결되어 있는 이 희망을 증오하기 시작했다. 저주스런 희망은 그에게 아직도 마지막 구원의 손길을 기다리게 했다. 그것이 자연에서 오는 구원이든, 인간 혹은 초자연적인 것에서 오는 구원이든, 이 절망적인 상황에서 그를 벗어나게 하는 것이면 무엇이든 상관없었다. 난폭한 죽음의 문턱에서, 그는 아직도 무언가를 기다리고 있었다. 그도 그럴 것이 그는 인간이기 때문이었다.

그의 손목은 밧줄 때문에 퍼렇게 멍이 들었고, 살갗은 찢어졌다. 그는 제단 위의 돌에 등을 딱 붙인 채로 뉘어져 있었다. 양팔은 각각 탁자 양쪽 모서리에 비끄러매여 있었다. 두 다리는 왼쪽으로 구부러져 있었고 발목은 또다른 세번째 모서리에 매여 있었다. 그렇게 몸이 뒤틀려 피가 잘 통하지 않았다. 두 다리는 점점 더 고통스러워졌고, 더이상 정상적으로 숨을 쉴 수 없는 지경이었다.

그는 기도에 들어갔다. 마치 그의 기도에 반주를 해주듯 키푸르 날과 같은 쇼파르 소리가 울려퍼졌다. 그 소리는 단식의 끝, 대해방, 각자의 운명 속의 선한 행동과 악한 행동을 참작하는 하늘의 심판을 알리는 소리 같았다. 그러나 그날은 키푸르 날이 아니었다. 정화된 삶의 새로운 시작이 아니었다. 인간을 제물로 희생시키는 날이었다. 신의 사랑을 위하여, 도대체 신은 어디에 있단 말인가? 신은 그를 버릴 것인가? 그의 두 눈에서 또다시 눈물이 솟아났다. 그는 신에게 용서를 구했다. 열렬한 신앙심의 마지막 폭발 속에서 그는 그의 온 존재를 다하여 신에게 기도했다. 다시 한번, 마지막으로, 단 한 번만 그를 구해달라고, 그를 버리지 말아달라고 신에게 간청했다.

가장들이 한 명씩 한 명씩 집에서 나왔다. 막대기를 들고 있었고, 겨드랑이에는 기도용 양탄자가 끼여 있었다. 어깨 위에는 모포가 얹혀 있었다. 공동체 사람들 전체가 제사장을 따라, 그 장소로 되돌아왔다. 그들은 아버지가 묶여 있는 제단을 둘러쌌다. 그리고 〈시편〉을 읊조렸다. 그때 제사장이 천천히 그에게 다가왔다. 그의 손에는 단검이 쥐어져 있었다. 아버지는 눈을 감았다. 날카로운 칼날이 그의 결박된 목덜미에 느껴졌다.

*

"그건 안 되오!"

존슨의 고함소리가 울려퍼지며 강연장에 메아리쳤다. 피에르 미셸은 확고한 발걸음으로 연단으로 다시 올라갔다.

"존슨 씨, 당신은 내 말을 막을 수 없습니다. 당신도 나도 잘 알고 있는 이 모든 것에 대해 내가 말하는 것을 막을 수 없을 것입니다. 정의의 스승과 예수는 한 사람, 같은 사람입니다. 어둠의 아들들인 '키팀'들, 〈정의의 스승의 두루마리〉가 말하고 있는 저 가증스러운 사형 집행인들, 그의 몸에 구멍을 내어 십자가에 못박은 자들은 다름아닌 로마인들이었습니다."

"아니오! 그 단어는 지중해 섬에 사는 라틴 민족과 그리스 민족을 가리키는 것이었습니다. 또한 '키팀'이란 말은 당시 그리스인들이었던 셀레우코스 왕국* 사람들에게도 적용될 수 있습니다. 그리고 〈정의의 스승의 두루마리〉에서 겨냥하고 있는 것이 그리스인들이라면, 그 두루마리의 연대는 기원전 2세기일 것입니다.

두루마리에서 말하는 '불경한 사제'와 마찬가지로, 정의의 스승의 정체는 아직도 밝혀야 할 문제로 남아 있습니다. 많은 역사적 인물들이 이 사람 또는 저 사람에게 비교될 수 있기 때문입니

---

* 가장 강성했을 때는 유럽에서 트라키아 지방부터 인도 변경 지역에 이르는 광대한 영토를 소유했던 제국(기원전 312~64년).

다. 불경한 사제는 안티오코스 에피파네스*에 의해 추방된 대제
사장, 오니아스 3세일 가능성도 충분히 있습니다. 혹은 정의의 스
승을 박해한 심술궂은 사제, 메넬라오스일 수도 있습니다. 아니면,
그 무서운 아리스토불루스 1세**에 당당히 맞선 성스러운 모습의
에세네인 유다였을 수도 있습니다.

　게다가 정의의 스승은 일개 사제였습니다. 어쩌면 여호와의 성
전의 대제사장이었을 수도 있습니다. 그는 한 수도회와 동맹을 맺
고, 그 교단의 일원들에게 성서의 의미에 대해 가르치면서 자기
자신의 가르침과 예언을 덧붙였습니다. 박해를 받고 사형을 당함
으로써, 그는 영원히 에세네 교단의 순교 예언자로 남게 되었습니
다. 에세네 교단은 그를 경배하고 숭배했습니다. 그리고 그가 메
시아 시대에 다시 돌아오기를 기다렸습니다. 그러나 그 정의의 스
승은 기원전 1세기 혹은 2세기에 살았던 인물입니다!"

　그러자 피에르 미셸은 비난하듯 손가락으로 존슨을 가리키며
말했다.

　"그건 당신의 주장이지요. 그렇지만 당신과 나는 그 주제에 대
해 훨씬 더 많이 알고 있습니다. 우리가 이 마지막 두루마리를 해
독한 이후로 말입니다. 비밀의 문을 여는 두루마리, 내게서 그것
을 다시 빼앗아가려는 그 모든 시도에도 불구하고, 이 두루마리

---

* 헬레니즘 시리아 왕국의 셀레우코스 왕조의 왕(기원전 175~164년 재위).
그리스 문화와 제도를 장려한 군주로 유명하다. 유태교를 억압하여 마카베오
전쟁을 야기했다.
** 유태 민족의 대제사장 겸 통치자 요한 히르카누스 1세의 큰아들. 히르카누
스가 죽은 뒤 왕위를 물려받았다.

는 여기 내 손안에 있습니다."

그곳에 모인 사람들은 깜짝 놀라 어안이 벙벙한 표정으로 두 사람을 쳐다보았다. 이 두 사람 사이에는 무언가 오래된, 어쩌면 그들 자신보다도 더 오래되었을 경쟁관계가 있는 것 같았다. 설사 그 갈등이 이제는 어떤 역할을 하지 않는다 하더라도, 옛 친구 사이의 개인적인 갈등도 있었다. 어쨌든 그들은 서로가 잘 알고 있는 사이란 것을 더이상 숨기지 않았다.

"예수는 존재했었습니다. 그건 사실입니다."
피에르 미셸은 이렇게 말하고는 청중들을 향해 다시 말을 이었다.
"그러나 그는 우리가 지금 생각하는 그런 사람이 아니었습니다. 이 두루마리가 폭로하는 바를 말해야 할 시간이 왔습니다. 이 육필 두루마리는 우리에게 예수가 누구였다는 것뿐만 아니라 진짜 그를 죽인 자가 누구인지, 왜 죽였는지도 가르쳐줍니다."
그리고는 다시 손가락으로 존슨을 가리키며 말했다.
"미지크지, '존슨'이라는 이름으로 자신을 숨긴 너, 넌 이걸 두려워하는 거야. 이걸 참을 수 없는 거지. 그렇지만 오늘 넌 그 이야기를 듣게 될 거야. 모든 사람들도 알게 되는 거고. 다 알게 될 거야. 예수가 죽게 된 유월절 저녁에 무슨 일이 일어났었던가를 내가 모두에게 폭로할 테니까."
존슨은 광분하여 고함치기 시작했다.
"너는 배신자야. 넌 우리에게 피해를 입히려고 우리의 육필 두루마리를 훔쳤어. 나도 네가 한 모든 짓, 그리고 네가 그렇게 행동한 이유까지 모든 이들에게 낱낱이 폭로하겠어."

존슨은 자리에서 일어나 청중을 향해 말했다.

"이자는 배교자일 뿐만 아니라, 이자는…… 이자는 유태교로 개종했습니다!"

존슨은 증오심에 몸을 떨었다. 입은 증오로 비틀어졌고 얼굴이 흉하게 일그러졌다. 보랏빛을 띤 관자놀이 정맥은 부풀어올랐다. 존슨은 계속 말을 이었다.

"예수의 죽음에 책임이 있는 그 유태 민족으로 넌 개종한 거야. 죄인은 이스라엘이야. 그 다른 누구도 아닌 이스라엘이야. 너는 그 겉치레뿐인 낡아빠진 종교, 신을 죽인 종교로 개종한 거야."

피에르 미셸 역시 논박에서 밀리지 않았다.

"그건 반유태적인 사기야. 몇 세기에 걸쳐 유태인들에게 가해진 이름없는 박해와 고통의 기원인 그런 중상모략을 믿다니. 하지만 네가 그걸 믿는다 해도 나로선 전혀 **놀라**올 게 없지. 그 중상모략은 교회가 이교화되면서 지은 죄인 게야. 유태인에게 가해진 신성 살해의 비난을 가톨릭 교회는 아주 뒤늦게서야 취소했지. 그것도 반밖에 취소하지 않았어. 가톨릭 교회가 나는 수치스럽다, 네가 수치스러워.

난 네 동기를 알아. 신앙교리 수도회의 동기도. 그건 자기 보존이지. 당신네들 부유한 귀족계급의 국가적이며 정신적인 생존. 진실, 네가 거부하는 진실은 예수에게 사형을 선고한 사제들이 유태 대중들의 지지를 얻지 못했다는 것이야. 그들은 자기들 지위를 보존하기 위해 이교도 정복자에게 봉사했기 때문이었지. 로마 권력에 비하면 그들의 지위란 덧없는 것이었는데도 말야."

피에르 미셸은 다시 청중을 바라보며 말을 계속 했다.

"이런 사제들 중에는 청렴한 자들도 몇몇 있었지요. 그들은 주로 바리새 교도들로 구성된 소수 반대파로, 사두개 교도들을 억누르려고 노력했습니다. 에세네인들은 이 반대파의 사제들이었습니다. 마카베오 전쟁 후 여호와의 성전의 권위에 의해 저질러진 유태 종교의 왜곡에 반대하는 항의의 신호로, 쿰란의 에세네 교단이 세워졌던 것입니다. 에세네 교단의 사제들은 유태 민족이 신의 법칙에 순종하지 않으면 신이 유태 민족을 구하지 않을 것이라고 확신하고 있었습니다. 에세네 교도들은 토라의 계율들을 엄격하게 따랐습니다. 그리고 예언이 이루어질 수 있도록 신의 정의에 호소했습니다. 그들은 어떤 정치 권력으로도, 어떤 군사력으로도 이스라엘을 압제자의 굴레에서 해방시키지 못할 것이라고 생각했습니다. 오로지 초자연적인 개입, 메시아의 개입, 신의 기름부음으로 축복을 받은 자만이 새로운 질서를 세울 것이라고 믿었습니다. 쿰란의 에세네 교도들은 과거로 눈을 돌렸습니다. 그들은 히브리 민족과 이스라엘 민족의 운명의 의미를 이해하고자 이스라엘의 성서를 다시 읽었습니다. 그들이 읽은 텍스트들은 새로운 빛으로 동시대의 사건들을 비추어주었습니다. 신께서 주신 그 역사를 읽고 또 읽기 위하여 그들은 그것을 양피지 위에 옮겨 적어야 했습니다. 이렇게 하여 에세네 종파의 필사생들은 유태인이 존중하는 성서들뿐만 아니라 자기들 종파 고유의 서적들도 사본을 만들기 시작했던 것입니다. 그렇지만 이 모든 것 속에서 예수가 어떤 역할을 했을까요?"

초조하고 불안해진 청중은 그의 말에 귀를 기울였다. 다시 입을 연 그의 목소리는 놀랍게도 다시 부드러워졌다.

"그는 비유를 통해 사랑과 용서를 설교하는 겸손한 목수도, 온 유한 목동도 아니었습니다. 인간의 잘못을 위해 스스로를 희생하고 용서를 하러 오신 신의 화신도 아니었습니다. 아닙니다. 이스라엘의 메시아는 당당한 전사였고 심판관이었습니다. 그는 사제였고, 또 사려깊은 현자였습니다. 그의 메시아적 열정에 은유적인 것은 전혀 없었습니다. 쿰란의 에세네 교도들은 로마인들과 그들의 유태인 앞잡이들이 어둠의 힘의 화신이라고 굳게 믿고 있었습니다. 악의와 악마의 제거는 오로지 유혈 종교 전쟁을 통해서만 가능하다고 그들은 믿고 있었습니다. 그때서야 비로소 부흥의 시대, 평화와 조화의 시대가 올 것이라고 믿고 있었습니다. 이스라엘 민족은 자기들 자신의 구원에서 어떤 역할을 해야 했습니다. 메시아의 인도를 받아, 에세네 교도들은 세상을 다시 만들어내려 했습니다. 그러나 모든 것은 예정대로 진행되지 않았습니다. 예수의 살해를 미리 계획한 자들, 살인자들은……"

더이상 스스로를 통제하지 못한 듯 존슨이 소리쳤다.

"입닥쳐! 너는 말할 권리가 없어. 기독교는 유태 종교를 대치했어. 기독교에 대한 유태인들의 유일하고도 올바른 답변은 개종이야. 유태인들, 너희들은 고대를 모방하고 있는 거야. 너희들의 종교는 낡아빠진 시대착오적인 종교야. 예루살렘 점령은 엄청난 거짓말에 근거하고 있는 거야. 이스라엘의 유태인들을 모두 강제 수용할 수는 없어. 그렇지만 그중 한 명은 미리 제거할 수 있지……"

*

그의 목덜미에 단도가 닿았다. 두 눈이 튀어나오면서 다리가 후들거렸다. 그는 찢어질 듯한 고함을 지르면서 미친 듯이 발버둥치기 시작했다. 불은 이미 준비되어 있었다. 살인적으로 타오르는 화염은 신이 그 탄원을 들어주도록, 죽은 그의 육신을 핥아 신을 향해 그 숨결을 올라가게 하려고 넘실거리고 있었다.

*

고막이 터질 듯한 권총 소리가 울렸다. 그리고 두번째, 세번째 총성이 다시 울렸다. 곧이어 공포에 질린 일대 소란이 뒤따랐다.

*

그것은 결함 없는 순결하고 연약한 어린 짐승이었다. 불에 질겁을 한 그 짐승은 온몸으로 반항했다. 고통의 땀과 두려움으로 헐떡이는 숨결에도 남자의 결심은 흔들리지 않았다. 이 제물 희생을 통해 신에게 그것을 바치는 것이었다. 그때 사제는 예리한 칼을 갖다 대고 냉담하게 단칼에 목을 베었다. 거의 들릴까 말까 한 오열 같은 마지막 울부짖음이 들렸다. 그리고 어린 양은 숨을 거두었다. 불길 위에 올렸을 때에도 여전히 피는 뚝뚝 떨어지고 있었다.

*

피에르 미셸은 바닥에 털썩 무너져내렸다.

*

그것은 아직 어미 배 아래에서 젖을 빨고 있던, 양떼 속에서 데려온 아주 어린 새끼 양이었다. 마지막 순간, 아버지를 제물로 바치기 전, 그들은 아버지를 풀어주었던 것이다. 그리고 아버지 대신 조그만 제단 위에 그 새끼 양을 바친 것이었다. 그때 아버지는 깨달았다. 그들이 이삭의 희생 장면을 다시 연출했다는 것을. 아브라함이 자기 아들 이삭을 묶었다가 신의 명령에 따라 아들을 풀어주고 대신 어린 양을 죽이지 않았던가. 이런 사실을 깨닫자마자 그의 신경은 더이상 긴장을 버티지 못하고 의식을 놓아버렸다.

*

소란스런 군중이 사방으로 밀려다니며 우왕좌왕하고 있었다. 어떤 사람들은 나가려고 했고, 또 어떤 사람들은 사건이 일어난 곳으로 가까이 다가가려고 했다. 모든 사람들이 무슨 일이 일어난 것인지 알고 싶어했다.

무슨 일이 일어났던가. 그건 간단했다. 폴 존슨이 피에르 미셸에게 총을 발사했고, 그 즉시 권총을 떨어뜨렸던 것이다. 폴 존슨은 긴급 출동한 보안요원들에 둘러싸였다. 그는 자기가 저지른 행동에 완전히 넋이 나간 듯 어리둥절해하고 있었다.

*

신께서 인간들에게 알려주실 그들의 상태에 대해 나는 마음속으로 생각해보았노라. 그들은 자기들이 단지 짐승이라는 것을 알게 될 것이니. 인간에게 일어나는 사고와 짐승에게 일어나는 사고는 똑같은 하나의 사고이기 때문이니라. 그중 하나의 죽음은 그 나머지의 죽음과 같도다. 그들은 모두 똑같이 숨을 쉬는 것이니. 인간은 짐승보다 전혀 우월한 것이 없도다. 왜냐하면 모든 것이 헛되기 때문이도다.

*

제인과 나는 연단으로 가려고 시도했다. 그러나 어느새 보안요원들이 안전을 위해 줄을 쳐놓고 사람들의 접근을 막고 있었다. 몇 분 후, 시신을 치우기 위해 들것을 든 사람들이 왔다. 경계가 한순간 느슨해진 틈을 타 제인이 슬쩍 안으로 들어갔다. 그러나 더는 다가갈 수 없었던지 그녀는 곧 내 곁으로 되돌아왔다. 우리는 즉사한 피에르 미셸의 시체가 지나가는 것을 보았다. 이어 손목에 수갑을 차고, 경찰의 호위를 받으며 존슨이 지나갔다. 우리

주변, 장내에는 유례 없는 공포의 분위기가 감돌았다.

우리는 피에르 미셀을 영원히 잃었다는 생각에 절망하며, 슬픔에 차서 그곳을 떠났다. 비자발적이나마 미셸의 죽음에 우리도 얼마간의 책임이 있다고 느껴졌다. 암울한 우울이 엄습해왔다. 나는 그후 며칠 동안 이 우울에서 벗어날 수 없었다. 마음이 혼란스러워 내 연구에도 진전을 보지 못했을 뿐만 아니라, 나 때문에 한 정의로운 사람을 잃은 것 같은 생각이 들었다. 태양 아래 내가 본 유감스런 불행이 있나니, 부(富)란 그것을 소유한 자의 불행을 위해 보존된다는 것이다. 부는 또한 나쁜 일 뒤에는 사라져버린다. 따라서 부는 자식을 낳아도 그 자식에게까지 전혀 전달되지 않는도다. 그러한 사람은 어머니 뱃속에서 나왔을 때처럼, 발가벗은 채로 되돌아가리니, 올 때처럼 돌아가는 것이도다. 올 때처럼 그렇게 돌아간다는 것, 이것 역시 유감스런 불행이도다. 바람을 좇아 일하였으나, 그 이득이 무엇인고?

나는 넋을 놓고자 했다. 피에르 미셸이 그 덫의 주요 미끼였다. 나사가 내 주위에서 조여졌다. 마치 내가 나쁜 소식을 전하기 위해 세상을 돌아다니는 불경한 사제이기나 한 듯, 내가 가는 곳마다 일이 벌어졌다. 내가 지나가는 곳마다 고통과 혼란과 공포가 일었다. 내가 만나는 모든 사람들, 내게 가야 할 길을 가르쳐주거나 혹은 한순간이라도 내게 말을 한 사람들은 실종되거나 잔혹하게 살해되었다. 나는 드디어 이 모든 것이 나와 관계 있는 것이 아닌가 자문하지 않을 수 없었다. 아니 어쩌면 존슨이 옳았는지도 모른다. 두루마리들이 악의 물결을 퍼뜨리고, 그 두루마리에 다가

가는 자들에게 악운을 가져오는 것인지도 모른다.

　나는 존슨이 저지른 행동의 숨겨진 이유, 합리적인 이유들을 더
알아보기 위해 그를 만나러 가야만 했다.

II

　존슨은 수천의 목격자들 앞에서 살인을 했다. 그것이 그에 대한 공개 예심 때 제시된 유일한 증기였다. 그러나 그는 오제 주교, 아몬드와 미예를 십자가에 처형하고, 마티를 죽인 혐의 또한 받고 있었다. 마침내 마티의 시체가 발견되었다. 시신은 끔찍하게 절단되어 있었다. 존슨은 다른 살인 사건에 대한 혐의는 부정했고 오직 피에르 미셸을 죽인 사실만 시인했다. 제인은 존슨이 진실을 말하고 있다고 생각했다.

　"그는 태연하게 범죄를 저지를 수 있는 위인이 못 돼요."

　"그렇지만 그자는 범죄를 미리 계획했잖소. 그가 피에르 미셸을 위협한 지 오래되었고, 또 심포지엄에 무기까지 지니고 왔으니까요."

"조사해봐야겠죠."

우리는 그가 감금되어 있는 구치소로 갔다. 아버지와 함께 만났을 때의 그 거만하고 자신감에 차 있던 모습은 더이상 찾아볼 수 없었다. 그는 약해져서 모든 자제력을 잃은 듯했다. 관자놀이를 가로지르는 주름살들은 더욱 깊게 패어 있었고 신경과민으로 팔딱거렸다. 사람들은 창유리로 된 면회실에 우리와 그만을 남겨놓고 나갔다. 우리는 테이블에 둘러앉았다. 제인은 침착하고 부드러운 목소리로 우리가 왜 왔는가를 설명했다. 그리고 왜 그런 행동을 저질렀는지 물었다.

"내가 피에르 미셸을 죽인 건 그가 우리를 배반했고, 또 기독교 신앙을 저버렸기 때문이오."

그녀가 물었다.

"선생님이 그를 위협했었나요?"

"그자가 두루마리를 훔쳐갔네. 난 그걸 찾고 있었고 그를 수차례 위협했지. 그 두루마리는 내 것이었으니까. 알겠나? 그는 그것을 훔쳐갈 권리가 없었네."

내가 소리쳤다.

"우리에게서 그걸 훔쳐간 건 선생이었잖습니까. 그건 마티의 것이었어요."

"그렇지만 그가 그걸 손에 넣을 수 있게 도와준 자가 누구요? 오제 주교와 흥정을 한 건 바로 나였소. 그와 끊임없이 관계를 유지한 건 나란 말이오."

"선생에겐 자금이 없었기 때문에 선생은 그 두루마리를 사기 위해 마티를 이용한 것뿐입니다. 그리고 나서 그에게서 그것을 빼돌린 거죠."

"그렇소. 왜냐하면 그 두루마리는 내게 돌아와야 하기 때문이오. 오제 주교를 위해 온갖 일을 다 했는데도 그는 내게 그걸 양도하려 하지 않았소. 그는 너무 많은 돈을 요구했고 탐욕스러워졌소. 그래서 마티를 이용한 것이오. 그러나 그 두루마리를 박물관에서 다시 빼내온 후 난 큰 실수를 저질렀소. 연구와 번역을 위해 그 두루마리를 피에르 미셸에게 맡기는 게 아니었소. 그에게 맡긴 것은 그가 최고의 연구원이었고, 또 전적으로 그를 신뢰했기 때문이었소. 그런데 나는 한 마리 뱀을 품안에서 기른 격이 되었소. 그가 나를 배신했으니 말이오."

"도대체 그 두루마리 속에 무엇이 있길래 선생은 한 인간의 목숨을 빼앗은 겁니까?"

그는 내 질문에 대답하지 않았다. 질문을 반복했지만 여전히 답변을 얻을 수 없었다. 나는 질문을 바꾸었다.

"우리 아버지의 실종에 대해 아는 게 있습니까?"

"없소. 그가 실종되었다는 것조차 모르고 있었소."

분노로 떨리는 목소리로 나는 말했다.

"누군가 아버지를 납치했습니다, 존슨 씨. 두루마리에 관해 무엇이든 알고 있는 게 있다면, 말하는 것이 좋을 거요."

그는 내 질문에 대답하지 않았다. 빈정대는 시선으로 나를 쏘아볼 뿐이었다. 아버지와 함께 처음 만났을 때 보았던 그 거만한 시선이었다. 더이상 참을 수 없었던 나는 테이블 위로 몸을 숙여 그의 멱살을 움켜쥐었다.

"아리! 무슨 짓이에요?" 제인이 말했다.

"내 당신에게 경고하는데, 이 일에 어떤 식으로든 당신이 연루되어 있다면, 난 당신에게 그 대가를 치르게 할 거요. 내 이 두 손으로 말이오."

나는 그의 눈을 노려보며 말했다.

"아리!"

제인이 재차 불렀다.

나는 계속 말을 이었다.

"당신은 스스로 기독교인이라고 주장하지만, 실은 사기꾼이고 살인자요. 당신은 우리 두루마리를 훔쳤고, 그걸로도 모자라서 미셸을 괴롭히고 죽였소. 당신의 그 반유태주의 때문에 이 모든 일을 저지른 거요."

"아리!"

제인이 소리쳤다.

"그리고 오제 주교, 아몬드 그리고 미예는? 또 마티는? 정말 대답 못 하겠소?"

나는 점점 이성을 잃고 울부짖었다.

"아리! 그를 놓아줘요!"

내가 조이고 있던 목을 풀자, 존슨은 숨을 내쉬며 말했다.

"난 그 일에 아무 관련이 없소. 난 마티를 잘 알지 못했소. 누가 그런 짓을 했는지, 누가 당신 부친을 납치했는지 나는 모르오. 피에르 미셸은 내가 죽였소. 그렇지만 다른 사람들은 아니오. 아몬드는 기독교인이 아니었소. 그리고 그의 증언은 나에게 아무래도 상관없소. 어쨌든 그에겐 중요한 육필 두루마리가 없으니 말이오. 내가 피에르 미셸을 죽인 건, 친구였던 그가 나를 배신했기 때문이고 두루마리의 내용을 폭로하려 했기 때문이오. 설사 그때로 다시 돌아간다 해도, 난 또다시 그를 죽일 것이오."

제인은 내 팔을 잡고 문 쪽으로 끌고 갔다.

"자, 우리 떠나요. 더이상 그에게서 얻을 수 있는 것은 아무것도 없어요."

사실 나는 다른 살인 사건들의 범인이 존슨일 거라고는 생각하지 않았다. 만약 그가 아버지의 납치에 대해 아무것도 모른다면, 아버지 문제는 다른 범죄와 관련지어야 했다.

"아리, 정말 당신 왜 그랬어요?"

구치소에서 나온 후 제인이 물었다.

"난 그자가 알고 있는 것이 있는데도 우리에게 말하지 않는 거라고 생각했어요."

"그런데 왜 그런 폭력을?"

그녀는 망연자실한 듯 보였다.

"내 이름 아리가 무슨 뜻인지 당신 알아요?"

"아뇨?"

"그건 '사자lion'라는 뜻입니다…… 자, 난 이제 더이상 이곳에 머무를 수 없어요. 난 이스라엘로 떠날 겁니다. 수수께끼의 해답은 그곳에 있는 것 같은 느낌이 들어요."

"그럼 나도 당신을 따라가게 해줘요."

"안 돼요. 내가 가는 곳에 당신은 갈 수 없어요. 당신은 여기 남아 있어요. 뉴욕에 있는 것이 당신에게 덜 위험할 겁니다. 나한 테서 멀리요."

그 다음날, 그러니까 내가 출발하기 전날이었다. 우리는 맨해튼의 한 레스토랑에서 함께 저녁을 먹었다. 다이아몬드 상가 거리의 한 피자집이었다. 그 동네는 한 무리의 하시드들, 양복을 입고 모자를 쓴 남자들, 대단히 우아한 여인네들로 붐볐다. 그 여자들은 짧거나 긴 생머리, 금발에서부터 가장 짙은 색의 곱슬머리까지 온갖 머리 형태를 한 가발을 쓰고 있었다.

"아리, 당신은 정말 내가 당신과 함께 가는 걸 원치 않는 거예요?" 제인이 말했다.
"그렇습니다."
"있잖아요, 난 정말 피에르 미셸이 폭로한 사실에 충격을 받았어요. 그의 죽음도 그렇고요. 지금으로선 거기에 대해 더 알고 싶어요. 그리고 당신을 돕고 싶어요. 그건 내게 중요한 일이에요. 말하자면 내 기독교 신앙을 위해 중요한 일이지요."
"당신은 이미 많은 걸 해줬어요……."
"……그렇지만 당신은 떠나야 하잖아요. 이제 당신이 나와 함께 할 시간이 얼마 없다는 것을 알아요."

식사 후 나는 그녀를 집까지 바래다주었다. 우리는 현관 계단 앞에서 오랫동안 말없이 서 있었다.

마침내 그녀가 말을 꺼냈다.

"어차피 우리는 헤어져야 하는군요, 그렇죠? 당신에게 무언가를 드리고 싶어요."

그녀는 핸드백 속에 손을 넣었다. 그리고 하얀 천에 정성스럽게 싼 물건을 꺼내 조심스레 펼쳐 내게 내밀었다. 나는 너무나 놀라 소리를 지르지 않을 수 없었다. 그것은 낡은 두루마리였다. 몹시 구겨진 그 고대 양피지에는 검고 빽빽한 작은 글씨들이 가는 줄처럼 씌어 있었다.

"들것을 가지고 온 사람들 뒤쪽으로 살짝 비집고 들어가 연단까지 다가갔었어요. 그리곤 탁자 위에 있던 그 두루마리를 슬쩍했죠. 사람들이 모두 공포에 빠져 아우성치는 통에, 아무도 눈치채지 못했어요."

사건이 급격히 진전되는 바람에 니는 두루마리 생삭을 하지 못했었다. 두루마리가 경찰서에 있으려니 생각했었다.

그런데 놀라움을 표현할 겨를도 없이, 갑자기 뒤쪽에서 어떤 남자가 불쑥 튀어나와 제인의 팔을 낚아채더니 두루마리를 잡고 있는 그녀의 손을 잡았다. 그리고는 그녀를 주먹으로 세게 한 대 쳤다. 제인은 넘어지면서 차도에 머리를 부딪혔다. 땅에 떨어진 육필 두루마리를 잡으려고 그자가 몸을 굽히는 순간, 내가 그의 팔을 잡아챘다. 그자는 몸을 돌리며 날쌔게 단도를 꺼냈다. 우리는 이내 뒤엉켜 보도 위를 뒹굴며 육박전을 벌였다. 건장한 몸집에 짓눌린 내 얼굴 위로 씩씩대는 그의 숨결이 끼쳤다. 나는 그 남자보다 힘이 세지 못했다. 게다가 늘어진 하시드 복장 때문에 몸을 움직이기도 쉽지 않았다. 나는 그의 배와 가슴에 몇 차례 주먹을 날렸다. 군대 시절 이후로 한 번도 힘을 사용해본 적이 없었지만 죽을힘을 다하는 각고의 노력으로, 나는 몸을 굴려 그자를 내리눌렀다. 그자의 몸을 깔고 앉아 살갗을 찌르고, 신체 기관들을 두 손으로 두들겨패며 뒤흔들고, 이빨을 부수었다. 그리곤 그자의 턱뼈를 팔꿈치로 세게 내리쳤다. 갑자기 내 엉덩이에 칼날이 꽂혔다. 고통에 섬찟 놀라는 순간 나는 주도권을 뺏겼다. 그 틈에 몸을 빼낸 그자는 나를 계속 강타했다. 내 뼈들이 몇 조각으로 으스러진 듯 뻐드득 하는 소리가 들리는 것 같았다. 그자의 힘센 주먹질에 배가 오그라드는 듯했다. 마지막 기회는 쉬몬의 권총이라는 생각이 언뜻 들었다. 나는 호주머니에 손을 넣었다. 그러나 손에 잡히는 대로 끄집어내고 보니, 그것은 권총이 아니라 발삼 향유가 담긴 작은 유리병이었다. 그자가 그것을 낚아채서 내 머리 위에 대고 깨뜨렸다. 걸죽하고 구역질 나는 붉은 액체가 내 머리 위에 흘러내리면서 얼굴 위로 뚝뚝 떨어졌다. 그 사이에 권총을 끄집어낸 나는 그의 옆구리에 총부리를 박았다. 싸움은 깨끗하게 끝났다.

쓰러져 있던 제인이 정신을 차렸다. 나는 한 손으로 그녀를 부축해 일으켜 세웠다. 그녀는 비척거리면서도 두루마리를 주워 핸드백에 다시 넣었다. 그리고 나서 한 손으로는 다친 이마를 짚고 다른 한 손으로는 아파트 문을 열었다. 나는 그 남자에게 총을 겨눈 채 따라 들어가라고 손짓했다. *영원한 신이여! 제게 대항하는 자들과 싸우소서. 제게 싸움을 거는 자들에 대항하여 싸우소서.*

나는 제인에게 권총을 잠시 들고 있으라고 하고 남자를 커튼 끈으로 라디에이터에 묶었다. 권총을 손 닿는 곳에 놓은 후 우리 는 상처에 응급 처치를 했다. 제인은 살갗이 벗겨진 무릎을 씻고, 이마에 생긴 상처에 얼음을 갖다 대었다. 나는 피투성이가 된 엉 덩이에 압박 붕대를 맸다. 그리고 머리에 물을 부어 피부와 발, 머 리카락에 들러붙어 있는 끈적하고 냄새나는 액체를 씻었다. 거울 속에 비친 내 모습을 보았다. 부어오른 얼굴엔 붉고 푸른 멍자국 이 나 있었다.

남자는 뜻밖에도 나이가 많아 보였다. 그러나 몸 상태는 오히려 나보다 나아 보였다. 건장한 체구에 피부색이 짙은 남자였다. 곱 슬거리는 잿빛 머리카락은 젊은 시절엔 짙은 검은색이었던 것 같 았다. 갈색 눈동자에는 심한 동요의 빛이 내비쳤다. 나는 영어로 누구냐고 물었다. 그는 히브리어로 자기 이름은 카이르라고 말했 다. 카이르 벤야이르.

마침내 우리가 누군가를 찾을 수 있게 된 것이라고 나는 생각 했다. 설사 그자가 우리의 최악의 적이라 할지라도. 심포지엄으로 우리가 쳐놓은 덫이 쓸모없었던 것은 아닌 것 같았다.

"당신은 왜 이 두루마리를 원하는 거요?" 내가 물었다.

"당신과 같은 이유에서요."

"어떤 이유?" 나는 다그쳐 물었다.

"그 두루마리가 에세네 교도들의 보물이 어디에 숨겨져 있는지를 가르쳐주고 있기 때문이오."

"어떻게 그걸 알았습니까? 두루마리를 해독했나요?"

"아니, 난 그걸 읽지 않았소. 오제 주교가 내게 말해주었소. 양피지들 덕에 그는 성전의 전설적인 보물들 중 일부를 벌써 찾아냈었소. 귀중한 물건들로 진짜 한밑천 잡은 거요. 모든 게 아직도 그의 집, 그의 아파트에 있소."

나는 값나가는 수백 개의 물건들, 식기류, 골동품 등을 그곳에서 실제로 보았던 기억이 되살아났다. 이제 그것들이 어디서 난 것인지 알게 된 것이다.

카이르가 말을 이어나갔다.

"그렇지만 그에게는 보물이 숨겨져 있던 마지막 장소에 대한 정보가 없었소. 그는 마지막 장소에 가장 막대한 보물이 있다고 했소."

"당신은 우리 아버지가 어디 계신지 알고 있습니까? 누가 아버지를 납치했는지 알아요?"

"모르오. 당신 아버지가 누군지 나는 모르오."

"누가 오제 주교를 죽였는지는 압니까?"

"그들을 보긴 보았소. 그들이 들이닥쳤을 때 나는 옆방에 있었소. 오제 주교는 그들과 아는 사이인 것 같았소. 그들은 보물에 대해 격한 논쟁을 벌였소. 그들이 오제 주교에게 그가 보물을 발견해내지 못할 거라고 말하자, 그는 그 누구도 그 무엇도 자기를 막을 수 없을 거라고 대답했소. 그리고 나서 끔찍한 장면이 벌어진 거요. 난 도망쳤소. 그렇지만 난 지금도 두렵소. 그들은 내가 오제 주교와 함께 일했다는 것을 알고 있소. 그들이 지금 나를 찾고 있는 것도 그 때문이오. 확실하오. 그래서 내가 이스라엘에서 도망친 거요."

그때 나는 생각했다. 아버지의 흔적을 찾기 위해서는 분명 보물의 흔적을 되찾아야만 했다. 그러려면 그 두루마리에 무슨 내용이 있는지 알아야 했다.

나는 두루마리를 집어들었다. 그리고 떨리는 손으로 조심스레 그것을 펼치기 시작했다. 금간 가죽이 마치 마술처럼 펴지는 것이 느껴졌다. 세밀하고 촘촘한 글씨들이 나타났다. 그건 분명 사라진 육필 두루마리였다. 마티가 말했던 대로, 글씨들은 정상적인 히브리어와는 반대로 왼쪽에서 오른쪽으로 씌어 있었다. 그래서 대강 훑어읽기가 불가능했다. 아니, 최소한의 읽는 작업마저도 기이하게 복잡했다.

하지만 모든 사람들이 초자연적인 마법에 속한 것으로 여기는 것에 대해서는 간단히 설명할 수 있다. 그 두루마리는 아주 단단하게 말려 있었고, 또 습기 때문에 씌어진 글이 맞닿아 있던 가죽 뒷면에 묻어났던 것이다. 그래서 원래 글이 씌어져 있던 면이 하얗게 백지가 되었다는 것을 나는 알아챘다. 글씨가 옮겨진 것이었다. 반대 방향으로 씌어진 것은 의도적인 것이 아니라 사고였을 뿐이었다. 어쨌든, 그 글을 읽기 위해서는 거울 속에 비추어 보면 되는 것이다. 나는 지체없이 실행에 옮겼다. 아람어 문자들이 필사생의 손에 의해 씌어졌던 그 원래의 순서대로 드러났다.

안타까웠다. 아버지가 고대 문자를 가르쳐줄 적에 왜 나는 좀더 주의깊게 배우지 못했던가! 헛된 일로 시간을 보내는 대신 왜 나는 좀더 박식하지 못했던가! 왜 내가 이런 고통을 당해야 하는가! 이렇게도 목표에 가까이 와서, 그 목표에 도달할 수 없다니! 두 시간이 지나서도 나는 여전히 몇 달 전과 똑같은 무지 상태에 있었다. 나는 내가 현자라고 믿었으나, 이제 보니 몰상식한 자였다. 그대가 나를 그렇게 조이니, 나는 바다인가 아니면 다른 어떤 큰 물고기인가?

단지 몇몇 드문 전문가들만이 쿰란의 필사생들이 촘촘히 작은 글씨로 써놓은 생략 많은 그 글을 해독할 수 있었다. 나로서는 아버지의 도움 없이 그것을 번역하기란 불가능한 일이었다. 문자들의 절반이 지워져 있었기 때문이었다. 이런 조건에서 읽는다는 것은 해석을 넘어서 거의 점치는 것과 같은 까다로운 작업이었다. 나는 읽고 또 읽었다. 글자들이 내 눈에 환각처럼 어른거리면서 악마의 음험한 몸짓으로 나를 홀릴 때까지 나는 읽었다. 그러나 내가 읽은 것이 무슨 뜻인지 이해가 되지 않았다. 이제 내게 남은 일이란 그렇게도 바라던 이 낡은 양피지를, 무지한 자처럼, 지혜를 모르는 무식한 자처럼 그저 바라보는 것뿐이었다. 지혜는 모든 전쟁의 무기보다 더 가치가 있도다. 죄지은 단 한 사람이 많은 재산을 잃게 하도다.

나는 어찌해야 할지 몰랐다. 물론, 다른 학자들에게 도움을 청한다는 건 생각할 수 없는 일이었다. 설사 그것을 다른 언어로 옮겨 쓸 수 있는 사람들을 알고 있다 하더라도, 나는 더이상 어느 누구도 믿지 못할 처지였다. 그래도 떠나야 한다는 것, 보물이 있고 어쩌면 아버지가 있을지도 모를 이스라엘로 떠나야 한다는 것은 명백했다. 나는 카이르를 풀어주고 싶지 않았다. 그가 공모자들에게 긴급히 알릴까 봐 두려워서였다. 그러나 그 사람 자신도 떠나고 싶어하지 않는 것 같았다. 그는 우리에게 협상을 제안했다. 우리 모두가 이 두루마리의 의미를 찾고 있으니, 동맹을 맺지 않을 이유가 어디 있겠느냐는 것이었다.

사실 카이르와 헤어지지 않는 것이 우리에게도 유리했다.

"이제 당신은 내가 필요해요. 그렇지 않으면 누가 그를 감시할 수 있겠어요?"

제인이 내게 말했다.

"나 혼자서도 그쯤은 책임질 수 있어요. 그가 도망치리라고는 생각지 않습니다. 그는 너무나 두려워하고 있어요, 또 도망치는 게 그에게도 유리하지 않고. 경찰이 그를 찾고 있기 때문이죠. 그도 국경에서 자신을 보호하고 은신하려면 우리가 필요한 거죠."

"그렇지만 나와 함께 있으면 당신이 그를 놓칠 위험은 없잖아요. 그리고 당신이 그와 함께 있으면서 동시에 당신 아버지를 찾아나설 수도 없는 노릇 아닌가요?"

"그건 내가 알아서 할 겁니다."

나는 짤막하게 대답했다.

"좋아요. 당신이 일을 그렇게 처리하겠다면, 나도 생각이 있어요. 모든 걸 신문에 폭로하겠어요. 우리 상관인 바르텔르미 도너스에게도 모든 사실을 털어놓을 거예요. 말이 나온 김에 하는 말이지만, 그 사람은 사라진 두루마리를 미친 듯이 찾고 있거든요. 아주 영향력 있는 기사 하나로, 그는 당신을 간단히 해치울 수 있을 거예요."

"설마 당신이 그러진 않겠지!"

나는 깜짝 놀라 말했다.

"그래요, 그렇게 하진 않을 거예요. 그 대신 당신이 말려도 난 당신을 쫓아갈 거예요. 사실 이스라엘로 떠나는 데 내게 당신 허락 같은 건 필요치 않아요. 게다가 이 육필 두루마리는 어느 정도는 내게 속한 것이기도 하니까요……."

도움을 받으려고 하지만 결국은 해가 되는 자, 여자란 그런 존재이다. 양보하지 말아야 한다는 것을 나는 알고 있었다. 우리의 연합을 연장하면 할수록 내가 실제보다 훨씬 더 그녀에게 집착하게 될 위험이 있었다. 그렇지만 그녀의 결심이 너무나 완강했기에 나는 그냥 내버려두었다.

이렇게 해서 이 이상한 팀은 이스라엘을 향해 떠났다. 내 예감으로 볼 때 모든 문제의 해결책은 그곳에 있었다.

비행기가 이스라엘에 가까이 갈수록, 천 가지도 더 되는 추억이 머리에 떠올랐다. 늦여름 석양이 내리쪼이는 예루살렘은 쌀쌀하고, 때로는 거의 냉랭한 미풍이 불어 어떤 저녁에는 겨울 기운이 일찌감치 느껴졌다. 낙조의 우아함이 감도는 이런 순간에 황금빛 태양은 황톳빛 장막들이 어우러진 구도시의 하얀 벽들에 덧칠을 하고 있었다. 감람산은 사프란 빛 후광에 젖고 있었다. 그 후광이 태양에서 오는 것인지, 달에서 오는 것인지, 창공에서 오는 것인지, 별들에서 아니면 번개에서 오는 것인지, 장미들에서 오는 것인지, 아니면 촛대 모양의 조명등에서 오는 것인지, 아니면 이 모든 것에서 동시에 오는 것인지 알 수 없었다.

　구도시의 성벽 바깥쪽에 있는 가장 오래된 동네들 중 하나이면서 현대 세계에 병합되려 애쓰고 있는 나할라 쉬바가 생각났다. 그곳의 성문들 중 하나를 거쳐 들어가면 도시에서 가장 오래된 축에 드는 칼 하시딤이라는 교회가 있었다. 내가 종종 가곤 하던 조그만 유태 교회였다. 그 유태 교회의 벽들은 이미 아주 오래 전에 먼지로 되돌아간 생명들을 기리는 기념판들로 뒤덮여 있었다. 좁다란 길에는 보행자들이 보도를 따라 걷고 있었다. 그들은 자동차가 한 대 지나갈 때마다 이쪽저쪽으로 펄쩍 뛰어 비켜서곤 했다. 아니면 보행자들을 지지 않기 위해서 아래쪽에서 올라오는 차들이 갓길로 비켜가기도 했다. 어떤 통로들은 너무나 협소해서 한 줄로 나란히 한 명씩밖에는 지나갈 수가 없었다. 내겐 이제 새로운 세계와 현대가 이 구(舊)동맥들을 공략하고 있는 듯이 여겨졌다. 태양의 잔광과 달빛이 겨우 스치고 있는, 구원의 벽과 찬양의 현관들이 이제라도 막 타오를 듯이 보였다.

　그는 그의 민족에게 말했도다. 일어나거라, 빛나거라, 그대의 빛이 왔고 신의 영광이 그대 위에 빛나기 때문이니라. 암흑이 대지를 덮고, 어두운 안개가 민족들을 굽어보고 있는 지금, 그대 위에 신이 빛나고, 그대 위에 신의 영광이 나타날 것이기 때문이니라.

III

조국의 대지를 다시 보니 기쁨으로 가슴이 벅찼다. 비행기에서 나는, 우리가 도착하면 무언가 기적저인 일, 새로운 사선이나 중대한 변화가 금빙이라도 일어날 것 같은 초조한 마음에 휩싸였다. 그 초조함은 억제하기 힘들었다. 그리고 실제로 그런 일이 일어났다. 이스라엘 근처 상공에 도달했을 때, 나는 텔아비브의 긴 해변과 비옥한 바다 그리고 그곳의 고층 건물들을 내려다보았다. 그것은 알야alyah, 즉 귀향과 같았다. 한 번도 본 적도, 살았던 적도 없는 머나먼 이 지역이 나의 집이라는 생각이 들자, 새로운 이민자들이 몇 세기 전에 잃어버린 땅을 되찾는 듯한 감정이 나의 내면에서 일었다. 나는 나의 정체성을 되찾게 된 것이다. 팔레스타인을 떠나 세계 전역에 흩어진 유태인으로서, 나는 아무것도 아니었었다. 거기에서 나는 나와 흡사한 다른 유태인들을 절망적으로 찾았었다. 그러나 이곳에서 나는 나 자신을 다시 정복한 것이다. 나는 다시 내가 되었다. 나는 내 존재를 정당화하기 위해 싸울 필요가 없었다. 나는 더이상 공동체를 찾지 않았다. 이곳은 모든 것이 근원에서부터 흘러나오는 휴식터였다. 몇 세기 동안 나는 흩어진 유태인의 삶을 살았다. 이제 나는 돌아왔다. 떠돌던 유태인이 여행 가방을 내려놓은 것이다.

비행기가 하강할 때 우리를 감미롭게 감싸고 있던 따뜻한 대기가 내 마음을 따스하게 해주었다. 예루살렘까지 우리를 데려다주는 택시 안에서, 나는 곧 무한한 평화를 느꼈다. 바로 여기에 내가 있다는 생생한 감정을, 나는 달리 그 어디에서도 느껴본 적이 없었다. 굉장한 무엇, 유일무이한 경험이 전개되고 있었다. 나는 거기에 속해 있었다. 여기서는 모든 것이 또다른 의미를 띠고 있었고, 나는 내 인생을 위해 투쟁할 필요가 없었다.

처음으로 굽은 도로가 보였다. 우리가 예루살렘 쪽으로 올라가기 시작한다는 신호였다. 천 번도 더 다닌 길이었다. 그래도 이번에는 무언가 진짜 초조함이 느껴졌다. 단지 귀향의 초조함만은 아니었다. 매우 긴 여행 끝에 오는 집, 휴식, 그리고 맛있는 음식의 부름도 아니었다. 조금씩 고지로 올라감에 따라 나는 마치 사람들이 보다 나은 세상을 기다리듯, 나 자신이 서둘러 정상에 도착할 수 있기를 기다리고 있음을 알아챘다. 내 눈앞에 이제 성벽의 첫 모습이 선연하게 떠올랐다. 그 비전은 점점 더 또렷해지더니 완전히 현실적인 모습이 되었다. 그러는 동안, 그것들의 부름에 내 가슴은 기쁨으로 들떠 뛰어올랐다. 나의 영혼은 점점 높이 언덕을 올라가면서 고양되었다. 신적인 존재가 내 속으로 들어오는 것을 느꼈다. 나는 온통 도취되었다. 곧 내가 그분을 만날 것이라고 나는 중얼거렸다. 내 마음속에 파고드는 그 감정을 나는 그때 알아차렸다. 그것은 종말론적인 초조함이었다. 신에 대한 감정이 내 안에 깃들여 내 온 영혼을 설레게 하고 있었다. 나는 혼란스러웠다.

구약의 〈시편〉 한 대목이 떠올랐다. 그것은 내가 흔들리면 관대한 신이 나를 영원히 구원할 것이며, 내가 비틀거리면 신의 정의가 영원히 나의 정당함을 증명해줄 것이며, 압박이 시작되면 신이 나를 구덩이에서 구할 것이며, 길 위의 내 발자국을 견고히 할 것이라는 구절이었다. 그 구절은 신이 그 정의의 진실 속에서 나를 심판하였으며, 신의 넘치는 선의로 나의 모든 죄가 속죄되었다고 말해주고 있었다. 또한, 신의 정의로움으로 신이 나를 인간의 오점으로부터, 인간의 아들들의 죄악으로부터 정화하여, 신의 정의와 저 높은 곳에 있는 그분의 위엄이 찬양받도록 한다는 구절이었다.

여호와시여, 저는 당신에게 감사를 돌리나이다.
제가 타인들 속에 유배당해 있을 적에
당신이 저를 버리지 않으셨기 때문이나이다.
당신께서는 저를 저의 죄에 따라 판단하지 않으시고,
제 비열한 성향을 탓하시어 저를 버리지 않으시고,
오히려 구덩이에서 지켜주심으로써 제 삶을 구원하셨기 때문이나이다.

당신께서는 심판을 위해 제 영혼을

죄의 아들들에게 예정된 사자들의 한가운데,

강자들의 뼈를 부숴버리고

용감한 자들의 피를 마시는 사자들 틈에 두셨나이다.

당신께서는 저를 유배지 안에,

수면에 그물을 치는 수많은 어부들 틈에,

타락의 아들들에 대항하여 불러들인 사냥꾼들 틈에 두셨나이다.

그곳에서 심판을 위해, 당신께서는 저를 도우시고,

제 마음속에 진리의 비밀을 다져두셨나이다.

여기서부터, 그것을 추구하는 자들을 향하여 언약이 온 것입니다.

그 새끼 사자들은 먹이를 갈기갈기 찢어 삼키려고 잠복하고 있었으나 당신께서는

이빨은 칼과 같고,

발톱은 뱀의 독이 듬뿍 묻은

뾰족한 창과 같은 이 새끼 사자들의 입을 닫으셨나이다.

그것들은 저를 향해선 그 입을 벌리지 않았나이다.

왜냐하면, 오 나의 신이시여, 인간의 아들들의 눈에 보이지 않도록 당신께서 저를 숨기셨기 때문입니다.

당신께서는 제가 당신의 구원을 깨달았던 그때까지

제 안으로 당신의 계율이 들어오게 하셨나이다.

신성한 직관이 내 마음과 정신을 들어올려, 온갖 희생을 무릅쓰

고 나와 창조주와의 결합으로 이끌고 갔다. 나는 신의 이름으로, 나의 아버지의 가호를 빌었다. 마치 아버지가 거기 있기라도 하듯, 아버지가 내 안에 있고, 내가 아버지 안에 있는 것처럼 기도했다. 아버지는 죽은 것이 아니며, 나를 통해, 그리고 아버지 자신을 통해 살아 있을 것이며, 곧 내가 아버지를 되찾아 우리 모두 다시 결합하리라고 신이 직접 내게 알려주기라도 한 것 같았다. 그렇게 하고 나니 좀 위안이 되었다. 이성이 내게 약해지지 말라고 명령했다. 이성은 내가 잘 알고 있는 책의 페이지들을 통해 내게 속삭였다. 초자연적 직감의 즉흥성은 단지 사상의 게으름이며, 상상이라는 함정에 빠진 합리주의의 이면일 뿐이라고. 그러나 이성은 헛되었고, 사실이란 설명 불가능한 것이었다. 나는 열광하고 있었다.

예루살렘은 그리 큰 편이 아니었다. 현대적인 의미에서는 중요한 도시라고 말할 수 없다. 사실 예루살렘은 전혀 거기에 있어서는 안 되었다. 살데 지방에 있는 우르*와 고대 바빌론처럼, 예루살렘은 오래 전부터 석총(石塚), 황소들의 거처가 되었어야 했다. 왜 그 이름이 바뀌었을까? 말소되지 않기 위해서였을까? 그러나 예루살렘을 지배하던 제국은 무너졌고, 예루살렘은 파괴의 먼지와 재에서 재건되어 계속 살아남아 있다. 수천 년 동안, 비잔틴 사람들도, 페르시아인들도, 아바스인들도, 바그다드인들도, 파티마인들도, 맘루크인들도, 이집트인들도, 오스만인들도, 영국인들도

---

* 고대 메소포타미아(수메르) 남부에 있었던 주요 도시.

영원히 예루살렘을 지배하지는 못했다.

영원, 그것은 다시 말해서 예루살렘이다. 예루살렘, 그것은 도시의 일곱 대문처럼, 촛대에 꽂힌 일곱 개의 초처럼, 일곱번째 날이 지나면 다시 첫번째 날이 오는 한 주의 일곱 날처럼, 신랑 주위를 일곱 번 맴도는 신부처럼, 일곱 번 도시 주위를 맴도는, 찬양받는 성벽의 돌계단이다. 예루살렘, 그것은 황금빛 광채를 띠며, 꼭대기에는 모자가 씌워져 있는 기도의 벽, 소근거리는 소망의 벽이다. 그 벽 너머로는, 첫번째 아버지가 영원한 신에 도전했고, 대지가 토해낸 인간들의 거처를 저주한 여호와의 성전의 언덕이 있다. 예루살렘은 추악한 것들의 성문 너머에 있는 언덕의 가파른 경사길들이다. 키드론 계곡을 굽어보고 있는 언덕 측면에 웅크린 듯 세워진 정복자 왕의 도시는, 물 없이도 고갈되지 않는 유일한 샘에 목을 축이고 있다. 그 위로는 작은 나무들, 산, 위대한 영혼들의 천 년 묵은 대지가 있다. 계곡에는 반항아 아들의 무덤, 노한 예언자의 피라미드, 하늘을 향해 서 있는 기둥들, 대지를 위해 조각된 저부조(底浮彫)들이 있다. 예루살렘, 그것은 전사인 왕의 무덤이다. 그 무덤은 흔들리는 촛불 빛이 어리는 궁륭형의 천장이 있는 회교 사원으로 변형되었다. 그 부속실에는 두루마리들이 있다. 그 두루마리들은 인간에 의해 더럽혀지고 불살라지고 모독당했다. 여러 페이지가 불태워지고, 단어들은 우롱당했다. 예루살렘, 그것은 고난의 길이다. 철갑을 두른 팔과 메시아의 십자가, 압박당한 자들의 피에 젖은 발걸음과 고통을 이기지 못해 멈춰 서는 걸음걸음, 그리고 고난의 끝, 인간들의 후손과 천상으로부터 버림받은 도시이다. 예루살렘, 그것은 기둥들로 버티고 선 오마르 회교 사원이다. 그곳에는 최후 심판의 날에 각자의 영혼의 무게를 달기 위한 저울이 매달아질 것이다. 예루살렘, 그것은 벽, 바닥, 구멍 뚫린 지하 바닥에 새겨진 로마 숫자, 신비스런 비문(碑文)들이다. 집들의 벽면에 조각된 물결 모양의 코니스, 하얀 집들, 새 돌들, 그리고 유배생활 후 자기 집으로 되돌아온 에즈라*와 느헤미야**를 향한 신성한 산의 부름, 산즈, 마테르스도프, 제르 혹은 베즈의 유태인 거류지, 모로코의 유태인 거리들과 카즈바(아랍인 거주 지역—옮긴이)에서 돌아온 자들은 이 도시를 해독할 줄 알았다. 그리고 불가사의한 벽들, 먼지로 얼룩지고 악취를 풍기며 파리들이 들러붙어 있는 벽들을 해독해내었다. 이것이 나의 대지이다. 나는 영원히 이 대지를 잊지 않으리라.

유태의 언덕에 태양이 떠오를 때, 구도시는 어둠에 잠긴다. 그러나 동쪽에 있는 키드론 계곡을 건너, 마지막 미미한 햇살을 여전히 붙잡고 있는 산이 하나 있다. 그 산 허리에는 세상에서 가장 오래된 유태인 묘지기 있다. 그 발치에 있는 올리브 나무들과 실편백들이, 예전에 겟세마니라고 이름지어졌던 이곳을 증언하고 있다. 이곳은 오래 전에 지난 일들, 세계가 세워진 이래로 숨겨져 있던 것들의 자명한 증거이다. 과거를 보존하려는 미친 듯한 욕망에서, 인간은 이곳에서 우상을 추방했다. 언덕 위에서 빛이 창백

---

* 기원전 5~4세기에 바빌로니아와 예루살렘에서 활동한 유태인 종교가. 바빌로니아에서 포로로 있다가 돌아왔으며, 토라에 기초하여 유태인 공동체를 재조직한 개혁가. 유태교의 아버지, 제2의 모세로 불린다.
** 기원전 5세기에 활동한 유태인 지도자. 페르시아 왕 아르닥사사 1세가 유태인들을 포로에서 풀어준 뒤(기원전 444년경) 예루살렘을 재건했다.

해져갈 때에는 환멸과 실망이라는 악운을 내쫓기가 용이하다. 이 곳은 예수가 사랑했던 곳, 그가 평화를 구하고, 고독 속에서 기도 했던 장소이다. 이곳에서 예수는 그날 밤 피신처를 찾았다. 그리 고 배반당했던 곳도 이곳이라고 사람들은 말한다.

저 멀리, 언덕들 너머로 인간들은 강제로 사막의 면적을 줄였 다. 더 아래쪽, 성벽 뒤로는 어리둥절할 정도로 무사태평하게 고 대성(古代性)을 지닌 도시가 서 있다. 그 중심에는 벽이 있고, 그 품안에는 보이지 않는 핵심, 두 번이나 파괴되었던 지성소, 여호 와의 성전이 있고, 황금과 서양삼나무로 지어진 그 고대 성전의 중심부에는 신이 영원히 의지할 수 있는 성전이 있다. 키푸르 날 대제사장을 제외하고는 아무도 그곳에 들어갈 권리가 없었다. 사 람들 이야기로는 여호와의 성전이 침략당했던 날, 로마 장군 한 사람이 유태인들이 신에게 마련해놓은 그 장소를 보려고, 그곳이 어떤 곳인가 기어이 알고 싶어 그리로 뛰어들었다고 한다. 그는 비밀을 간파하고 싶었던 것이다. 그러나 그가 그 성스러운 곳의 커튼을 들어올렸을 때, 그곳에는 아무것도 없었다. 모든 중심들 중의 중심, 탁월한 장소, 예루살렘의 불타는 심장, 여호와의 성전 의 불태워진 심장, 그곳은 그저 텅 빈 장소였을 뿐이었다. 공간의 공허만이 있었다. *헛됨들 중의 헛됨이도다. 모든 것이 헛되도다.*

우리는 성벽 바깥쪽에 있는, 구도시에서 멀지 않은 조그만 호텔 로 갔다. 나는 신도시의 레하비아 주택가에 있는 부모님 댁에 가 는 것을 피했다. 아버지가 실종됐다는 것을 어머니에게 알리지 않 기 위해서였다. 그러나 메아 셰아림을 다시 보고 싶었다. 쓸데없

는 위험에 노출될까 봐 외출을 꺼리는 카이르는 호텔에 남겨두었
다. 그자는 경찰이 자기를 쫓고 있다는 것, 그리고 십자가 처형식
을 하는 수수께끼의 남자가 분명 자기를 찾고 있다는 것을 알고
있었다.

제인과 나는 버스를 타고 신도시로 갔다. 메아 셰아림에 있는
예언자들의 거리에 도착했다. 제인은 조신하게 옷을 입었다. 긴
치마에 긴 소매 와이셔츠를 입었다. 그렇긴 해도 이 동네에서 나
같은 남자, 하시드가 결혼하지 않은 젊은 여자와 나란히 산책하는
것은 매우 드문 일이었다. 우리는 그곳을 서둘러 한바퀴 돌았다.
그리고 그녀에게 내가 자주 가던 곳들, 유태 교회, 몇몇 예시바들,
내 친구들의 집들을 보여주었다. 어느 교차로에서 나는 공부 친구
인 예후다가 지나가는 것을 보았다. 내가 부르자, 그가 달려왔다.

"아니, 너 그 동안 내내 어디 있었던 거냐? 가끔 소식을 전할
수도 있었잖아."

"여행이 생각했던 것보다 더 길어졌어."

그리고 나는 덧붙었다.

"소개할게, 제인이야."

그녀는 악수를 청하지 않았다. 하시드들은 자기 여자가 아닌 여
자들에게는 손을 대지 않는다는 것을 배웠던 것이다.

"자, 이리 와, 잠깐이라도 얘기 좀 하자. 네게 중요한 할말이 있
어, 아리!"

우리는 그 동네의 몇 안 되는 카페 중 하나인, 하시드가 운영하
는 카페에 들어가 앉았다. 예후다는 자신이 콜렐, 즉 탈무드 연구

에 일생을 바치는 결혼한 남자들을 위한 예시바에서 지내고 있다고 말했다. 그는 예시바에서 약간의 돈을 받고 있었고, 그의 아내는 유치원에서 일하고 있었다.

"그런데, 너 그 굉장한 소식을 알고 있니?"
의기양양해하면서도 은밀한 태도로 예후다가 말을 이었다.
"아니."
"그곳 미국에서 그 이야기 듣지 못했어?"
"전혀. 무슨 소식인데?"
"랍비께서 메시아에 대해 말씀을 하셨어. 마침내 당신의 정체를 드러내신 거야."
"뭐라셨는데?"
"당신이 누군지 밝히셨어."
"누가?"
나는 어리둥절해서 물었다.
"아니 누구긴 누구야, 랍비지! 그분이 당신이 메시아이며, 곧 종말이 닥친다고 말씀하셨어."
나는 말문이 막혔다. 도대체 무엇이 랍비로 하여금 여든둘의 나이에 그런 사실을 폭로하게 충동질한 것일까? 왜 하필 지금?
"그런데 넌, 그분이 정말 메시아라고 믿니?"
나는 그에게 물었다. 여후다는 진지하게 말했다.
"그래, 그 문제에 더 상세히 접근하기 전에, 사실 나도 너처럼 의심했었어, 아리. 그렇지만 내가 그분의 사위이고 또 제자인 지금은, 그분을 더 잘 알게 되었지. 난 그분이 정말 성인(聖人)이라고 생각해. 아니 그 이상일 거라고 믿어. 사실 난 랍비께서 곧 우리 모두를 해방시켜주실 거라고 믿고 있어."

나는 그가 말하려고 하는 바가 무엇인지 이해했다. 내가 예후다를 떠났을 때, 그는 예시바를 갓 졸업하고 이제 막 결혼한 젊은이였다. 지금 그는 랍비의 측근이었다. 분명 공적인 임무를 맡았음에 틀림없었다. 그는 다른 사람들이 모두 부러워하는 몇몇 선택된 자들의 축에 들어, 가까이서 랍비와 빈번히 접촉하고, 일상생활에서도 그를 수행하고 있는 것이다.

예후다가 말했다.

"이 세상 모든 것이 얼마나 잘못되어가는지 너도 알잖아? 전쟁, 가난, 불의, 이 모든 것이 점점 악화되어가고만 있어. 2차 세계대전의 공포가 이제 다시는 일어나지 않을 거라고 사람들은 믿었지. 그렇지만 천만에. 걸프전, 구(舊) 유고슬라비아에서 일어난 인종 청소, 르완다에서 일어난 계획적인 집단 학살, 도처에서 세상은 악의 지배 아래 폭발하고 있어. 게다가 이스라엘 국가를 창설한 이래로 우리 땅, 우리 나라 안에서 우리가 벌이고 있는 전쟁도 있어. 곡과 마곡*의 전투 말야! 예루살렘을 봐! 마침내 우리는 아주 가까운 미래에 다가올 좀더 나은 세상에 대한 희망을 갖게 된 거

---

* '곡'은 성서에서 세상 마지막 날에 갑자기 정체를 드러낼 사탄의 지배를 받은 적대세력. 〈요한 계시록〉과 그 밖의 다른 기독교 묵시문학, 유태 묵시문학에서 곡은 적의를 가진 두번째 세력인 '마곡'과 함께 나오지만, 그 외 다른 곳에서는 마곡이 분명히 곡의 발생지로 언급된다.

야. 얼마 안 가 이루어질 계시를 우리는 기다리는 거야. 계시가 임박했어. 넌 느껴지지 않니? 신께서 마침내 우리의 기도를 들으신 거야. 우리 소원을 들어주실 거야. 신께서는 랍비를 선택하시고, 우리를 구원하기 위해 이 지상으로 보내신 거야, 아리."

그는 약간 쉰 목소리로 예전에 하듯 내 양 어깨를 감싸고 몸을 수그리면서 말했다.

"일 년 후면 2000년이잖아."

"우리가 2000년을 넘긴 지는 오래되었어. 2000년을 넘긴 지가 정확하게 삼천칠백오십구 년이나 되었다구. 우린 기독교인이 아니야. 우리에게 그건 별 대수로운 숫자가 아니야."

그는 두 팔을 내리고 고개를 가로 저었다.

"이제 곧 우리에게 어떤 기회가 주어질지 너는 알아차리지 못하는구나…… 회개하지 않으면 구원받지 못할 거야. 네 몫을 가지지 못할 거야……."

"하늘의 왕국에서 말이지."

나는 거의 기계적으로 말했다.

갑자기, 미국으로 떠나기 전에 꾸었던 꿈이 떠올랐다. 난 예후다와 함께 자동차에 타고 있었다. 그 자동차가 어떤 버스를 따라가다가, 하늘을 향해 올라가는 꿈이었다. 그 버스는 외부 세계, 이미 예수에 의해 구원된 기독교 세계를 표상하고 있었다. 우리의 조그만 자동차는 우리들 세계를 표상하고 있었다.

그러나, 그때 나는 "지금은 아냐!"라고 외치면서 소스라치게 놀라 꿈에서 깨어났다. 난 메시아가 그렇게 빨리 올 것을 바라고 있

다는 확신이 없었다. 이 또다른 세계가 우리에게 정말 무엇을 예
정해두고 있는 것일까?

"너 알지. 내일은 라그 바오메르 대축제야."
예후다가 말했다.
"늘 그랬던 것처럼, 하시드들이 거기서 판매대를 하나 운영할
거야. 올해에는 내가 그 일을 맡게 되었어. 우린 그 소식을 대중들
에게 알릴 거야. 나와 함께 하지 않을래?"
나는 다음날 그를 만나기로 했다. 그 소식이 반가워서가 아니
라, 구상중이던 계획이 예후다의 계획과 같은 방향이었던 것이다.
나중에야 알게 된 일이었지만, 그건 전적으로 우연은 아니었다.

예후다와 헤어진 후, 제인은 그에 대해, 그리고 나에 대해 여러
가지 질문을 해댔다. 그가 어떻게 결혼했는지, 어떤 식으로 그의
결혼이 성사되었는지 나는 그녀에게 이야기해주었다.
"당신도 그렇게 할 거예요?" 그녀가 물었다.
"나요, 난 전문 중매인에게 가야 해요. 우리 부모님은 독실한
신자들이 아니니까."
"당신 같은 사람들을 위한 중매인까지 있어요?"
"약간 까다로운 경우를 담당하는 중매인들이 있어요. 사회에
완전히 적응하지 못하는 사람들, 기도를 너무 많이 하는 사람들이
나 지나치게 광적으로 기도하는 사람들, 공부를 너무 많이 하는
사람들, 단식을 지나치게 하고, 신경쇠약에 걸린 사람들, 감정적인
문제로 고통스러워하는 사람들 말이에요. 당신도 아다시피, 빠짐

없이 모두가 배려받고 있어요."

저녁 어스름이 내리기 시작했다. 그녀의 얼굴이 도시의 황금빛을 받아 물들기 시작했다. 그녀의 두 눈이 슬픈 빛으로 빛났다.
나는 말을 이었다.
"그 중매쟁이들은 혼합 결혼, 그러니까 세파리드(스페인 혹은 지중해 연안에서 태어난 유태인—원주)들과 아슈케나지(독일과 유럽에서 태어난 유태인—원주)들 사이의 결혼으로 태어난 자들, 그리고 또 예시바 안에서 공부하고 '검은' 옷을 입게 된 세파리드들도 담당합니다. 그들은 검은 옷만 입는 것으로 그치는 것이 아니라, 아슈케나지 처녀와 결혼도 하고 싶어합니다. 그러면 중매인이 그들에게 신체적 결함이 있는 처녀들이나 유산 문제가 있는 처녀들을 찾아내주려 애쓰지요."
"세파리드 처녀가 남자를 찾는다면요?"
"그런 처녀는 대부분 아무도 구하지 못할 확률이 높아요. 아슈케나지이건 세파리드이건, 남자들은 세파리드 처녀를 원치 않으니까요."
"감정적으로 문제가 있는 여자들, 그런 여자들도 신랑감을 찾을 수 있나요?"
"일반적으로 여자들은 결혼하기 전에는 감정적인 문제가 없어요."
그녀의 놀라는 기색을 보고 나는 말을 덧붙였다.
"그렇지만 설사 여자에게 그런 문제가 있다 해도 공동체 안에서 사람들은 그런 사실을 몰라요. 딸들이 남편감을 찾지 못할까 두려워 가족들이 그런 이야기를 하지 않지요. 청년들의 경우는 그렇지 않아요. 그런 사실을 숨길 수가 없지요. 남자 아이들은 매일처럼 유태 교회나 예시바, 혹은 거리에서 볼 수 있으니까요. 반면에 여자 아이들은 일 년에 한 번, 유태 교회에서밖에는 볼 수가 없죠."

"결혼이 성사된 후에는 어떻게 일이 진행되나요?"

"미래의 부부는 부모들이 배석한 자리에서 처음으로 만나게 됩니다. 소개 후에 이런저런 것들에 대해 대화를 시작하죠. 몇 분 후 부모들은 젊은이들만 남겨두고 다른 방으로 가지요. 그렇지만 젊은 처녀 총각이 둘이서만 따로 있지 않도록 문을 빼꼼히 열어둡니다. 결혼하지 않은 남녀가 둘이만 있는 건 금지되어 있으니까."

"그럼 그들은 무엇에 대해 이야기하나요?"

"공부에 대해, 그리고 일반적인 것들에 대해 말합니다. 때로 그들은 아무 말도 하지 않아요. 처녀는 대개 매우 수줍어하죠. 그러다가 헤어집니다. 결혼식 날에야 다시 보게 되는 거죠."

"남자나 여자가 거부할 수도 있나요?"

"아뇨. 그들은 자기 부모들이 최상의 선택을 했다고 믿어요. 부모님의 선택을 완전히 신뢰하는 겁니다."

"메아 셰아림에서는 얼마나 많은 결혼이 그런 식으로 이루어지나요?"

"내 생각에는 모든 결혼, 거의 모든 결혼이 다 그래요. 양가 부모들이 잘 아는 사이이고, 자기 자식들이 잘 어울릴 거라고 생각하는 경우에도, 그들은 중매인에게 부탁하는 편을 선호하죠. 이렇게 제삼자에 의해 일이 이루어지는 겁니다."

"그런 후에는요?"

"결혼 후 여자들은 첫아이를 낳을 때까지 일을 합니다. 공동체 안에서 가르치는 일을 하거나 다른 일자리를 찾습니다."

"부인이 남편을 먹여 살리나요?"

"네. 남편은 공부를 하니까요. 그렇지만 결혼 계약서에는 그들에게 아파트를 하나 마련해주게 되어 있어요. 그들의 수입은 보잘것없지만, 가족과 친구들의 도움이나 은행 대출금으로 곤경을 헤쳐나가는 거죠."

"기독교도인 여자가 결혼하기를 원하면요?"

나는 깜짝 놀랐다. 그녀는 이 질문에 대한 답을 알고 있지 않은가. 이건 도전이라는 걸 난 깨달았다. 그녀에게 결혼에 대해 말하면서, 난 그녀에게 우리 결합의 불가능성을 상기시킨 것이다. 그렇지만 그것이 그녀에게 상처를 준다는 것을 나는 미처 깨닫지 못했던 것이다.

우리는 서벽을 거쳐 호텔로 돌아왔다. 오후 다섯시였다. 저녁 어스름이 내리기 시작했다. 광장 위로 불쑥 튀어나온 작은 돌계단을 올라가니, 벽 앞에서 기도하는 사람들, 그리고 좀더 멀리, 마지막 기도를 마치고 오마르 회교 사원에서 돌아오는 자들이 보였다. 오후 끄트머리의 태양이 구릿빛으로 벽을 비추고 있었다. 벽은 단편적인 구성처럼, 직사각형의 벽으로 둘러쳐진 균일한 하얀 큰 돌덩이들과 함께 그 부재(不在) 자체를 통해, 완벽한 여호와의 성전과 이상적인 예루살렘을 상기시키고 있었다. 이 텅 빈 신성한 장소, 혐오와 반항, 사독(다윗 왕 시대의 제사장. '정의로운 자'라는 의미를 가지고 있다—옮긴이) 계보의 권리 찬탈과 안티오코스 에피파네스가 전시했던 우상들의 유적(遺跡). 이곳은 파괴되고 다시 재건되고 파괴되고 영원히 다시 재건되었다. 그럼에도 그 파란만장한 역사는 아직 끝나지 않았다. 그 역사는 오래 전부터, 바빌론 때부터, 추방된 사람들 틈에서, 케바르 강 주변에서 계속되었다. 법열에 빠진 예언자들 앞에 하늘이 열리고, 폭풍우가 북쪽에서 휘몰아쳐오며, 번갯불이 신자들의 눈을 멀게 하던 때부터, 그 역사는 끊겼다가 다시 이어졌다. 체험하기 전에 꿈꾸고, 실현된 후에 상상하는 역사였다. 예언자들은 그들의 예언 속에서 정사각형의 대형 화단을 다시 보았다. 그 화단 속에 신의 성소(聖所)가 있었다. 매우 정확한 비전을 통해, 그들은 문들, 현관들, 침실들, 그리고 지성소를 환기시켰다. 법열 속에서 예언자들은 벽과 문과 창 하나하나의 정확한 방향과 크기를 보았다. 마치 눈앞에서 보는 듯 그 광경이 펼쳐졌다. 그것은 성스러움의 비밀스러운 암호였다. 또한 법열 속에서 그들은 균형, 거울들 그리고 신성한 공간들을 상상했다. 그러나 그건 유토피아에 불과했다. 추방당한 자들이 바빌론에서 돌아와, 모리아 산 정상에 이 여호와의 성전을 세웠을 때, 사제들, 순례자들, 그리고 속죄자들은 이상적인 예루살렘의 완벽한 계획을 중심으로 모이지 않았다. 오히려 분열되었다. 바로 그들 성전 안에서 분열되었던 것이다. 로마 제국이 임명한 전제군주, 헤로데 왕은 모리아 산 위에 여호와의 성전을 대대적으로 재건하려고 했다. 로마 제국의 가장 아름다운 건축물들 중 하나에, 그는 불경한 여사제, 로마의 상징인 금빛 독수리, 왕실이 독수리 옥쇄를

찍었다. 바로 그때, 그는 불경스런 언동을 했다. 사해 육필 두루마리들이 씌어질 때 여호와의 성전은 불순함으로 가득 찼다. 매일 아침 황제의 건강을 위해 제물이 바쳐졌다. 신의 거처는 그의 신, 성상(聖像) 파괴자의 신에게 매일 조금씩 잠식당해갔다.

그로부터 이천 년이 지난 지금, 어떤 이들이 그 폐허를 찾고 있었던 것이다. 지금까지 헤로데의 성전이 있었다고 믿어왔던 오마르의 회교 사원 아래에서가 아니었다. 조금 더 멀리, 발굴이 계획되던 곳에서였다. 이 발굴에 의해 여호와의 성전의 몇몇 요소가 햇빛을 보게 되었다. 그때 나는, 발굴을 위한 굴착 공사가 성전이 세워져 있던 진짜 장소를 드러나게 할 수 있다면, 재건된 여호와의 성전은 어떤 모습일까 상상하기 시작했다.

나는 여호와의 성전의 모습을 머릿속에 그려보았다. 어떤 벽으로도 둘러싸여 있지 않고, 일종의 거대한 환상(環狀) 교각 모양을 그리는 상인방(上引枋)들과 문들만으로 된 열린 건축물. 그 상인방과 문들을 통하여 안뜰에서 성벽 안쪽으로 들어갈 수가 있다. 처마들과 널따란 오솔길이 관통하고 있는 그 성전 안에는 넓은 방들이 있고, 그 방들은 모두 안뜰로 나 있다. 안뜰로부터 각각의 침실을 볼 수 있고, 각각의 침실에서도 안뜰이 보인다. 그리고 마당 쪽으로 나 있는 각각의 방은 다른 방과 통하게 되어 있으며, 방들은 크기와 형태가 각기 다르다. 세로 12미터에 가로 8미터인 직사각형 방, 아랫변이 10미터에 한 변이 15미터인 삼각형 방, 양변이 12미터인 이등변삼각형 방, 각 변이 23미터인 완벽한 정사각형 방, 반경이 8미터인 완벽하게 둥근 침실, 반경이 32미터나 되는 거대한 원형 방, 변들이 각각 8미터와 12미터인 육각형 방, 곡선이 52미터인 커다란 타원형 방, 사각형이었다가 원형이 되는 무정형의 방, 뭐라 이름붙이기 어려운 형태의 방. 한 방의 천장이 매우 높으면 또다른 방은 매우 낮고, 한 방의 바닥에 타일이 깔려 있으면, 다른 방은 반들반들 윤이 나는 마룻바닥이었다. 한 방에 부드러운 융단이 깔려 있으면 또다른 방에는 동방의 양탄자가 깔려 있고, 한 방에 커다란 샹들리에가 있으면 다른 방에는 간단한 등잔이 있었다. 덧문이 달린 방이 있는가 하면 커튼이 드리워진 방도 있고, 미닫이창으로 된 방이 있으면 문짝 달린 창문으로 된 방도 있고, 한 방에 강렬한 색깔들이 칠해져 있다면 또다른 방은 모두 목재로 되어 있었다. 그렇지만 각 방은 다른 방 속에 서로 끼여 다리 아래 모여 통일된 전체를 이루고 있다.

안뜰에는 제식에 쓰이는 네 개의 테이블이 있다. 그 위에는 토라의 두루마리들이 펼쳐져 있다. 바깥문들 중 하나, 그 문의 양쪽 중 한쪽으로, 사람들이 올라가는 곳으로, 북쪽으로 열리는 문 입구에 또다른 두 개의 테이블이 있다. 그 반대쪽, 이 문의 반대편에 또 테이블 두 개가 놓여 있다. 이렇게 하여 제식에 쓰이는 테이블은 모두 여덟 개가 된다. 모두 가로 1미터, 세로 1미터 반, 높이 1미터의 거대한 돌로 만들어진 테이블들이다. 각 테이블은 각기 다른 제식 집행자에게 예정되어 있었다. 각각의 제식 집행자는 기도를 했다. 그래서 사두개 파 사제를 위한 테이블이 하나, 에세네 파 수도사를 위한 테이블이 하나, 그리고 바리새 파 랍비를 위한 테이블이 있었다. 내 상상 속에서 이 모든 자들이 부활해 있었다. 또다른 테이블은 정통파 랍비를 위해, 그리고 또다른 테이블은 자유

주의자인 랍비를 위해, 또다른 것은 개혁파 여성 랍비를 위한 것이었다. 또다른 하나는 원하는 자를 위한 것이었고, 나머지 하나는 원하지 않는 자를 위한 테이블이었다. 유리창 달린 방들 중에 어떤 방들은 성가대원들을 위한 방으로 안뜰로 나 있고, 바깥뜰로 열려 있는 또다른 방들은 레위의 후손들인 랍비들을 위한 방이었다. 이들은 성전과 관련된 임무를 맡고 있었고, 영원한 신에 가까이 접근하여 직무를 수행하는 자들이었다.

중앙에는 현관이 있다. 여러 계단을 통해 그 현관에 도달한다. 그 현관은 여호와의 성전의 비밀의 문 쪽으로 나 있다. 그 성전은 가로 40.5미터, 세로 70미터로, 바깥쪽으로는 말뚝들, 창문들, 방들이 있다. 그 방들은 온통 목재로 되어 있다. 심지어 바닥부터 창문까지 목재로 덮여 있다. 또한 그 목재에는 지품천사들과 종려나무들이 새겨져 있다. 각각의 천사는 두 개의 얼굴을 갖고 있었다. 그 얼굴들은 또한 모두 달랐다. 그 장소를 빙 둘러, 목조 조각들이 서 있었다. 바닥부터 출입구까지 지품천사들과 종려나무들이 조각되어 있다. 인간의 아들이여, 이곳이 나의 옥좌가 있는 곳이니라. 내 발바닥이 내딛는 장소이니라. 이곳 이스라엘 자손들 틈에 영원히 내 거처를 만들리라. 이스라엘의 집은 이제 더이상 나의 성스러운 이름을 더럽히지 않을 것이니. 그들의 고결한 장소에서는 이스라엘 자손들도, 그들의 왕도, 그들의 매음으로도, 그들의 왕들의 시신으로도, 내 이름을 더럽히지 않을 것이니.

그곳은 지성소, 신의 거처였다. 그곳에 접근할 수 있는 자는 오로지 대제사장뿐이었다. 대제사장은 인간의 아들이라고 불렸다. 대제사장은 인간의 아들의 모습, 랍비의 모습으로 내게 나타났다.

그가 모든 이스라엘인들을 모으는 구심점, 구원자이신 메시아 왕이었을까? 대제사장, 악의 사제, 인간의 아들, 어둠의 아들 아니면 빛의 아들…… 그는 진정 누구였을까?

불현듯, 나는 몽상에서 깨어났다.

여호와의 성전의 뜰 앞에는 이제 아무도 없었다. 우리는 그곳에 얼마간 더 머물렀다. 그리고, 밤이 늦어서야 호텔로 돌아왔다. 길을 걸어가는 내 발걸음은 몽유병자처럼 비틀거리면서도 균형 잡혀 있었다. 꿈이었던가, 환영이었던가, 아니면 예언이었던가, 법열이었던가, 아니면 현실이었던가? 너무나 놀랍게도 모리아 산 위, 감람산 맞은편에 있는 황금의 문, 1530년 이래로 봉쇄되었던 그 문이 그날 밤 열려 있었다. 우리는 그 문을 거쳐서 예루살렘의 썰렁한 바람에 실려, 호텔로 돌아왔다.

동방의 문을 통해서는 아무도 들어가지 못하리라. 왜냐하면 영원한 신께서 그 문을 통해 들어오셨기 때문이니라. 우두머리가 그곳에 앉을 것이며, 그는 그 문으로 통하는 오솔길로 들어갔다가 그 길로 또한 나올 것이다.

그 다음날 아침, 나는 제인에게 왜 내가 라그 바오메르 축제에 가기로 결심했는가를 설명했다. 이 축제는 서기 135년에 있었던 바르 코크바[*]의 유태 독립을 위한 마지막 짧은 시도를 기념하는

---

[*] ?~135년. 유태인 지도자. 팔레스타인에서 로마의 지배에 대항해 반란을 일으켰으나 실패했다. 그는 다윗의 후손이라고 알려져 있었고, '바르 코크바'는

축제였다. 바르 코크바는 자신을 민족적이며 신비주의적인 희망의 대상인 메시아라고 믿고 있던 랍비 아키바의 지지를 받았었다. 그러므로 이 축제에는 매우 경건한 유태인들이 모여들었다. 그들 중에는 하시드들도 있었다. 세파리드나 아슈케나지 같은 모든 사람들도 랍비 시므온 벤 요하이*와 같이, 전통에 굵직한 자국을 남긴 율법학자들을 찬양할 수 있는 기회였다. 많은 사람들이 모이는 이 축제는 또한 물품을 팔러 오는 베두인 족들에게는 뜻밖의 대목이었다. 타미레 족들과, 두루마리를 발견한 자들이 대개 그 축제에 간다는 것을 나는 알고 있었다.

나는 제인에게 호텔에 남아 카이르 벤야이르를 감시하라고 당부하고, 메론(이스라엘 북부 상(上)갈릴리 지방에 있는 산—옮긴이)으로 가는 버스를 탔다. 1400대의 버스와 그만큼의 트럭과 자동차들이 교통 혼잡으로 막힌 예루살렘을 벗어나, 언덕 아래에 있는 갈릴리로 몰려나왔다. 진짜 인산인해를 이루고 있었다. 십만 인파가 라그 바오메르의 밤이 되기 전에 그 언덕으로 올라갈 것이다. 어떤 사람들은 랍비들의 무덤 가까이에 있는 암벽 비탈길 위에 텐트를 치고 있었다. 환자들은 들것에 실려 움푹 팬 오솔길을 힘겹게 가고 있었다. 젤라바(두건과 긴 소매 달린 외투—옮긴이)를 입은 걸인들, 하시드 옷을 입은 사람들이 성소 입구에 자리잡고 있었다. 그

당시 가장 위대한 랍비 아키바 벤 요세프로부터 받은 칭호로 '별의 아들' 이란 뜻이다.

* 2세기에 활동한 유태교 랍비. 유태교 신비주의 종파인 카발라의 입장에서 〈모세 오경〉을 연구한 〈조하르Zohar〉의 전설적인 작가이기도 하다.

들은 보잘것없는 배낭을 지키기 위해 서로 싸우고, 반합 속에 넣은 작은 동전 하나를 쨍그랑거리면서 사람들의 주의를 끌려고 애쓰고 있었다. 도처에서, 성물(聖物) 상인들, 음료수 상인들, 팔라펠 상인들, 혹은 온갖 종류의 물건을 파는 사람들이 임시 노점을 세워놓고 있었다.

하시드들이 있는 곳을 찾기 위해 나는 군중 속으로 들어갔다. 마침내 랍비 시므온의 무덤 입구 가까이에서 나는 베이지색 천으로 된 텐트를 발견했다. 몸을 숙여 안쪽을 힐끗 쳐다보았다. 사각대 위에 얹혀진 널빤지 몇 장과 사방에 널려 있는 종교 서적들, 뒤죽박죽으로 던져져 있는 테필린들이 보였다. 반대쪽 입구에 예후다가 언뜻 보였다. 그는 확성기를 들고 행인들에게 알리고 있었다.

"메시아가 여기 계십니다! 그분이 도착하셨습니다. 우리는 메시아의 시대에 돌입하는 것입니다!"

그는 한 젊은 군인의 팔을 잡고, 부적을 붙이라고 세안했다. 군인이 거절하자, 그는 사설을 늘어놓기 시작했다. 싸우다 지친 젊은이가 마침내 수락하고 말았다.

그때 예후다가 돌아보더니 내 쪽으로 왔다.

"아리, 네가 와서 너무 기뻐! 네가 도움이 될 거야."

"우선 한바퀴 돌아보고 나서 곧 올게." 내가 말했다.

하시드들의 텐트 아주 가까이에서, 노파들이 널빤지 위에 석 장씩 카드를 놓으면서 카드점을 치고 있었다.

그중 한 노파가 소리쳤다.

"와서 보세요. 벤 요하이가 당신과 함께 하고 있는지 와서 보세요."

조금 더 멀리에서는, 젊은이들이 몇십 미터를 가는 동안이라도 토라 두루마리를 들고 갈 특전을 받기 위해 다투고 있었다. 그들은 이 두루마리를 머리 위로 올리고 있었다. 대열 안에서는 즉흥적인 춤판이 벌어졌다. 한 무리의 하시드들이 그들을 뒤따르면서 '우리는 지금 메시아를 원한다'라고 적힌 플래카드들을 흔들고 있었다.

모든 사람들이 열광하는 가운데 토라 두루마리는 랍비 시므온의 무덤에 당도했다. 사람들은 각자 자기 식으로 랍비의 제일(祭日)을 경축하고 있었다. 도처에서 온통 광적인 춤판, 온정 어린 재회, 활기 띤 토론이 벌어지고 있었다. 넓은 텐트 아래에서는 사람들이 푸짐한 식사를 하고 있었다. 때로 그들은 축하 행사를 중단하고, 어느 랍비의 무덤으로 달려가 초와 향을 바치며 그들의 기도를 들어주십사고 기도하기도 했다.

마침내 베두인 족의 텐트가 보였다. 나는 가까이 다가갔다. 그들은 온갖 종류의 싸구려 장신구들과 수공예품을 팔고 있었다. 나는 아무런 흥정도 하지 않고 조그만 접시 하나를 사고 나서 대화를 시작했다.

"타미레 족은 어디에 있죠?"

나는 아랍어로 물었다.

"우리가 타미레 족입니다."

나는, 그들이 아주 오래 전에 항아리 속에서 발견한 육필 두루
마리들과 동굴에 대해 그들과 이야기하고 싶다는 뜻을 간략하게
전했다. 그들은 내가 무슨 이야기를 하는지 이해한 것 같았다. 그
들은 늙은 현자 한 명을 데려왔다. 나는 그에게 다시 내 요청을
되풀이했다.

"요히를 보러 가셔야 합니다."

노인은 이렇게 말하며 다시 텐트 안으로 들어가버렸다.

"요히가 누구입니까?"

나는 다른 베두인인들에게 물었다.

"요히는 떠나간 자입니다."

"어디로 떠났다는 겁니까?"

"그는 무덤지기입니다."

나는 왔던 길을 다시 거슬러 랍비 시므온 벤 요하이의 무덤으
로 향했다. 그 무덤은 조그만 석조 가옥이었다. 그 집의 어두운 복
도들과 안쪽의 작은 뜰을 지나 중앙의 방에 다다렸다. 그 방에는
바닥을 직접 파서 만든 지하 묘소가 있었다. 그 안에서는 텐트를
마련할 수 없는 걸인들, 불구자들, 가난한 자들이 자기들의 운명
의 개선을 위해 기도하고 있었다.

한 번도 본 적은 없었지만, 나는 그를 즉시 알아보았다. 그의 피
부는 밤색 양피지 같았다. 새까만 작은 두 눈에서는 꿰뚫는 듯한
광채가 번득였다. 회색 머리카락은 터번으로 반쯤 가려져 있었다.
그는 방 입구에 있는 낡은 의자에 앉아서 명상하고 있는 것 같았
다. 나는 그에게 다가가 물었다.

"당신이 요히이십니까?"

"그렇소." 그가 대답했다.

그는 사람들이 지하 묘소에 들어가기 전에 하듯, 내가 동전 한 닢을 던져주기를 기다리고 있는 것 같았다. 나는 그의 접시 위에 지폐 한 장을 놓았다. 그는 놀라 눈을 들었다.

"당신은 당신 부족을 떠났습니까?"

내가 묻자, 그는 그렇다는 몸짓을 했다.

"언제요?"

"얼마 전이오."

"왜 떠나셨습니까?"

나는 대답을 들을 수 없었다.

"그를 떠나게 한 건 나야, 아리."

등뒤에서 누군가가 대답했다.

나는 소스라쳐 놀랐다. 약간 쉰 듯한 그 목소리는 매우 친숙한 것이었다. 나는 천천히 몸을 돌렸다. 예후다였다.

"그에게 이 일자리를 구해주고, 그를 그의 부족으로부터 나오게 한 건 나야. 대체 그에게 바라는 게 뭐지?"

한 번도 들어보지 못한 어조였다.

"그러는 넌 그에게 바라는 게 뭔데?"

깜짝 놀라서 내가 물었다.

"이 사람은 우리에게 유용한 사람이지. 쿰란 육필 두루마리가 있는 곳을 아니까."

"쿰란 육필 두루마리라고! 아니 그게 너와 무슨 상관이 있어? 랍비가 널 보냈어?"

"그래. 그분께선 이 육필 두루마리들 속에 그분에 대한 이야기가 나온다고 말씀하셨어. 그 두루마리들이 메시아에 대해 이야기하고, 곧 다가올 5760년에 메시아가 올 것이라고 예언하고 있기 때문에, 그 두루마리를 원하신다고 하셨어."

"사실입니까? 당신은 육필 두루마리들을 알고 있습니까?"

나는 베두인 족 노인에게 물었다.

그는 한순간 말없이 있더니 이윽고 입을 열었다.

"쿰란 두루마리들 말이오?"

"네."

"내 부친의 손에 있던 것들이오."

예후다와 내가 요히를 떠난 것은 밤이 지나고, 새벽 첫 여명 때였다. 밖에서는 하시드들이 아침기도를 시작하기 위해 탈리트(기도용 숄―원주)를 덮고, 테필린을 묶고 있었다. 밤새도록 이어지던 노래와 춤이 끝나고 이제 경건한 명상이 자리잡았다. 반쯤 꺼진 촛불 향내가 감돌았다. 갓 숨쉬기 시작한 여명 속에서 모든 하시드들은 서벽 쪽을 향하고 몸을 앞뒤로 힘차게 흔들고 있었다.

하시드 그룹 중 한 작은 그룹이 땅바닥에 둥그렇게 둘러앉아서 명상을 하고 있었다. 그 동안 클라리넷이 향수 어린 단조로운 가락을 연주했다. 즉흥적으로 연주된 각각의 악절들은 마치 영혼의 숨소리처럼, 영혼 깊숙한 곳으로부터 나오는 무거운 한숨으로 간간이 점철되었다. 하시드가 되기 위해서는 한숨을 쉴 줄 알아야 한다. 모든 즐거움과 모든 슬픔이 한숨 쉬는 하시드의 숨결 속에 들어 있다. 그만큼 그의 마음은 메시아의 기다림에 대한 열광으로 기뻐하는 동시에, 여호와의 성전의 파괴라는 지울 수 없는 상처로 멍들어 있는 것이다.

하시드가 되기 위해서 한숨을 쉴 줄 알아야 한다면, 그날 새벽 나는 분명 하시드였다. 나의 고통은 너무나 컸고, 나의 기쁨은 너무도 퇴색했다. 그건 너무 큰 악이었다. 신에게는 너무도 큰 악이었다.

그리고 나, 나는 입을 다물었다. 나의 팔은 인대에서 분리되고, 내 발은 흙탕 속을 걸었다. 악을 보지 않기 위해, 살인의 소리를 듣지 않기 위해, 나는 눈과 귀를 틀어막았다. 악의에 찬 의도 때문에 내 마음은 마비되었다. 그들 존재의 성향이 드러날 때 우리 눈에 보이는 것은 벨리알이기 때문이다. 내 건축물의 모든 기초가 삐걱거리고, 내 뼈들은 탈구되었으며, 내 사지는 노한 폭풍 속에 내던져진 한 척의 배와 같았다. 내 심장은 죽을 듯이 전율했다. 그들의 죄악이 가져온 불행 때문에, 나는 현기증에 휩쓸려 비틀거렸다.

여섯번째 두루마리

동굴의 두루마리

나는 그들을 위한 모든 축복과 보상을 내 성서 속에 모두 말해놓았도다. 왜냐하면 그들은 악인들에게 짓밟히고, 수치와 치욕에 짓눌리며 수많은 모욕을 받았음에도, 이 세상에서 자신들의 목숨보다도 하늘을 선택하고 나를 축복했기 때문이니라. 이제 나는 빛의 자손들 사이에서 태어난 덕 있는 자들의 정신과,(……) 그들의 육신 속에 신앙을 품을 영광을 받지 못한 자들을 부를 것이니라. 나는 나의 성스런 이름을 사랑한 자들을 밝은 빛 속으로 내보낼 것이로다. 그리고 그들을 하나하나 영광의 자리에 앉힐 것이로다. 그들은 영원토록 빛나리라. 신의 심판은 정당하나니. 신의 심판은 올바른 길이 인도하는 거처에 있는 신자들에게 신뢰를 허락하시니. 신자들은 어둠 속에서 태어난 자들이 어둠 속에 던져지는 것을 보게 되리라. 그러나 정의로운 자들은 영원히 빛나리라. 죄지은 자들은 신음할 것이며, 정의로운 자들이 빛나는 것을 보게 되리라. 그리하여 그들은 날과 시간이 글로 씌어져 그들에게 확정된 그곳으로 가게 될 것이니라.(……)

내 이제 너희들에게 이 비밀을 이야기하노라. 죄인들이 진실의 말씀을 변질시키며 다시 고쳐 쓰고 있노라. 그들은 그 대부분을 바꾸어, 거짓말을 하고 거창한 허구를 지어내며, 성서를 그들의 이름으로 쓰나니. 그들이 내 모든 말을 폐기치도, 변질시키지도 않고 다만 그들의 이름으로 성실하게 써놓는다면, 내가 그들에게 전한 증거들을 충실하게 써놓기만 한다면! 나는 두 번째 비밀을 또한 알고 있노라. 정의로운 자들, 성인들 그리고 현자들은 나의 책을 받을 것이며 진실에 기뻐하리라.(……) 그들은 진실과 신앙을 맞추어보며 기뻐하리라. 또한 모든 정의로운 자들은 진실의 모든 길을 배우며 몹시 기뻐하리라.

쿰란 두루마리
〈에녹서〉

I

천지창조 후 신은 남자와 여자를 창조했다. 그후 그들이 죄를 범하자, 신은 사기에서 도망쳐버린 인간들을 저주하기 시작했다. 여자는 고통 속에서 아이를 낳을 것이며 그녀를 지배하게 될 남자를 갈망할 것이라고 말했다. 남자는 고생 속에 일할 것이며, 한낱 티끌이 되어 그가 태어난 땅으로 되돌아갈 것이라고 예언했다. 그리고 나서 전광석화 같은 광채를 뿜는 검을 쥐고 삶의 숲길을 지키도록, 지품천사들을 에덴 동산의 동쪽에 두었다. 그런데 신은 왜 하필이면 목숨을 자유의 대가로 지불해야 하는 이런 자유인을 창조했던 것일까? 도로 거두기 위해서였다면, 무엇 때문에 주었던 것일까?

"당신 부친이 두루마리들을 갖고 있었단 말입니까?"

나는 요히에게 물었다.

"그렇소."

"지금 부친은 어디 계십니까?"

"오래 전에 돌아가셨소. 사람들이 내 아버지를 죽였소."

"말씀해보십시오. 무슨 일이 일어났었는지 얘기해주세요. 날 조금도 무서워할 필요는 없어요. 사람들이 우리 아버지를 납치해갔어요. 난 아버지를 다시 찾아야만 해요."

그는 오래 전의 기억을 더듬어가며 이야기를 시작했다. 동굴 속에는 길 잃은 양도, 던져진 돌멩이도 없었다고 했다. 두루마리는 그렇게 해서 발견된 게 아니었다. 어느 날 한 남자가 타미레 족의 야영지로 찾아왔다. 그는 베두인 족의 모습을 하고 있었다. 그러나 그는 낯선 언어로 말을 했다. 그는 완전히 이방인이었기에, 관습에 따라 매우 정중한 접대를 받았다. 타미레 족 사람들은 모포를 펴고 그 부족이 갖고 있는 가장 아름다운 쟁반에 설탕을 많이 탄 차를 대접하였다. 그런 후 또 예쁜 장식이 되어 있는 잔에 커피를 담아 내왔다.

그날도 평소와 다름없이 야영지의 검은 텐트들이 남서쪽을 향하여 일렬로 길게 늘어서 있었다. 사위는 완전히 조용했다. 사람들은 각자 자기 리듬에 따라 오고 가고 했다. 아무것도 하지 않고 그냥 햇빛 아래 누워 있고 싶은 마음만 들게 하는 한여름 더위였다. 아침이나 오후 한나절에 더위가 절정에 이르면, 몇 시간이고 숨막히는 열기가 계속되는 동안, 텐트 그늘에 앉아 단식을 하거나 팔꿈치를 괴고 누워 있고 싶었다.

 나는 베두인인들의 아주 특수한 생활 방식을 조금은 알고 있었다. 젊었을 때 아버지에게는 베두인 족 친구들이 있었다. 아버지는 그 친구들 이야기를 내게 해주곤 했다. 그들의 흰색과 검은색 텐트 속으로 들어간다는 것은 황폐하고 거친 삶에서 하나의 피신처를 발견하는 것과 같다고 했다. 바깥에는, 타는 듯한 낮과 극도로 추운 밤, 그리고 물이 없는 사막의 텅 빈 위협적인 공간이 버티고 있었다. 그들의 텐트에서 같이 잠을 잘 때면 밤 추위에 잠이 깨어 새벽까지 몸을 떤다고 했다. 그럴 때면, 해가 지평선에 떠오를 때까지 텐트처럼 거무스름하고 하얀 풍경이 연한 빛으로 조금씩 물들어가는 모습을 지켜보곤 했다고 했다. 그러다가 떠오르는 해와 함께 점점 더 더워지는 몇 시간 동안 사막은 생명의 빛깔을 띤다. 아버지에겐 이런 사막의 경험이 깊이 새겨져 있었다. 도시의 소란함에 익숙한 자들, 절대 고독을 경험하지 못한 자들에게 사막의 침묵은 무서움을 느끼게 한다고 했다. 사막에서는 살아 있는 생물이라곤 단 하나도 찾을 수 없는 까마득한 지평선만 보인다. 어디고 땅은 텅 비어 있다. 마치 태양의 힘과 가뭄이 지도에서 땅을 모두 삭제해버린 듯이.

 이따금 베두인 족들은 높고 황량한 산을 올라갔다. 바람의 침식에 노출된 거대한 파도 같은 사구들이 신비한 형태로 펼쳐져 있었다. 베두인인들은 모두 사막에는 진(아라비아 신화에 나오는 마신—옮긴이)들이 살고 있다고 생각했다. 사구에서 들리는 이상한 노랫소리, 가볍게 스치는 바람에 모래알들이 굴러떨어지는 소리는 진들이 연주하는 음악이라고 그들은 얘기했다. 때때로 부족의

일원이 이상하게 노래하고 춤추는 것도, 진들이 하는 행동이라고
생각했다.

이방인이 원기를 회복하고 정좌하자, 그들은 그가 하는 일이 무
엇이며 어디로 가느냐고 물었다. 하지만 그들은 그가 하는 말을 알
아들을 수가 없었다. 그래서 그들은 이스라엘의 도시마다 물건들
을 팔러 다니는 요히의 아버지 팔리파를 불렀다. 그는 히브리어도
알고 영어도 조금 알고 있었다. 요히의 아버지는 그 남자와 이야기
를 주고받는 데 별 어려움이 없었다. 그가 쓰는 언어는 여태까지
들어본 언어와 분명 다르긴 했지만, 히브리어와 몹시 비슷했다.

이방인을 맞이했던 텐트 속에는 부족의 족장과 유력자들이 여러
명 앉아 있었다. 요히의 아버지는 이들 사이에서 통역을 해주었다.
그 이방인은 막대한 가치가 있는 물건들을 가지고 왔으며, 그것을
도시에 나가 팔 생각이라고 말했다. 만약 타미레 족이 그 일을 맡
아준다면 그는 이익을 반반씩 나눌 생각도 있다고 했다. 그는 낡은
망태기 속에서 아주 오래된 조그만 항아리들을 꺼냈다. 그리고 몹
시 조심하며 그 항아리 속에서 아주 오래된 양피지들을 끄집어냈
다. 베두인인들은 호기심에 차서 그가 하는 일을 지켜보았다.

"이 동물 가죽들이 그렇게 대단한 가치가 있다고 큰소리치는
거요?"

족장이 약간은 의심스럽다는 듯이 물었다.

요히의 아버지는 이 질문을 반복해 통역했다. 그러자 그 남자는
대답 대신 양피지들 중 하나를 좀더 가까이에서 보도록 족장과
유력자들에게 건넸다. 그들은 그것을 유심히 살펴보았다. 두루마

리에는 아주 가늘고 조그만 검은 동물의 발자국들이 규칙적으로 새겨져 있었다. 그들은 그 글을 읽을 줄 몰랐다. 그렇지만 자신이 발견한 물건을 그토록 자랑스러워하는 그 남자를 보면서, 그것이 뭔가 중요한 물건일 거라고 느꼈다. 그리하여 그들은 잠시 회의를 한 후 요히의 아버지에게 다음에 도시로 나갈 때 팔아보도록 그것을 맡기기로 결정했다.

어둠이 깔리기 시작했다. 그들은 포도와 양파를 넣어 만든 전통 쌀 요리를 같이 먹자고 그 남자를 저녁식사에 초대했다. 그리고 나서 그 남자는 족장의 텐트에서 잠을 자고, 그 다음날 새벽에 떠났다. 한 달 후 그가 타미레 족의 다음 야영지로 찾아오기로 합의했던 것이다.

일 주일 후, 팔리파는 예루살렘으로 갔다. 그곳 시장에서 그는 다른 물건들 틈에 그 조그만 항아리들과 육필 두루마리들도 진열해놓았다. 그 앞에 걸음을 멈추고 쳐다보는 사람은 한 사람도 없었다. 그렇게 몇날 며칠이 흐른 후였다. 어느 날 아침, 시장을 지나가던 한 남자가 그것을 보고 깜짝 놀랐다. 그는 유심히 그것들을 들여다보더니 물었다.

"이것들 모두 어디서 가져왔소?"

"누가 주었답니다."

팔리파가 말했다.

"얼마 받을 거요?"

이 질문에 팔리파는 당황했다. 그는 육필 두루마리의 가치를 짐작할 수가 없었다. 그러나 그것을 맡긴 남자의 말을 믿는다면 꿩

장한 가치가 나갈 듯싶었다. 게다가 돈도 나누어 가져야만 했다. 그는 칠백 세켈림(이스라엘의 화폐 단위. 단수는 세켈—옮긴이)과 맞먹는 가격을 무턱대고 불렀다. 상대방이 값을 깎으면 절반 정도 에누리해줄 생각이었다.

그러나 상대방은 이내 승낙하고 아무 말 없이 돈을 지불했다. 그만한 액수를 벌었다는 생각에 만족하여 그는 야영지로 되돌아왔다. 약속일에 그 이방인이 다시 왔다. 그는 자기가 받아야 할 몫의 돈을 챙겼다. 그리고 다른 육필 두루마리들이 들어 있는 또다른 항아리들을 내보였다. 베두인인들은 서둘러 응했고, 그리하여 육필 두루마리들의 작은 거래가 시작되었던 것이다.

몇 달 후, 인근의 베두인 야영지에 타미레 족들이 부자가 되었다는 소문이 퍼졌다. 그해가 그들에겐 좋은 한 해였다는 소문도 자자했다. 그들의 낙타들은 살이 올라 육봉들이 어찌나 둥글둥글한지, 낙타인지 다른 동물인지 도저히 분간할 수 없을 정도이며, 지난 며칠 동안엔 서른여섯 명의 아기가 태어났다는 것이었다. 그것은 사실이었다. 요히의 아버지가 항상 똑같은 사람에게 계속 팔아온 육필 두루마리 덕분에 그 부족은 부자가 되었던 것이다. 다른 부족들은 그것을 시기했다. 그리고 그들의 시기심이 그들에게 탐욕을 부추겼다.

그 당시 사막은 평화롭지 못했다. 공격과 반격이 끊임없이 일어났다. 원수 진 부족들은 서로 대치하여 약탈하고 때로는 서로 죽이기도 했다. 베두인인들의 전쟁은 우연한 일이 아니었다. 그들의 전쟁은 엄격한 규율에 따라 벌어졌다. 규율을 존중하지 않는다는 것은 남자나 부족의 명예에 참을 수 없는 야비함과 수치스러움의 오욕을 입히는 것과 같았다. 그러나 규율을 존중하면서 돈을 버는 것은 개인이나 개인의 부족을 영광과 명예로 감싸는 것이 된다. 영광과 명예, 그것은 베두인인의 세계에서 가장 선망하는 재산이었다. 베두인 법전의 기본은 정의였다. 그들은 스스로를 방어할 수 있는 자들하고만 싸웠다. 따라서 여자와 아이들은 건드리면 안 되었다. 텐트로 찾아온 손님도, 가축떼를 지키는 소년도 건드릴 수 없었다. 전쟁은 대개 적대 행위가 선언된 후에 개시되어야 한다. 그럼에도 불구하고 기습이 있을 때는, 상대방 야영지로 기습 공격할 계획을 세우기도 한다. 그러나 모두가 잠든 자정이나 새벽에 공격하는 것은 수치스런 일이었다. 사람이 잘 때는 영혼이 코로 빠져나가 돌아다닌다고 베두인인들은 생각한다.

어느 날 아침, 베두인 부족들 사이에 공격이 있었다. 물론 규칙에 따라서였다. 해가 뜰 때 시작하는 것은 명예로운 일이었다. 희생자들이 하루 동안에 잃어버린 가축떼를 되찾을 수 있기 때문이다. 공격자들은 레브다 족이었다. 이 부족은 타미레 족의 원수 부족이었다. 야영지 앞에 도착한 레브다인들은 조를 둘로 나누었다. 한 조는 가축떼를 끌고 가기로 했다. 다른 조는 그들이 야영지를 떠날 때 돌진하며 쫓아오는 적군의 말들을 제지하기 위하여 매복하고 있었다.

그곳은 한 시간 만에 모두 약탈당했다. 가축떼와 낙타들은 도둑맞고 야영지는 쑥대밭이 되었다. 심지어 죽은 사람도 있었다. 베두인인 한 명이 가축떼를 칼로 방어하려다 그들의 발에 짓밟혀 죽은 것이었다. 베두인인들은 생명력이 너무나 억세어 고통과 죽음에는 상대적으로 무관심했다. 그래도 그들은 전투 때 사람의 피를 많이 흘리게 하는 것은 좋아하지 않았다. 계급이나 서열, 재산의 차별 없이 그들에게 피의 가치는 똑같은 것이었다. 또한 명예법전이 적군을 자기 마음대로 죽이는 것을 금하고 있었다. 기습의 목적은 살인보다는 절도였다. 그렇기 때문에 베두인인의 살해는 아주 심각한 일로 간주되었다. 패배한 적군의 여자와 아이들을 아무것도 없이 내버려두면 안 되기 때문에 그들은 타미레 여자들 하나하나에게 낙타를 주어 야영지에서 제일 가까운 친척들을 만나러 갈 수 있도록 했다. 이마저도 없는 다른 사람들은 낙담했다. 그들은 회의를 소집했다. 해야 할 일을 알리기 위해서였다. 이따금 점잖은 기습도 있었다. 절도가 정직한 방법이 아니었다고 생각되면 훔친 낙타나 말들을 주인에게 도로 돌려주는 일도 있었다. 그러나 이들은 최근 타미레 족이 쉽게 번 재산 때문에 질투심이 극에 달해 쳐들어온 사나운 적군이었다.

그렇지만 타미레 족은 한 사람도 레브다 족을 원망하지 않았다. 그들이 그렇게 행동한 것이 정상이라고 생각되었기 때문이었다. 뜨겁고 견디기 힘든 여름날들이 지나면 베두인인들은 항상 가주 ghazu, 즉 다른 부족들의 낙타떼와 말들을 기습 약탈할 계획을 짰다. 그들에겐 이러한 행동이 도둑질이 아니었다. 거의 교환과 같은 것이었다. 그들은 알라 신의 이름으로 행동하지 않았던가? 흥분과 은밀한 분위기 속에서 그들은 자주 그런 싸움을 선동하고 원정을 가기도 했다. 야영지의 모든 남자들이 그 증인이었다. 어린 소년들마저 12세 때부터 첫 무장을 했다. 그들이 걱정하는 것은 절도가 아니었다. 그들은 아주 먼 거리에서, 수개월씩 계속된

다른 절도 행각들도 이미 보아왔다. 그들은 달아나는 낙타를 말을 타고 따라잡아 훔치기도 했고, 밀가루, 대추야자, 물, 특히 흩어질 때를 대비해 군수품들을 훔쳐가지고 오기도 했다. 타미레 족의 족장은 강하고 열정적이며 비장한 얼굴을 하고서 웅변조의 목소리로 모든 일을 환기시켰다. 이 남자들은 그들의 재산과 육필 두루마리들에 대한 소문을 듣고 약탈하러 온 것이었다. 이것이 타미레 족에겐 가장 난처한 일이었다. 쑥대밭이 된 야영지에 전 부족원들이 모였다. 그 앞에서 족장은 다음과 같이 말했다.

"우리는 알라 신의 분노를 샀습니다. 우리에게 반감을 갖도록 행동한 것입니다. 우리가 부자가 된 것은 바로 이 육필 두루마리 때문입니다. 알라 신이 주셨지요. 그러나 그분은 도로 가져가셨습니다. 이 말은 우리가 부자가 되는 것을 알라 신이 원하지 않으셨다는 뜻입니다. 우리는 앞으로 더이상 이 육필 두루마리들을 팔지 않을 것입니다."

베두인인들은 이 말을 안심하며 받아들였다. 그들은 알라 신의 분노에 대한 설명을 들었다. 만약 족장의 충고를 따른다면, 그들은 분명 최악의 일은 피할 수 있을 것이었다.

여름이 끝나갈 무렵, 사람들과 동물들이 마실 물이 필요했다. 그들은 물 있는 지점에 텐트를 설치했다. 그러나 한발이 맹위를 떨쳐 그 물도 거의 다 말라붙었다. 8월 말은 특히 더 심했다. 혹염이 계속되었기 때문이었다. 심한 더위가 여러 날 계속되자, 그들은 불안해하며 하늘의 구름만 유심히 살폈다.

그러던 어느 날, 족장의 신인이 있고 난 후, 커다란 번갯불이 지나갔다. 그들은 곧 남자들을 보내어 어디에 빗방울이 떨어졌는지 알아보게 했다. 며칠 후 그 남자들은 다시 돌아왔다. 그리고 요르단 쪽을 가리켰다. 그리하여 부족은 모두 야영지를 치우고 길을 떠났다.

그들은 요르단 사막까지 걸어가서 그곳에 텐트를 세웠다. 그들이 도착한 날 밤, 커다란 천둥 소리가 잠든 야영지 위를 때렸다. 갑자기 후텁지근한 공기가 묵직하게 내리누르는 듯했다. 쌀쌀한 바람이 불기 시작했다. 영혼을 뒤흔드는 천둥 소리가 시끄럽게 울려댔다. 하얀 섬광 같은 밝은 번갯불이 사막의 빈 공간을 잠시 비췄다. 사막이 온통 대낮같이 훤했다. 남자들은 아직 그들에게 남아 있는 낙타들 쪽으로 급히 달려갔다. 여자들은 아이들을 보호하기 위해 텐트 쪽으로 갔다. 사람들은 십 분 동안 얼어붙은 듯 꼼짝 하지 않고 기다렸다. 귀가 먹먹할 정도의 천둥 소리가 시시각각 점점 더 깊고 크게 변했다. 마침내 비가 내렸다. 처음엔 수줍은 듯 간헐적으로 내리던 비가 이내 차디찬 비가 되어 아주 세차게 쏟아졌다. 기쁨의 고함소리는 야영지 주위의 열린 공간들이 물로 흠뻑 채워질 때까지 울려퍼졌다. 행복의 아우성이 모래 파도처럼 퍼져나갔다. 빗줄기가 좀더 가늘어지자 남자들, 여자들, 아이들은 그릇, 대야, 냄비 그리고 둥글거나 움푹 팬 것으로 생각되는 것은 무엇이든 다 들고 빗물을 받으러 급히 밖으로 뛰어나왔다. 그릇마다 철철 넘치도록 빗물을 채우고 난 뒤, 그들은 빗속에 주저앉아 빗물을 받아 마시려고 하늘을 향해 고개를 들었다. 남자들은 낙타들을 깨워서 야영지를 둘러싼 시원한 갈색 바다에서 많은 물을 마시게 했다. 모두들 좋아서 미칠 지경이었다. 축복이 내렸던 것

이다. 모두들 육필 두루마리의 거래를 포기했기 때문이라고 확신
했다. 신은 위대했다. 엄하게 벌을 내린 후 다시 보상을 해준 것이
다.

　새벽이 오고 아침의 첫 햇살이 비치자 그들은 모두 모여 감사
의 기도를 올렸다. 텐트들은 모두 신선한 물로 채워진 바다 위에
세워놓은 작은 아치처럼 보였다. 여름이 끝났다. 비가 온 후, 사막
은 유백색을 띤 초록빛의 파스텔 색조로 물들었다. 생활은 또다시
일상적 리듬을 되찾았다. 가난해진 베두인인들은 예전에도 그랬
듯이 잘 헤쳐나갔다. 그들에겐 물도 있었고, 새 출발을 위한 다른
기본 요소도 있었다.

　어느 날, 사막의 남자가 다시 왔다. 육필 두루마리가 든 또다른
항아리들을 들고 온 것이었다. 그러나 족장은 더이상 그것에는 손
대지 않겠다는 맹세를 했으니 그 물건들을 가지고 다시 떠나달라
고 단호하게 말했다.

　그가 왔다 간 다음날, 심한 모래 폭풍우가 강타했다. 진짜 콩알
만한 모래알이 비에 섞여 사막에 내리퍼부었다. 아무것도 보이지
않았다. 텐트 속에서도 등불을 켜야만 했다. 텐트를 유린하는 모
래 먼지로부터 음식물, 냄비, 얼굴과 의복들을 보호해야만 했다.
두 시간이 넘도록 아무도 바깥으로 나갈 수 없었다. 모래 바람이
너무도 광포하게 몰아쳐 심한 부상을 당할 위험까지 있었다.

　텐트 속에서 족장이 물었다.

　"이 모든 일이 신께서 하신 일이 아닐까요? 우리가 어제 그 남

자를 만났기 때문에 아마도 알라 신이 노하신 것 같소. 신께서 분명 그 남자에게 복수하시고 있는 것 같소."

사실 그 남자는 전날 떠났으니 지금쯤 사막에 있을 것이 분명했다. 그런데 바로 이때 모래 바람이 미친 듯이 불며 날뛰고 있는 것이다. 모래 폭풍이 일 때 사람들은 흔히 길을 잃는다. 그렇게 길을 잃을 정도로 그때의 폭풍우도 바람까지 동반하며 거세게 퍼부었다. 사막을 걸어가는 자로선 확실히 살아남기 어려운 폭풍이었다. 그러나 그 남자는 그런 경험을 한 적이 있었다. 그래서 그는 때맞추어 낙타를 꿇어앉히고 그 옆구리 곁에 웅크리고 앉아 폭풍을 피했다.

아무 일도 일어나지 않은 채 며칠이 흘렀다. 그후 어느 저녁, 또다시 까닭 모를 공포가 찾아왔다. 하늘이 흔들리며 천둥이 이상하게 구르는 소리를 냈다. 텐트들이 내려앉기 시작했다. 몇몇 사람들은 곧 기도를 시작했다. 다른 사람들은 야영지 옆에 있는 작은 모래 언덕 꼭대기에 올라가 지평선을 관찰했다. 그들은 눈에 들어온 광경에 소스라치게 놀랐다. 멀리, 시야가 미치는 저 먼 곳의 지평선이 온통 불바다였던 것이다. 위압적인 속도로 몰려오는 구름, 시커먼 연기가 온 하늘로 번지며 별들을 모두 뒤덮어버렸다. 지평선 전체가 납 덮개를 씌워놓은 불띠와도 같았다. 짙은 자줏빛 회오리바람이 현기증이 날 정도로 빠르게 그들 쪽으로 돌진해왔다.

그들은 텐트 속으로 달려들어와 몸을 피했다. 그리고 알라 신에게 기도하며 용서를 간청했다. 그들은 커튼을 내리고, 가장 무서운 모래 폭풍이 칠 때면 늘 하던 대로 밧줄에 매달렸다. 약하고 차가운 미풍이 얼음장 같은 거센 바람으로 변했다. 몇 사람이 바깥으로 시선을 던졌다. 뭔가가 다가오고 있었다. 불이 아니었다. 바람은 어느새 세찬 우박으로 바뀌었다.

그때서야 그들은 깨달았다. 그것은 빨간 벽돌색 모래 폭풍이었다. 그들 눈에 검은 연기로 보인 것은 그때까지도 하늘 꼭대기에서 이리저리 퍼지고 있던, 두꺼운 모래 먼지에 불과했다. 작열하는 빛으로 타오르는 커다란 불의 혓바닥은 규칙적으로 다시 내려오며, 소용돌이치는 일련의 모래 기둥들을 마술처럼 땅바닥에 반사시켰다. 굉음과 더불어 하늘에서 떨어지는 방전이 있었다. 시간의 종말을 예고하는 폭음 같은 천둥 소리가 뒤따랐다. 일 초도 안되어 야영지는 빨간 모래로 완전히 뒤덮였다. 그리고 몇 시간 후 천둥은 지나가고 시원한 바람이 다시 불어왔다.

그러자 베두인인들은 〈알 하마두 릴라*al-hamadu li'ilah*〉라는 노래를 부르기 시작했다. "우리에겐 여태껏 한 번도 경험한 적이 없는 계시였습니다. 신의 화염이 우리들을 전부 휩쓸어버리는 줄 알았습니다. 세상의 종말이 닥친 것이라고 우리는 생각했습니다." 그러나 그들의 기쁨은 싸늘해져 있었다. 그만큼 끔찍한 사건이었다. 그들은 그날 하루 남은 시간 동안 쉬어야만 했다. 저녁이 되었다. 그들은 여전히 빨간 모래 먼지들로 뒤범벅이 된 보잘것없는 저녁식사를 했다. 곧이어 하늘이 다시 맑아졌다. 그러나 보이는 풍경들은 모두 벽돌색으로 물들어 있었다. 땅바닥에는 미세한 모래 먼지가 층층이 쌓여 있었다.

그 다음날, 그들은 야영지를 다시 세우기로 결정했다. 그들은 기후가 한층 덜 거세고 초원도 좀더 많은 곳으로 알고 있는 북쪽으로 길을 떠났다. 그러나 그들의 고생은 아직도 끝나지 않았다.

며칠간의 여행 끝에 그들은 요르단 국경에서 그리 멀지 않은 조용한 녹지에 정착했다. 물결치는 잔디가 지평선에 나타났다. 꿀벌떼들이 조금씩 조금씩 모여들었다. 알고 보니 그것들은 서로서로 촘촘히 붙어서, 지나가는 곳마다 모조리 갉아먹고 쏠아버리는 메뚜기떼였다.

누렇고 시커먼 메뚜기떼가 휩쓸고 지나간 자리에는 실제로 아무것도 남아 있지 않았다. 아주 조밀한 메뚜기떼가 사흘 동안이나 구름처럼 똑같은 방향으로 모두 밀집하였다. 베두인인들은 식용할 생각에 그것들을 얼마간 잡아보려고 했다. 담요와 양탄자 그리고 덫으로 쓸 수 있다고 생각되는 것은 모조리 다 펼쳤다. 낙타, 개, 사람들 모두 메뚜기 요리로 잔치를 베풀었다. 메뚜기떼가 황폐하게 만들어버린 모든 것들에 복수하기에는 너무나 보잘것없는 위안이었다. 메뚜기들이 눈에 띄는 것, 즉 살아 있는 수풀들, 기름진 풀, 황량한 지방에 남아 있는 생명들은 모두 깡그리 먹어치웠기 때문이었다.

메뚜기떼가 지나간 자리의 나무와 식물들은 폭탄에 맞아 불에 탄 것과도 같았다. 들판은 텅 비었다. 사막밖에는 남아 있는 게 아무것도 없었다. 큰 수풀들마저도 완전히 휩쓸려버리고 말았다. 뜯어먹을 풀이 하나도 남아 있지 않아 가축떼들은 죽음을 기다리는 수밖에 없었다. 사람들로서는 운수가 별로 좋지 않은 셈이었다. 타미레 족 뒤에 악마가 따라다니는 것이라고 그들은 스스로 생각했다.

메뚜기떼가 다 떠나고 난 어느 날 아침, 새벽 해가 희뿌옇게 야영지를 밝힐 때쯤이었다. 여전히 공기는 차가웠지만 한 사람씩 텐트에서 나와 다함께 모래 바닥에 무릎을 꿇었다. 족장은 부족 앞에서 말을 시작했다. 그는 텐트 속에서 기도하거나 아침식사를 준비하고 있던 여자들도 불렀다.

"오늘 아침 여러분들을 모이게 한 이유가 있습니다. 알라 신은 우리에게 그분의 분노를 알리고 우리가 죄를 지었다는 것을 보여주는 징조를 내리셨습니다. 도둑들이 우리의 모든 가축들을 탈취해가고, 우리들 중 한 명을 죽여버렸습니다. 또한 세상의 종말을 알리는 붉은 불 폭풍우도 닥쳤습니다. 그 다음엔 메뚜기떼가 우리에게 남아 있던 최소한의 양식마저 먹어치웠습니다. 이 모든 일이 일어난 이유는 알라 신께서 만족하지 않으셨기 때문입니다. 알라 신은 육필 두루마리 때문에 불만을 나타내고 계신 것입니다. 두루마리들은 저주받았습니다. 신은 그것을 원치 않습니다!"

"하지만 우리에겐 더이상 그 두루마리가 없지 않습니까? 우리는 그 남자를 도로 돌려보냈어요. 그 사람은 분명 죽었을 겁니다."

한 베두인인이 반박했다.

"우리는 그를 도로 돌려보냈습니다. 그렇지요. 그러나 알라 신의 분노가 우리에게 떨어졌다면 그것은 분명 우리 중 누군가가 아직 육필 두루마리들을 갖고 있기 때문이라고 생각됩니다. 그런 사람은 지금 자백해야 합니다. 알라 신의 분노가 우리에게 덮치는 것을 멈추게 하기 위해선 꼭 그래야만 합니다. 육필 두루마리들은 모두 돌려줘야 합니다. 우리 시야에서 영원히 사라지게 해야만 합니다."

모두 입을 다물고 있었다. 각자 의심에 찬 불안한 마음으로 옆사람을 쳐다보았다. 그러자 갑자기 한 사람이 일어났다. 그는 요히의 아버지 팔리파였다.

"바로 접니다. 일이 잘못되게 할 생각은 없었습니다. 알라 신의 의지를 위반하는 것이라고는 생각하지 않았습니다. 다만 우리들의 재산을 되찾고 싶었습니다."

"지금 그것들은 모두 어디 있소?" 족장이 물었다.

팔리파는 고개를 숙이며 자백했다.

"이미 다 팔았습니다."

다음날 사람들은 그가 텐트 속에서 죽어 있는 것을 발견했다.

사막에서 암살이 일어나면 보통 살인자는 피해자 가족의 복수를 피하기 위해, 가능한 한 멀리 다른 부족으로 살고 있는 사촌에게로 피신해야 한다. 그리고 그 피난지에서 그는 피의 대가를 협상한다. 살인 후 며칠이 지나도 보복이 없으면 살인자는 피해자의 부모에게는 낙타 약 오십 마리, 피해 당사자에게는 낙타 일곱 마리 값에 해당하는 돈을 지불하는 협상에 동의한다.

그런데 이 경우엔 아무도 다른 부족으로 떠난 사람이 없었다. 돈을 제안하는 자도 없었다. 분명 베두인인들이 그를 죽이기로 공모한 것 같았다. 왜냐하면 그들은 그렇게 함으로써 재난에서 벗어날 수 있을 거라고 생각했기 때문이었다.

요히는 복수를 요구하기 위해 족장을 만나러 갔다. 요히는 그에게 부족을 다스리는 자는 바로 족장이니 무슨 일이든 해야 한다고 말했다. 족장은 원로회의를 소집하고 요히도 참석시켰다. 오랜 토의 끝에, 요히의 아버지는 비겁한 행동을 함으로써 신의 복수를 불러일으켜 부족 전체를 커다란 위험에 빠뜨렸다고 결론을 내렸다. 심지어 원로들 중 한 명은 분명 팔리파가 지옥에 있을 거라고 말하면서 그의 이름을 모욕하기까지 했다. 요히는 그에게 달려들려고 했지만 다른 사람들의 만류로 가까스로 진정하였다.

베두인인들에게 천국이란 울창한 녹음과 시냇물과 작은 강물이 시작도 끝도 없이 마르지 않고 흐르는, 언제나 봄만 있는 나라였다. 또한 천국은 굶주림도 갈증도, 메마른 들판도, 병든 가축도 없는 장소이며, 부족 사람들이 함께 살 수 있고, 아무도 늙지 않는 곳이었다. 반대로 지옥이란 이 세상에서 제일 싫어하는 것을 보게 되는 곳, 비도 물도 없는 더운 여름, 목마른 낙타들을 위해 끊임없이 자신의 등에 물을 져야 하는 곳이었다.

누가 자기 아버지에게 지옥으로 가라고 비는 것은 베두인인들에겐 최악의 욕설이었다. 요히는 실망하고 슬픔에 젖어 회의장에서 나왔다. 부족 전체가 그의 의견에 반대했던 것이다. 그는 자기 아버지의 죽음에 대한 복수의 약속을 도저히 받아낼 수가 없었다.

분노와 비탄에 잠긴 오랜 세월이 흐른 후, 예후다가 그를 찾아왔다. 라그 바오메르 축제에서였다. 예후다는 그의 아버지 팔리파가 가지고 있던 육필 두루마리에 대한 몇몇 정보들을 주면, 대신 그가 부족을 떠날 수 있도록 해주겠다고 제의했다. 요히는 주저없이 수락하였다.

"육필 두루마리들을 가지고 온 그 남자에게 무슨 일이 일어났습니까?"

그의 이야기를 다 듣고 난 후에 내가 다시 물었다.

"그 남자는 모래 폭풍 속에서도 죽지 않았소. 처음에 그는 자기 야영지로 계속 걸어갔소. 그러다가 두 시간쯤 후 자신이 길을 잃었다는 것을 알고 가던 길을 멈추었지요. 날이 훨씬 더 맑아진 후 그는 다시 길을 떠났소."

"어떻게 그걸 알았습니까?"

"그의 아들을 만났소."

"그게 언제였습니까?"

"어제요. 그가 나를 보러 왔소."

"그는 무엇을 알고 싶어했습니까?"

"예후다와 똑같은 것이었소. 혹시 아버지가 미처 팔지 못한 육필 두루마리들을 가지고 있느냐고 말이오."

"그래서요?"

"없지요. 아버지는 가지고 있던 것을 모두 다 팔았소."

"그런데 어떻게 넌 육필 두루마리에 대한 이야기를 들었어?"

내가 예후다에게 물었다.

"랍비께서 그것을 찾으라고 나를 보내셨어. 신문을 통해 육필 두루마리에 대한 이야기를 아신 후 그분은 조사를 하셨지. 오제 주교도 여러 번 만나셨어."

그때 나한테 한 가지 생각이 떠올랐다. 나는 요히에게 질문을 던졌다.

"육필 두루마리를 발견했다는 그 사람의 아들, 어제 당신이 봤다는 바로 그 사람 이름이 무엇입니까?"

"그는 카이르, 카이르 벤야이르요."

나는 호텔로 돌아와서 제인을 다시 만났다. 카이르는 그녀와 함께 있었다. 나는 곧 그에게 물었다.

"이봐요, 요히라고 하는 타미레 족 남자를 만났습니다. 이 이름 듣고 뭐 생각나는 일 없어요?"

카이르는 아무 대답도 하지 않았다. 내가 다시 말했다.

"거짓말할 필요 없어요. 그가 나에게 모두 다 이야기해주었으니까. 난 그자를 다시 만나보기 위해 이곳을 빠져나갔다가 되돌아온 거요. 왜 그를 보러 갔습니까? 어디서 그를 알게 됐죠?"

그는 여전히 대답하지 않았다.

"그럼 당신은 어디서 왔습니까? 당신은 누구냔 말이요?" 나는 소리쳤다.

"그리고 당신 아버지는 어디서 육필 두루마리를 발견했습니까? 또 오제 주교와 당신은 어떤 관계죠? 대답하시오!"

나는 그를 한 대 갈기고 싶었다. 그러나 제인이 나를 말렸다.

내가 한 모든 질문에 그는 아무것도 모른다는 대답만 되풀이했다. 나는 내 스스로 아버지를 다시 찾기 전까지는 쉬본을 개입시키고 싶지 않았다. 상황이 또다시 악화되고 나도 감당할 수 없는 다른 요소들이 더 개입되어 일을 그르칠까 두려웠기 때문이었다. 나는 전화기를 잡으며 말했다.

"좋아요, 당신이 정 대답하기를 거부한다면 경찰을 부르겠소."

그러자 그가 손짓을 하며 나를 막았다. 그가 입을 열었다.

"우리 아버지는 어느 동굴 속에서 그것을 발견했소. 그것이 어디 있는지 당신에게 가르쳐주겠소. 그곳에 당신을 데려가겠소."

"우선 당신이 어디서 왔는지, 그리고 어떻게 오제 주교를 만났는지부터 말해보시오."

"내 아버지는 그 육필 두루마리를 발견하고서, 그것들을 팔 생각을 했습니다. 그러나 아버지로선 어떻게 해야 할지 몰랐습니다. 그래서 베두인인들에게 도움을 청한 것입니다. 또한 팔리파에게도요. 그런데 그들은 결국 팔리파를 죽였어요. 뿐만 아니라 그들은 더이상 이 이야기는 듣고 싶어하지도 않았습니다. 아버지가 돌아가신 후 나는 아버지가 가르쳐주신 대로 팔리파가 그 두루마리들을 팔러 늘상 가던 장소로 갔습니다. 그곳에서 오제 주교를 만났습니다. 팔리파한테서 그 두루마리를 산 사람이 바로 그였거든요."

"당신은 그것들을 어떻게 구했습니까? 당신도 베두인인입니까?"

"아니요, 난 베두인인이 아닙니다. 내일 내가 그것을 어디서 찾았는지 가르쳐주겠습니다. 그곳엔 우리가 이미 가져온 것보다 훨씬 많은 양이 남아 있기 때문입니다. 그곳은 보물 창고요. 오제 주교도 그곳에서 상당량을 찾아냈어요. 그곳엔 가장 귀한 방들이 아직도 많이 있습니다. 육필 두루마리 속에 전부 다 상세하게 적혀 있지요. 어쩌면 우리가 그것을 발견할 수도 있을 겁니다. 그리고 당신 아버지도요."

나는 이 설명에 일단 만족하기로 했다. 설령 내가 어떻게 해야 할지, 또 왜 그래야 하는지 그 이유조차 알 수 없을지라도, 그는 쿰란의 숨겨진 동굴로 나를 안내할 수 있는 사람이었다. 그것만으로도 이미 큰 수확이었다.

II

　그 다음날 우리는 쿰란을 향해 떠났다. 자동차를 한 대 빌려 제인이 운전을 했다. 이제 카이르는 억지로 시킬 필요도 없이, 앞장서 우리를 수행하는 것 같았다. 그는 문제의 그 보물을 찾기를 고대하고 있었다. 그 이익의 유혹에 들떠 있었다.

　나는 사해의 풍경을 두려움과 서글픈 감정으로 다시 만났다. 저 멀리 그림자도 나무도 풀도 이끼도 없는, 하얀 가루 같은 쿰란의 산들이 눈에 들어오고, 유일한 지평선이라곤 소금 바다, 말라붙은 진흙, 그 어느 때보다도 훨씬 위협적으로 보이는 움직이는 모래 사막들뿐이었다. 보잘것없는 소관목들이 생명 없는 이 땅에서 힘겹게 자라나고 있었다. 광물질들로 뒤덮인 나뭇잎들은 그 무게에 겨워 고개를 숙이고 있었다. 바다노 반짝이지 않았다. 바다의 품안에 숨은 죄악의 도시들이 바닷빛을 흐려놓았기 때문이었다. 그리하여 바다는 어떤 생명도 키울 수 없는 고독한 심연 속으로 차츰차츰 침몰하고 있었다. 새들도 나무도 초목도 없는 모래톱, 어떤 바람도 물결을 일으킬 수 없는, 쓰고 무거운 바닷물이 세상의 온갖 비탄을 표현하고 있었다. 항구도 배도 없는 사해는 사막에 에워싸인 황량한 바다처럼 보였다. 생명의 샘물인가 하고 본능적으로 다가가면 물 한 방울 없는 텅 빈 바닥일 뿐이었다.

우리는 사막에 도착했다. 바닷가의 메마른 모래 사장과, 쿰란을 보호하는 바위들 사이의 땅은 모래와 자갈땅으로 바뀌었다. 불투명하고 텅 빈 공간엔 우리들뿐이었다. 바람은 점점 더 세게 불었다. 자동차 보닛을 덮은 장막이 마치 악마가 우리 머리 위에서 세게 흔드는 휘장처럼 펄럭거렸다. 태양이 떠올라 하얀 불덩이처럼 사정없이 열기를 퍼부었다. 땅에서 운모들이 검은 빛으로 반짝였다. 그곳엔 식물도 아무것도 없었다.

우리는 에세네인들의 거주지 유적이 남아 있는 아인 페쉬카 지역에 도착했다. 그 거주 구역엔 텐트, 오두막, 동굴 들이 있었다. 아인 페쉬카와 쿰란 사이에는 수킬로미터나 되는 들판이 농기구 설비를 사용하여 경작되어 있었다. 이곳에서는 땅바닥에 엎드려 약간만 흙을 긁어보아도 대추야자 씨들이 나왔다. 에세네인들이 종려나무 숲 가운데에서 살았다는 증거인 것이다. 지금은 듬성듬성 나 있는 마른 식물들에 둘러싸인 이 폐허들을, 바위산의 단층을 뚫고 나오는 샘이 적셔주고 있었다. 위성류(渭城柳)와 갈대가 자라는 이 장소가 새로운 비옥한 녹지가 될 수 있다는 증거였다.

폐허 속에 있는 건축물들은 토대가 튼튼해 보였다. 관개지를 전부 에워싸고 있는 약 일 미터 두께의 긴 성벽의 기초는 높은 탑을 지탱할 수 있도록 아주 넓게 축조되어 있었다. 그것은 재건축 도시의 경계를 뚜렷이 나타내는, 바위 위에 흙벽돌을 쌓아 만든 실제 울타리였다. 그 담벽을 따라 한가운데쯤 조그만 건물이 하나 있었다. 경작지 내부에서 동쪽으로 트인 이 평범한 사각형 건물은 마당 하나와 방 세 개로 나뉘어 있었다. 반쯤 쌓아올린 벽들은 완성되어가고 있는 건축물의 담벽을 연상시켰다.

라스 페쉬카 갑에서 북쪽으로 이 킬로미터 떨어진 곳, 비옥한 고장의 남쪽 갑에 있는 페쉬카 샘 근처에 주요 시설물이 자리잡고 있었다. 약간 불규칙한 사각형의 드넓은 땅으로, 담벽이 세워져 있었다. 북쪽에는 헛간이 하나 있고 그 안쪽은 열려 있었다. 이 울타리와 나란히 커다란 건물 하나가 경작지 쪽인 동쪽으로 트여 있었다. 옛 마당의 가장자리에는 작은 방들이 여러 개 있었다. 계단 하나가 이 건물의 일부가 이층으로 이루어져 있었음을 말해주고 있었다.

제일 북쪽에는 수로로 서로 연결된 세 개의 못이 자갈땅에 파여 있었다. 이 폐허 중에서 가장 보존이 잘 되어 전체적인 모습을 그대로 간직하고 있는 이 광대한 수로는 앞으로도 더 오래 지속될 것처럼 보였다. 마치 미래 세계의 첫 징조, 새로운 시대의 가능성의 조건인 세례수에 의한 정화가 이 못들을 통하여, 최후의 용서를 구하는 영혼, 정신, 혹은 육체를 아직도 맞아들일 준비를 하고 있는 듯했다.

전부 그대로였다. 마치 시계의 태엽을 감아주는 것을 그만둔 것 같았다. 그 기계는 양호한 상태여서 작동만 시키면 될 것 같았다

와디 쿰란의 지류에서 흘러내려 경사진 넓은 못에 다시 고이는
약간의 물이면 충분할 것 같았다. 그 물은 수로를 따라 마당과 부
대 시설을 지나 작은 못, 커다란 둥근 저수조와 직사각형 저수조
두 개를 가득 채웠을 것이다. 그 물은 서쪽에 있는 제분소까지 흘
러들어갔을 것이다. 시멘트로 잘 접합된 제분소 벽과 촘촘하게 들
어선 오목한 칸막이들은 가능한 한 많은 밀가루를 수거할 수 있
도록 만들어져 있었다. 그 물은 수로의 또다른 지류를 통해 저수
조 쪽으로 흘러갔을 것이다. 그러나 저수조에 당도하기 전에 충분
한 물로 집회소와 식당을 청소할 수 있도록, 물길은 그쪽으로 둘
러서 갔을 것이다. 그런 다음, 물은 원수로(原水路)를 따라 저수지
를 빙 돌아 작은 못 쪽으로 흘러가다가 커다란 저수조에서 멈추
었을 것이다. 이 물은 도기 제조공이 사용했을 것이다. 그는 시멘
트 바닥에 점토를 밟아 뭉갤 때 못에서 이 물을 퍼다 썼을 것이
다. 그리고는 작은 웅덩이 속에 점토를 숙성시킨 후, 돌을 잘 쌓아
채워넣은 구덩이에, 밑이 직접 움직이는 옛날식 선반을 세우고,
그 선반 위에서 도기들을 만들어 크고 작은 크기대로 가마 속에
서 구웠을 것이다.

우리는 필사생들이 성경 육필 원고를 베껴쓰고 종파의 작품들
을 옮겨 쓰던 필사실 앞에서 걸음을 멈추었다. 이곳 역시 사람이
라곤 아무도 없었다. 그러나 그들의 제일 작은 기술 도구들은 끈
질기게 남아 있었다. 즉, 점토로 만든 높고 널찍한 주 탁자, 그보
다 더 작은 두 개의 작업대가 있던 흔적, 방에 남아 있는 잔해 속
에는 별 쓸모가 없었던 것 같은 잉크병 두 개가 유물로 남아 있
었다. 하나는 구리, 또하나는 흙으로 구워 만든 것이었다. 이것들

이 이 장소의 진정한 주인으로 남아 있었다. 이곳에 아버지와 함께 왔을 때 눈여겨보았던 것을 다시 보게 되니, 갑자기 목이 메는 듯한 감회가 치밀어올랐다. 마른 잉크는 그대로 거기 남아 있었다. 마치 수천 년 전이 아니라, 바로 몇 주 전에 버려진 것 같았다. 조금 더 떨어진 곳에는 공동 식당을 겸한 커다란 집회소와 곡물 창고, 부엌, 대장간, 작업실, 그리고 가마 두 개와 석고를 바른 편편한 바닥의 도기 제조소가 있었다.

이런 물건들과 이 물건들이 쓰이던 그 구체적인 시간과 더불어, 이 세계 전체는 생명을 되찾는 것이었다. 그들은 조직된 주민으로서 다른 모든 것보다 우위에 놓았던 그 활동, 글쓰기를 계속 해나갔다. 다시 살펴본 이 생생한 폐허들은 꺼지지 않고 타오르는 덤불 숲(모세가 시나이 산에 올라 십계명을 받을 때 보았던, 신의 존재를 알리는 '타오르는 덤불 숲'을 말한다─옮긴이)의 불꽃과도 같았다. 겨우 이십 년, 이십 년 아니면 삼십 년. 그것은 시간의 먼지에 불과했다. 이 먼지 같은 시간이 살아 있는 자들을 또한 들이마시고 있었다. 그것은 폐허가 아니라 초벌그림이었다.

은 밧줄이 끊어지기 전에, 황금 병이 깨지기 전에, 샘에서 항아리가 깨지기 전에, 저수조의 도르래 줄이 끊어지기 전에. 그리고 먼지가 예전에 있던 땅으로 돌아가기 전에, 영혼이 신에게로 돌아가기 전에, 신은 좋은 것이든 나쁜 것이든 우리가 숨기고 있는 모든 것과 더불어, 우리가 앞으로 저지를 모든 것을 심판에 들게 하리라.

"그들은 로마인들에게 학살당했을까요, 아니면 용케 피신했을
까요?"

제인이 나에게 물었다.

"모르겠습니다. 이 거주지는 파괴되지는 않았던 것 같아요. 학
살을 생각하게 할 만한 어떤 종류의 잔해나 흔적도 발견하지 못
했지요."

"그렇다면, 만약 그들이 피신했다면 어디로 갔을까요?"

그녀가 다시 물었다.

나는 동굴 쪽으로 시선을 돌렸다.

"여기서 그리 멀지 않은 장소겠지요. 그들이 아주 잘 아는 곳,
때때로 그들을 보호해주고, 또 만일의 경우에 훌륭한 피신처가
될 수 있는 장소겠지요."

우리가 이 지역에 도착한 때부터 카이르는 초조해하는 듯했다.
그는 깎아지른 수많은 비탈과 산으로 가는 보이지 않는 길을 잘
알고 있는 듯했다. 그리하여 우리는 동굴에 이르렀다. 우리 앞에
나타난, 거의 수직으로 서 있는 절벽에 동굴들이 있었다. 베두인
인들이 베들레헴 부근에 야영지를 세우러 지나갔던 옛길을 따라
우리는 말없이 걸었다. 위험 때문에, 또 아무것도 발견할 수 없을
까 봐 두려워서, 우리는 숨을 죽였다. 높이 올라갈수록 공기는 사
해 바닷가보다 더 따뜻하고 숨쉬기에도 더 편했다. 비축해두었던
물도 다소 시원했다. 주위에 있는 가파른 협곡들은 동굴의 가장
높은 갑과 그 나머지 세상을 분리시키고 있었다. 동굴의 갑은 바
로 동굴을 지키는 수단이었다.

첫번째 동굴 입구에서 카이르는 걸음을 멈추고 마치 우리가 위

험과 과감히 맞설 준비가 되어 있는지 묻기라도 하듯 심각한 시선을 우리에게 던졌다. 나는 이상한 예감이 들어 제인에게로 몸을 돌렸다.

"당신은 여기 있어요."

"하지만 아리…… 나도 당신과 같이 가고 싶어요."

그녀가 또 시작했다. 나는 단호한 어조로 말했다.

"안 돼요, 고집부리지 말아요. 어쩌면 당신이 우리의 생명을 구할 수 있을지도 모릅니다. 잘 들어요. 예루살렘으로 돌아가요. 그리고 우리가 내일까지 돌아가지 않으면 그땐 경보로 알리세요."

"당신 말대로 할 게요."

그녀는 체념하고 말했다.

우리는 마지막 눈길을 주고받으며 애써 두려움을 감추려 했다.

그리고 나서 나는 더이상 뒤도 돌아보지 않고 동굴 속으로 카이르와 함께 들어갔다.

첫번째 동굴 끝에 있는 내벽에 작은 틈이 나 있었다. 우리는 그 사이를 비집고 들어갔다. 가장자리는 부서지기 쉬웠다. 오른쪽과 왼쪽에서 흙조각들이 이따금씩 떨어졌다. 마치 우리들을 매장시키려는 것 같았다. 동굴 내벽 저쪽 편에 첫번째 동굴과 똑같은 두번째 동굴이 있었다. 나는 벽 가장자리를 횃불로 샅샅이 비춰보았다. 그리고 오른쪽 벽에서, 아까 본 것과 똑같은 틈을 하나 발견했다.

몇 시간 후 우리는 어느 농굴 속으로 들어갔다. 엄청나게 큰 동굴이었다. 사람 손으로 돌벽을 일정하게 잘라놓은 듯 아주 넓은 둥근 방과 흡사했다. 동굴 속은 서늘했다. 아주 습한 공기가 가득 차 있었고 몹시 어두웠다. 나는 손전등으로 동굴 벽을 모두 비춰보았다. 천장도 비춰보았다. 그 순간, 천장에 달라붙어 있던 수백여 마리의 박쥐들이 끔찍하게 날카로운 소리를 지르며 이내 무시무시하고 기괴한 춤을 추기 시작했다. 우레 같은 박쥐들의 공격에 우리는 두 귀를 틀어막고 꼼짝도 하지 않은 채 잠시 그대로 있었다. 박쥐들이 다시 조용해지면서 이윽고 한 마리씩 은신처로 도로 들어갔다. 우리는 조심하며 앞으로 전진했다. 한줄기 광선이 동굴 한구석에 있는 커다란 구리 궤를 비추었다. 쿰란의 보물, 〈청동 두루마리〉 보물일 거라는 생각에 나는 흥분했다.

카이르는 큰 궤 쪽으로 즉시 달려갔다. 그가 칼로 궤를 여는 동안, 그 상자에서 멀지 않은 동굴 입구 근처에 놓여 있는 커다란 갈색 가죽 주머니 하나가 내 눈에 들어왔다. 나는 그것을 열었다. 그 속에는 사람의 뼈들과 소름끼치는 해골바가지들이 들어 있었다. 나는 번개가 스치듯 앞으로 일어날 일이 무엇인지 알아차렸다. 영원한 신의 손이 내 몸 위에 놓여졌도다. 영원한 신은 내가 영(靈)이 되어 몸에서 빠져나가게 하셨도다. 그분은 나를 유골로 가득한 들판 한가운데 내려놓으시고 유골 가까이 바로 그 곁으로 지나가게 하셨도다. 그 들판 위에 유골들은 수없이 많았으며 아주 바싹 말라 있었도다.

나는 카이르에게 그 큰 궤를 열지 말라고 말하려고 돌아섰다. 그러나 때는 너무 늦었다. 그는 이미 궤를 열었던 것이다. 숨막히는 가스가 궤 속에서 뿜어져나왔다. 그는 질식하여 그 자리에 쓰러졌다. 가스는 동굴 내부를 채우며 퍼져나갔다. 나는 우리가 들어왔던 입구 쪽을 향해 뛰었다. 그러나 그 입구는 이미 막혀 있었다. 숨이 막히기 시작했다. 손수건으로 얼굴을 가렸다. 아무런 해결 방도가 없었다. 나는 바위 내벽 쪽으로 좀더 몸을 밀착시켰다. 그런데 바로 거기, 제일 안쪽에 아주 작은 돌문이 하나 있었다. 나는 숨을 몰아쉬며 그 문을 간신히 밀었다. 문이 열리더니 아주 작고 어두운 방 하나가 나왔다. 그 속으로 들어갔다. 그러자 이내 문이 다시 닫혔다. 나는 숨을 가다듬었다. 내 눈이 어둠에 익숙해졌을 때 나는 깜짝 놀랐다. 동굴 제일 안쪽에 한 남자가 있었다. 그가 나에게로 다가왔다.

나는 최악의 상황에 대한 마음의 준비를 했다. 그러나 정작 일어난 것은 최선의 상황, 더없는 행운이었다. 그는 나의 아버지였다.

영원한 신이시여! 왕께서 그대의 능력을 기뻐하시리라. 또한 얼마나 그대의 해방을 기뻐하시겠는가! 그대는 그분의 마음이 소망하는 것을 드리고 그분의 입술에서 나온 말을 하나도 거역하지 않았나니. 왜냐하면 그대는 모든 종류의 축복과 선으로 나에게 이미 알렸고, 그분의 머리 위에 순금 왕관을 씌워드렸기 때문이니라. 그분께서는 그대의 생명을 요구하셨고 그대는 그것을 그분께 드렸나니. 그리하여 많은 날들이 영구히 연장되었도다. 그분의 영광은 그대의 해방으로 더욱 커지고 그대는 그분에게 위엄과 영광을 드렸도다.

나는 기쁨을 더이상 주체하지 못해, 모든 두려움을 털어버리고 한참을 울었다. 그 은총의 순간에, 나는 우리가 어디 있는지, 어떤 상황에 처해 있는지조차 잠시 잊었다. 방금 전 카이르 벤야이르가 죽은 일이며, 미로 같은 동굴 속에 갇혀 있는 상황이며, 여태까지 아버지를 찾아야만 했던 일들은 잠시 잊었다. 그리고 왜 그래야 했었는지 그 이유조차 잊었다. 내 머릿속에는 단 한 가지 생각, 아버지가 살아 있다는 생각뿐이었다. 그것은 감히 더이상은 믿을 수 없지만 이 세상에서 가장 귀한 나의 소원이었다. 나의 소원이 이루어지지 않았는가? 신께서 나의 소원을 들어준 것이 아닌가? 설령 나의 행복이 고통 속에서 맛보는 짧은 휴식에 불과할지라도, 이 순간만은 쓸모없는 예견은 접어두고, 또한 다른 것은 생각지 않으며, 이 크나큰 행복에 젖을 수 있을 것 같았다. 다른 어떤 것, 두루마리도, 어떤 해명도 전혀 요구하지 않고 떠날 수 있을 것만 같았다. 아버지가 살아 있는 것이다. 내가 더이상 무엇을 바랄 수 있겠는가?

나는 아버지가 실종된 이후로 일어났던 모든 일이며, 또 어떻게 우리가 여기에 도착했는지를 두서없이 아버지에게 말했다.

"하지만 모든 얘기는 나중에 해요. 지금은 여기서 빠져나가도록 해봐야죠."

나는 내가 들어온 조그만 돌문으로 달려갔다. 문은 닫혀 있었다. 힘을 주어 밀었지만 끄떡도 하지 않았다. 내가 다시 돌아서자, 아버지는 나를 바라보고 있었다. 긴 시간 동안 그렇게 해봤다는 것, 그런 노력을 해봤자 아무 쓸모가 없었다는 것, 아버지의 눈빛은 그렇게 말하고 있었다. 나는 깨달았다. 우리가 갇혔다는 것을. 우리는 바위 속에 갇힌 죄수들이었다.

　우리의 눈은 동굴의 어둠 속에 차츰차츰 익숙해져갔다. 어떻게 해야 할지 알 수 없었다. 그냥 그런 채로 우리는 앉아 있었다. 아버지는 그 동안 그에게 무슨 일이 일어났었는지 이야기해주었다. 어떻게 해서 납치되어 격리되었다가 이스라엘의 사마리아인들에게 강제로 끌려갔었는지, 그리고 어떻게 해서 그들에게 묶여서 거의 희생양이 될 뻔했다가 마지막 순간에 어린 양으로 대체되었는지, 또한 자신도 어린 양과 똑같은 운명을 당하리라는 생각에 마지막 끔찍한 순간 어떤 마음의 준비를 했었는지, 시간이 어떻게 흘러갔는지를 이야기했다. 그러나 그들은 그를 죽이지 않았고, 그 결과 고문만 늘어갔다는 것, 또한 그런 순간에 어머니와 나를 생각했다는 이야기를 했다. 내가 아직도 살아 있는지 알 수 없어 더욱 공포에 떨었다고 이야기했다. 이런 끔찍한 시련이 있은 후 납치자들은 다시 와서 그를 다른 곳으로 데리고 갔다고 했다. 그곳이 더 좋은 곳일지 더 나쁜 곳일지 그로선 알 수 없었다. 자동차로 한참을 달린 후 그들은 아주 어두컴컴한 장소로 그를 이끌고 갔다. 그곳이 어딘지 그는 금방 눈치 챘다. 두 눈은 가려져 있었지만, 유다 사막의 자극적이고도 뜨거운 미풍이 느껴졌던 것이다. 이어 쿰란 동굴의 바위에서 나는 습기에 젖은 독특한 곰팡이 냄새가 감지되었다.

　"그때 나는 그들이 누구인지 알 수 있었다. 내가 잘 아는 사람들이었지. 그들은 내가 열여덟 살 때 떠난 나의 형제들이었어."

"뭐라구요, 형제들이라고요?"

나는 어리둥절하여 물었다.

"내 형제들, 에세네인들이 나를 잡으러 온 것이었다."

아버지가 말했다.

나는 영문을 알 수가 없었다. 에세네인들은 수천 년 이래로 더 이상 존재하지 않았다. 나는 아버지가 미쳐버린 것이라고 생각했다. 미친 사람이 길을 가다가 다른 사람보고 미쳤다고 말할 정도로 그는 상식이 없도다.

"사람들은 로마 침략 후 에세네인들이 학살당했거나 지진에 휩쓸려 사라진 것이라고 생각했다. 그러나 사실 에세네인들은 동굴 속에 피신하여 수세기 동안을 살아왔고, 또 아직도 살아 있지. 아리, 나는 이런 이야기를 한 번도 너에게 한 적이 없었다. 그리고 아무도 이 이야기는 모르고 있지, 너의 어머니조차도. 왜냐하면 내가 그들을 떠나면서 비밀을 누설하지 않기로 맹세했었거든. 에세네인들은 계속 존재하고 있었다. 이스라엘 국가가 창립될 때까지 나는 그들 공동체의 일원이었다. 그후 우리 에세네인들 중 몇몇이 그곳을 떠났다. 나도 떠나기로 결심했지. 수천 년 전부터 우리가 기도하며 그토록 희망했던 것이 무엇인지 알고 싶었기 때문이었다. 다른 유태인들을 만나보고도 싶었다. 더이상 지하 동굴이 아닌, 사해 너머, 유다 사막의 사구를 넘어서 이스라엘 땅의 자유로운 공기 속에서 살아보고 싶었다. 나는 예루살렘을 보고 싶었다. 내 말을 이해하겠지?"

그의 목소리는 떨렸다. 애써 참으려는 듯 경련을 일으키는 주름진 그의 두 눈에서 눈물이 흘렀다.

그는 다시 말했다.

"그들은 내가 배신했는지 심문하려고 했다. 사람들이 훔쳐간 육필 두루마리들을 도로 찾으려고 말이야. 나를 인질로 잡아두었지만 감히 죽이지는 못했지. 나는 코헨이니까. 모두에게 존경받는 제사장 계급에 속한 사람이니까. 그들은 계급에 몹시 신경을 쓰거든. 그들은 나를 믿었다. 내가 아무것도 모른다는 것을 그들은 안 거야."

"그들은 이곳에 도착한 후에야 아버지에게 신분을 밝혔나요?"

"그래, 나를 포로로 삼기 위해서였지. 네가 나와 같이 있었다는 것을 그들은 알고 있었거든. 네 목숨이 염려되어 견딜 수가 없었다. 나는 그들과 더불어 논쟁도 하고 권한에 대한 반론도 제기했었다."

그 말을 하고 나서 그는 목소리를 낮추어 덧붙였다.

"그들은 이스라엘 국가 창립 후에도 계속 이곳에 남아 있던 자들이다. 메시아가 오기 전에는 이 나라에서 살기를 원치 않는 거야. 그들은 일이 급하다고 생각하고 있다. 지금 신의 개입을 희망하고 있어. 신의 개입이 절박하다고 믿고 있는 거지. 그리고 그런 일이 일어나도록 하루 종일 기도하고 있지. 하지만 지하 동굴에서 있어봤자지, 모든 것은 전부 바깥에서 일어나고 있잖니. 난 그들이 미쳐버린 게 아닌가 하는 생각이 든다."

"그들이 아버지를 괴롭혔나요?"

"아니, 나한테는 아무 짓도 하지 않았다."

아버지가 젊었을 때의 이야기를 나에게 들려준 것은 그때가 처음이었다. 그는 마치 설명을 잘 해야만 되는 일처럼, 그리고 내가 꼭 이해해야 하는 일처럼, 학문적인 관심을 불러일으키며 자신의 이야기를 완곡하게 우회적으로 풀어놓으려고 했다. 다른 때였더라면 나는 모호한 부분을 수천 번이고 되물었을 것이다. 그리고 수없이 되씹어본 후 내 생각을 밝혔을 것이다. 그러나 이런 곳에서 아버지의 이야기를 듣고 있을 시간이란 많지 않았다. 그건 너무나 자명하고 명백한 일이었다. 우리에게 맡겨진 임무를 수행하려 했을 때 아버지가 저항하던 모습, 무시무시한 사실을 알게 되었을 때 아버지가 내비치던 두려움, 그리고 자기 형제들, 에세네인들을 도와주고 싶었던 아버지의 마음, 갑자기 모든 것이 분명해졌다. 아버지의 과학적인 정신 속에 왜 겉보기에 미신 같은 생각이 흔들리지 않는 흔적처럼 계속 남아 있는가를 나는 납득하게 되었다.

나는 좀더 알고 싶었다. 그러나 그럴 시간이 없었다. 바로 그때 사건이 일어난 것이다. 아버지가 자신의 이야기를 하고 있을 때, 갑자기 한 남자가 동굴에 나타났던 것이다. 그는 아버지의 말을 돌연 제지했다.

중키의 그 남자는 베두인 족의 옷을 입고 있었다. 그러나 그의 피부는 베두인인들처럼 햇볕에 탄 구릿빛이 아니었다. 불빛에 보니 오히려 완전한 백색에 가까웠다.

그 남자는 나에게 다가와 놀란 얼굴로 나를 응시했다.

"내 아들 아리요, 제발 해치지 마시오. 저애는 나를 찾으러 왔소."

아버지는 그를 잘 아는 듯했다.

"그렇군, 당신 아들이군. 필사생의 아들이면 그도 필사생이겠군. 그러면 그도 이곳에 있어야만 하오." 그가 대답했다.

그 남자는 양피지와 잉크병 그리고 깃털 펜을 우리에게 내밀며 노쇠한 목소리로 말했다. 아버지가 연구하던 비석에서 곧바로 나온 듯한 아주 오래된 아람어였다.

"자, 여기 당신들이 할 일이 있소. 당신들이 이 임무를 완수하게 됐소. 내가 지금부터 이야기하는 것을 적으시오."

에세네인들의 우두머리요 대제사장인 그 남자는 이야기를 시작했다. 우리는 조용히 그의 이야기를 들었다.

"내가 살던 계곡은 예전엔 길고 끝없는 호수였소. 그때는 바위들이 작은 골짜기 속에 있었소. 수면이 낮아지자, 파도에 부딪치고 깎여서 만들어진 바위 동굴들이 드러난 것이오. 물에 잠겼던 도시가 인간 생존이 가능한 주거지로 변모한 것이었소. 대부분의 시간에는 이 바위 동굴이 쉽게 보이지 않소. 어떤 작은 동굴들은 완전히 가려져 있어서, 그곳으로 들어가려면 입구를 치워야만 했소. 그곳은 사람에게도, 또한 그들이 파묻으려고 했던 보물들에게도 역시 귀중한 은신처였소. 우리의 동굴은 결코 사람들 눈에 띌 수 없었소. 완전한 요새였소. 나 자신도 조상 대대로 내려오는 구전을 통해서야 그곳을 알게 되었으니 말이오. 그곳에 도달하려면 많이 걸어야 하고 또 허리를 구부리고 가야 하오. 안쪽, 계곡의 아주 깊숙한 곳에 있기 때문이오. 지금부터 삼천 년도 훨씬 더 전에 다윗이 아인 궤디 동굴들 중 한 곳에 몸을 숨겼었소. 사울 왕은 그를 찾으려고 수천 명의 군사들을 거느리고 갔소. 그러나 그를 찾아내기는커녕, 미래의 왕 다윗이 숨은 그 동굴 속에서 그가 있다는 것조차 알아차리지 못한 채 잠이 들어버렸소. 마찬가지로 육필 두루마리들이 있던 동굴도 베두인인들에 의해 발견된 것이 아니오. 그러기엔 그 동굴이 너무나 멀리 떨어져 있었소. 아인 페쉬카 북쪽 어딘가의 황폐한 바위들 속에서 혼자 이천 년이나 인간을 물리치고 살아남은 동굴이오. 그 입구는 바위 틈에 있는 작은 구멍에 불과하오. 그 동굴 바닥에 그 누구의 손도 닿지 않은, 봉해진 점토 항아리들이 있소. 그 속에 육필 두루마리들이 들어 있소. 하지만 우리는 그들이 어떻게, 왜 그 동굴들을 찾았는지 잘 알고 있소. 수세기 전부터 거기 살았던 베두인인들이 길 잃은 염소 한 마리 때문에 그토록 늦게서야 그 동굴들을 발견하게 됐다는 사실을 어떻게 믿을 수 있겠소?

유태인들이 지상으로 돌아가기 전, 우리 수많은 에세네인들은 동굴 속에서 오랫동안 살았소. 우리는 로마인들에게 내쫓겼소. 그러나 그들이 육필 두루마리들을 약탈하지 못하도록 동굴 속에다 모두 감추었소. 그리고 나중에 두루마리들을 되찾을 생각을 하고 우리 또한 남몰래 모두 그곳으로 피신했소. 그 동안, 수세기가 수천 년으로 변하는 동안, 세상의 변화와 담을 쌓고 소명에 따라 계율과 제식을 지키며 우리 공동체는 그곳에서 살아왔던 것이오. 그러나 독신생활은 피했소. 동굴 속에는 오직 우리들만 살았기 때문에, 우리가 영속하기 위해선 자식들을 낳아야만 했소. 우리는 우리 눈앞에 신의 계율을 두었고, 그것을 두 팔과 이마에 써 붙였소. 메주조트 덕분에 우리들이 사는 곳 입구에서도 그것을 손으로 만질 수 있었소. 우리의 달력과 문자 덕분에 우리는 별과 계절의 운행을 따르며 시간을 보낼 수 있었소.

신의 의지를 좇아 우리는 태양력을 따른다오. 1년은 364일로 줄어들고, 91일로 사 등분 되었소. 각 분기는 수요일로 시작하오. 두 달은 30일, 그 다음 한 달은 31일이오. 우리에겐 성스러운 장소가 있었소. 거기서 예배 모임을 하고 글로 씌어진 원전을 읽었고 또 식사도 하였소. 높은 설교단에서 우리는 히브리어로 씌어진 복음을 읽었소. 또 거기서 〈시편〉과 성가도 암송하고 찬송가도 부르고 축성도 하고 저주도 했소. 우리는 매일 정화 목욕을 하고 신성한 식사를 하였소. 더러움을 모두 씻고 깨끗한 몸으로 우리는 함께 모여 메시아의 식사를 했소. 특별한 성무 일과나 등화 제식이 있는 사제들은 제외하고, 우리는 함께 기도하기 위해 매일 해가 뜨고 지는 시간에 모였소. 일요일마다 우리는 천지창조와 인간의 전락(轉落)을 기념했고, 매주 수요일에는 모세에게 계율을 바쳤소. 매주 금요일에는 지은 죄에 대한 용서를 빌었고, 샤바트 날은 찬사의 날이었소.

우리의 모든 생활은 완벽하게 조정되었소. 수천 년 전부터 우리는 세상 사람들 몰래 바위 동굴 속에서 영속해왔던 것이오. 그런데 20세기 초, 유태인들이 지상에 남아 있던 다른 유태인들과 재결합하러 왔소. 그리고 바로 얼마 뒤에 다른 자들도 도착하였소. 그리하여 미침내 지상에 유태 민족의 마지막 귀환이 이루어졌고 국가가 창립되었소. 그때부터 우리 생활은 예전과 같지 않았소. 우리는 베두인 족의 모습으로 변장한 파견대를 우리가 가봤던 도시들에 보냈소. 그래서 이 모든 일들을 알게 되었소. 그리하여 우리들 중 어떤 자들은 마침내 밝은 데서 살 수 있는 시간이 왔으며, 유태 민족의 분산으로 흩어졌던 형제들을 다시 만나기 위해 동굴에서 나가야 할 시간이라고 말했소. 그들은 속죄의 시간은 끝났으며 우리는 새로운 시대, 메시아의 시대로 들어가고 있다고 했소. 그러나 또다른 사람들은 동의하지 않았소. 그들은 여호와의 성전이 다시 건립되기 전까지는 지상으로 돌아가지 말아야 한다고 했소. 그런데 여호와의 성전 자리에는 황금 돔이 하나 있어 성전이 새로 건립되는 것을 방해하고 있었소. 메시아는 아직 오지 않았으며, 메시아가 우리들을 구하러 오기를 희망하면서, 메시아의 도움 없이는 아무것도 하지 말고 동굴 속에서 계속 기다려야만 한다고 했소.

'대이변 이후 민족의 귀환, 이것은 신의 징조가 아닌가? 곡과 마곡의 전쟁, 빛의 아들들과 어둠의 아들들의 전쟁이 서양에서 일어나지 않았던가? 우리의 형제들은 보통 때보다 훨씬 더 고통받지 않았던가?' 하고 한쪽 사람들이 말했소. 그러자, 신의 손이 메시아의 중개로도 나타나지 않는다면 우리는 나가지 말아야 한다고 다른 쪽 사람들이 대답했소. 어떤 자들은 이스라엘 정복을 위한 전쟁의 우두머리를 신이 보낸 메시아라고 생각했소. 또다른 자들은 그는 오로지 전사들의 우두머리에 불과하며 피를 흘리게 되는 한, 가능한 출구는 없을 거라고 말했소.

그리하여 공동체는 두 개로 분리되었소. 한쪽은 이스라엘 땅으

로 가기 위해 동굴을 나갔고, 다른 쪽은 동굴 속에 그대로 남았
소. 헤어지기 전에 떠나는 자들은 엄숙한 맹세를 했소. 자신들이
어디서 왔는지 절대 말하지 말 것이며, 또한 공동체에 남아 있는
형제들에 대한 이야기도, 그들이 어디 있는지, 무엇을 하는지, 누
구에게 속하는지 등을 일절 얘기하지 않는다는 것이었소. 그들만
의 고립과 고독의 비밀이 존중되어야 그들이 생존해 남을 수 있
기 때문이었소.

그런데 이 모든 일이 정상적으로 전개되는 것을 가로막은 일이
일어났던 것이오. 즉 우리들 중 한 사람이 그 이야기를 한 것이
오. 돈 때문이었소. 우리의 육필 두루마리들을 베두인인들에게
내주고, 또 그들로 하여금 팔게 한 사람이 바로 그자요. 그자는
자신이 저지른 일을 다른 사람들이 아는 것을 원치 않았소. 그래
서 동굴 속에서 길을 잃은 베두인인들의 염소 이야기를 지어낸
것이오. 그자는 모케 벤야이르라는 자였소. 그는 장사를 하다가
우연히 오제 주교를 만났소. 오제 주교는 우리들 중 한 명이었다
가 정통 가톨릭 교회의 대사제가 된 변절자였소. 이 두 간악한 인
간이 연합하여 우리들의 비밀을 전세계에 퍼뜨렸던 것이오. 그들
은 우리의 보물을 찾아내어 팔아넘겼소. 또 우리들을 비방하였소.

그자는 돈 때문에 우리의 보물을 팔았소. 또 그자는, 어쩌면 우
리들도 팔아넘길지 모르며, 우리의 은둔처와 신분을 누설할 수도
있었소. 우리의 임무 완수를 방해하는 탐욕스럽고 못된 두 배신
자에게 어떤 벌을 주어야 할지 결정하기 위해 우리는 회의를 소
집했소. 그리하여 오제 주교의 처형이 결정되었소. 모케는 우리
가 붙잡기도 전에 이미 도망쳐버렸소. 그런데 그의 이들이 돌이

온 것이오. 카이르 벤야이르, 그는 자신의 탐욕 때문에 죽은 것이오. 오제 주교의 방에 있던 귀중한 물건들과 여호와의 성전의 신성한 물건들은 모두 우리가 도로 회수하였소. 우리는 그에게서 몰수한 돈으로, 원래 그 보물을 가지고 있던 사마리아인에게서 나머지 보물들을 모두 사서 다시 모아두었소. 또한 다윗, 당신도 그 일에 한몫 한 거요. 그들의 의식을 위해 우리가 당신을 인질로 남겨두었던 것이니 말이오. 지금 저 큰 궤 속에 들어 있는 것이 그것들이오. 전부 이곳에서 메시아의 도래를 기다리며 보관되어 있소."

"그런데 왜 사람들을 십자가에 처형했습니까? 하필 왜 십자가였냐구요? 다른 사람들은 왜 죽였어요? 그들은 에세네인들이 아닌데요."

내가 큰 소리로 외쳤다.

"엘리아킴 페렌크의 아들 마티, 토머스 아몬드 그리고 자크 미예, 이들 세 사람은 육필 두루마리에 접근할 수 있었던 자들이오. 우리는 수천 년 전 예수가 치러야 했던 제식에 따라 그들을 십자가에 처형했소. 예수 때부터 있어온 우리들의 제식이었소. 그것은 배신자들을, 그리고 우리의 과거를 도둑질하는 자들을 처형하는 우리들만의 방식이오. *눈에는 눈, 이에는 이.*"

"하지만 왜 예수인가요? 그는 당신네 사람이었나요?"

"그것은 우리들의 비밀이오."

"20세기 초의 샤피라 사건은요? 그 남자는 자살해버렸고, 아무도 그가 발견한 육필 두루마리를 못 찾지 않았습니까? 그도 당신들이 죽인 겁니까?"

"그렇소. 그때도 우리였소. 우리의 선조들이었소. 그는 우리의 육필 두루마리를 찾아냈소. 그가 그것으로 우리의 존재를 밝히려고 했기 때문에 네덜란드에서 그를 죽이고 두루마리들도 회수했던 거요."

"그럼 왜 정상적인 십자가가 아니라 그 이상한 로렌의 십자가에 처형했습니까? 십자가형에 비틀기 형벌을 추가하려고 그랬나요?"

그 남자는 내 질문을 이해하지 못한 듯했다. 나는 또다시 질문을 반복했다. 그러나 그는 미동도 하지 않았다.

그때 아버지가 끼어들었다.

"이들이 알고 있는 십자가는 로렌의 십자가뿐이다, 아리. 그게 로마인들의 진짜 십자가지. 바로 그 십자가에 처형한 거야. 우리가 알고 있는 두 개의 막대가 수직으로 엇갈려 있는 십자가는 오랜 세월을 거치면서 서서히 변형된 것이야. 예수의 십자가는 목이 잘린 로렌의 십자가였다."

"그렇다면 아버지는 처음부터 이 모든 것을 다 알고 계셨나요?"

"그래…… 나는 다 짐작했었다."

"그럼 왜 아무 이야기도 하지 않으셨어요?"

"내가 무슨 말을 할 수 있었겠니? 나는 이들을 배신할 수 없었다. 그렇기 때문에 내가 이 임무를 맡았던 거야. 이 일이 이들과 관련된 일이라고 생각했기 때문이었지. 적어도 난 두려웠단다. 그리고 난 어떤 누구도 이들의 존재를 알게 되는 것을 원치 않았어. 그 잔혹한 범죄를 모두 보고 내가 포기하려고 했던 것도 다 그

때문이었지. 무슨 일이 일어난 것인지 도무지 알 수 없었거든. 난 이들이 비밀을 지키려는 것을 더이상 돕고 싶지 않았다."

"그럼 아버지의 과거는 무엇인가요? 그토록 가증스런 사실을 무엇 때문에 감추려 하신 겁니까?"

"그건 자네로서는 아직 알 수 없지."

에세네인들의 우두머리인 그 남자가 말했다.

"자, 지금은 쓰시오. 여기 당신들의 할 일이 있소."

그는 발길을 돌리며 말했다.

그때 두 남자가 나타났다. 그들은 옛 단검으로 우리를 위협하며 동굴 안쪽으로 밀었다.

우리는 지하로 통하는 문으로 나갔다. 그들은 우리를 이 동굴에서 저 동굴로, 복잡한 미로 속을 걸어가게 했다. 동굴 내벽들은 너무 좁아 자주 몸을 구부리고 기어가야만 했다. 습기와 어둠 속을 삼십 분쯤 걸어가 마침내 어느 동굴에 도달했다. 입구의 돌문에는 조각이 되어 있었다. 우리는 그 안으로 들어갔다. 그들은 우리를 그곳에 가두었다.

그곳이 우리 운명의 거주지였다. 그곳에서 우리는 사십 일 밤낮을 보냈다. 처음 사흘 동안은 마실 것도 먹을 것도 없었다. 아버지는 허기 때문에 힘없는 두 다리를 비틀거렸다. 서 있으려고 해도 허사였다. 나는 동굴 한구석에 무기력하게 쓰러져 있었다. 내가 기대하고 있는 유일한 희망은 제인이었다. 나는 그녀가 걱정하고 있을 거라는 것을 알고 있었다. 시간이 되면 그녀는 분명 우리들을 찾기 위해 할 수 있는 일이라면 뭐든지 다 하리라는 것도 알고 있었다. 쿰란의 비밀 한가운데에서 우리가 지옥 같은 함정에 빠져버린 것을 그녀는 확실히 알고 있었다. 그녀는 동굴 입구를 알고 있었다. 그러나 어떻게 이 무덤 같은 장소를 발견할 수 있겠는가? 게다가 어쩌면 그녀는 내가 이야기했던 쉬몬이나 혹은 그녀도 만났던 예후다, 아니면 이스라엘 당국자들을 만나러 갔는지도 모른다. 나는 그녀가 다시 이곳에 와서 우리들을 끄집어내주기를 온 힘을 다해 소망했다. 그러나 또한 내 마음속 제일 깊은 곳에서는 무엇인가가 내게 속삭였다. 설령 쿰란의 비밀이 아직 내 앞에서 그 베일을 벗지 않았다 해도, 결코 그것이 누설되어선 안 될 것이라고.

아무것도 먹지 않은 탓에 내 몸과 마음의 기력이 점점 빠져나갔다. 몸이 쇠약해져가는 것이 느껴졌다. 정신은 공간도 시간도 더이상 알 수 없는 무분별한 생각 속을 헤매었다. 모든 것이 한데 뒤죽박죽 되었다. 굶주림의 상태가 계속됨에 따라 내 머릿속에서는 모든 것이 점점 더 격렬하게 충돌하고 있었다.

식음의 전폐, 정신 집중을 위한 강렬한 노력, 육체와 육체의 고통에 대한 망각. 강요된 이 훈련 속에서 드브쿠가 내게 찾아왔다. 나는 잊을 수 없는 것들, 쿰란 시절의 죽은 이미지들을 보았다. 그것은 악의 세계였다. 어디에서고 음탕함과 신성모독이 신의 창조물을 오만하게 비웃었다. 그런 세계가 파괴되기를 바라는 것은 당연했다. 또한 전멸이 임박했기를 바라는 것은 사해 연안이 아닌

다른 곳에선 상상할 수 없는 것이었다. 해면보다 약 삼백 피트 아래에 있는 곳, 고여 썩은 쓰디쓴 호숫물과 황량하고 헐벗은, 아무도 살지 않는 위협적인 암초들 사이에 있는 이곳이 아니고서야 상상할 수 없는 일이었다. 햇빛이 아주 뜨겁게 내리쬐이는 곳, 바람이 뜨거운 독가스처럼 불어오는 곳, 살아 있는 자들도 겨우 목숨만을 지탱해나가는 곳. 이곳에 세상을 향한 자리라곤 거의 없었다. 이 시커먼 구멍 속에서, 지옥 같은 지하 세계의 가장자리는 물과 땅의 표면에 맞닿아 있었다. 타는 듯한 태양빛 아래 지옥이 솟아올랐다. 나는 최초의 인간이었다. 인간의 잘못에 대해 신이 가장 무서운 심판을 내리는 장면을 나는 보았다.

소돔과 고모라가 있었다. 천국에는 비 오듯 불이 쏟아졌다. 엄청난 대재앙이 일어났다. 폭발하는 하늘 아래에서 바다는 짜디짠 소금 눈물을 흘렸다. 여기저기 석유 저장소와 아스팔트들이 불길에 휩싸인 긴 강철판처럼 폭발하였다. 그 위로, 구르*인들은 요르단을 지나 우수(憂愁)를 향하여 길을 따라갔다. 그것은 끝이 없는 사가(saga. 중세 스칸디나비아 문학의 장르로서 전설, 영웅담—옮긴이)였다. 지각이 분노에 발을 굴렀다. 그 땅속으로부터, 원시 시대에서 오는 둔중한 노호가 솟아올라, 저 아득한 시대들을 거쳐 가공할 지진을 향해 쫓아갔다. 마지막 대재앙이 우연과 함께 획책되어 수천 톤의 석유가 쓸려나오면서 전기 천둥이 치고, 땅에 깔린 아스팔트와 기름의 물결이 불타올랐다. 지각은 엄청난 유황을 토해내

---

* 12~13세기 초에 아프가니스탄을 통치했던 제국의 왕조.

고 있었다. 피투성이 우박과 불덩이가 땅에 떨어졌다. 바닷가의 마지막 남은 나무들과 창백한 초목들이 타오르기 시작했다. 바다는 피로 물들고 인간들은 죽어갔다. 선박들은 물 속으로 가라앉았다. 거대한 별이 하늘로부터 끝없이 떨어져 횃불처럼 타들어갔다.

강물과 수원(水源)들에도 모두 불이 붙었다. 해와 달도 불길에 흐려졌다. 대낮에도 해는 그 빛을 잃었다. 별들이 땅으로 떨어져 아궁이처럼 많은 연기를 피워올렸다. 지상에 메뚜기떼가 퍼졌다. 메뚜기떼는 마치 전갈이나, 전쟁터로 나갈 준비가 된 말들 같았다. 메뚜기 대가리 위엔 황금 왕관들이 얹혀 있었고, 그 머리들은 사람의 얼굴과도 흡사했다.

그 뒤에는 모든 나라에서 온 부족, 각각의 민족과, 제각기 다른 언어를 가진 엄청난 군중들이 흰 옷을 입고 손에는 종려나무 가지를 들고서 천상의 옥좌와 어린 양 앞에 서 있었다. 그들은 모두 큰 소리로 외쳤다. "구원은 옥좌 위에 앉아 계신 우리들의 신께, 그리고 어린 양에게 달려 있다." 그리고 그 주위에 모여 있던 모든 천사들이 땅에 얼굴을 부딪치며 그의 앞으로 넘어졌다. 그들은 신을 찬양했다.

이 거대한 움직임 속에서 땅은 사라져버렸다. 새로운 하늘과 또 다른 땅이 생겼다. 첫번째 하늘과 첫번째 땅이 가라앉고 바다도 이젠 더이상 보이지 않았다. 결혼 첫날밤을 위해 치장한 신부처럼, 준비를 끝낸 새 예루살렘이 하늘에서 내려오는 것을 나는 보았다. 옥좌에서 목소리가 흘러나와, 시간이 임박했으니 더이상 침묵할 필요도, 책들의 말씀을 비밀로 간직할 필요도 없다고 말했다. 불의는 불의를 *지지를지어다.* 또한 *더러운 것은 여전히 더러*

움 속에서 살지어다. 그러나 정의는 여전히 정의를 실행하고, 성인(聖人)은 여전히 숭앙받을지어다. 보라. 내가 곧 오리니, 각자 한 일에 따라 내가 주는 보수가 돌아갈 것이다. 나는 알파요 오메가요, 최초와 최후, 시작과 끝이니라. 나는 이 증거를 그대들에게 보여주기 위해 나의 천사를 보내었도다. 나는 다윗의 혈통에서 나온 아침의 빛나는 별이니라.

그것은 어둠의 아들들, 벨리알 군대, 에돔과 모압의 무리들, 아몬의 아들들, 동방과 필리스티아의 수많은 아들들과 대항한 빛의 아들들의 정복이었다. 어둠의 아들들은 사막에서 고생을 겪었다. 그들에 대항하는 전쟁이 곧 터질 것이었다. 어둠의 아들들의 모든 도당들에게 전쟁이 선포되었던 것이다. 또한 빛의 아들들의 유배가 끝났기 때문이었다. 빛의 아들들은 예루살렘이라는 사막에 영원히 야영하기 위해 민족들의 사막에서 돌아왔던 것이다.

이 마지막 투쟁 후, 분산되었던 유태 민족으로부터 나라가 일어섰다. 그 시기에, 격렬한 분노에 사로잡혔던 신이 마침내 북쪽의 왕들과 싸우기 위해 왔다. 그분의 분노는 원수들의 뿔을 파괴하고 전멸시키려고 했다. 그것은 신의 민족에게는 구원의 시간이었다. 야벳의 아들들에겐 엄청난 혼란이 일어났다. 악의 지배는 사라졌다. 불경한 자는 한 명도 남김없이, 그리고 모든 어둠의 아들들은 단 한 명의 생존자도 없이 모두 쓰러졌다.

나는 보았다. 제사장들의 박해로 유태의 땅에서 쫓겨나, 셈의 나라에서 강제로 유배생활을 했던 에세네인들의 고독한 주거지를. 느부갓네살 왕 시대에 유태인들이 추방당했던 바빌로니아의 유배지를. 또한 파괴에서 불의로, 살육에서 재앙으로 이어지는 유

태 역사의 모든 속편을 보았고, 처형자, 희생자 그리고 증인들도
보았다.

어둠의 시간들이 하나씩 소멸될 때까지 빛의 아들들이 세상 구
석구석을 모조리 비추는 것을 보았다. 그리고 그분의 위대함이 모
든 시간을 위하여, 행복과 축복, 영광과 기쁨을 위하여, 빛을 발하
는 그 순간을 보았다. 빛의 모든 아들들에게 긴 생명의 날들이 주
어지는 순간을 보았다.

그 옛날, 그분에 의해 결정된, 어두운 날에 일어난 격렬한 전투
와 끝없는 살육을 나는 보았다. 그날, 마지막 전투를 위하여 신들
과 인간들의 무리가 다가왔다. 모든 잘못을 회개한 민족에게는 그
때가 비탄의 시간이기도 했다. 지상의 모든 불행을 통틀어 볼 때,
그 불행이 속죄를 대신할 때까지 이 민족에게 이와 유사한 불행
은 없었다. 빛의 아들들이 어둠의 아들들보다 더 강했던 적은 단
한 번뿐이었다.

그들은 아스팔트 호수 연안에서 왔다. 자연과 역사가 그 종말과
새로운 질서의 도래를 위해 그토록 음모를 꾸몄던 이 땅에 이제
는 아무런 자리도 없었다. 메시아의 도래와 더불어 불행한 시간이
지나갔다. 꺼칠꺼칠한 자리가 매끄럽게 될 때, 모든 이들은 바로
이곳, 사해의 황량한 연안에서 신이 그들을 구원했다는 것을 알게
될 것이다. 모래톱, 이곳저곳에서 나무들이 자라날 것이며, 그 나
뭇잎들은 시들지 않고, 과일들은 썩지 않으리라. 성전에서 물이
풍부하게 흘러들 것이니.

나는 최면 상태에 들어갔다. 고열이 온 사지를 휘저었다. 그때

나는 진실을 보았다. 처음부터, 내가 전부 다 알고 있었던 때부터 내 스스로 보지 않으려고 했던 그 진실을. 나의 아버지는 필사생이었고, 우리 선조들은 모두 에세네인들이었다. 그러므로 내가 원하든 원치 않든, 나 역시 에세네인 필사생이었다. 이런 생각을 하니 머리가 터질 것 같았다. 나는 사방에 있는 바위 벽에다 내 머리를 세게 부딪쳤다.

사흘 후였다. 그만하면 시련과 위협이 충분했다고 판단했는지, 그들은 마실 것과 먹을 것을 가지고 왔다. 그리고 우리의 일을 완수하고, 그들 지도자가 말하는 것을 모두 쓰라고 했다. 우리는 동굴 밖으로 나갈 수 없었다. 유일한 입구는 봉해져 있었다. 동굴의 천장은 바위 산 바닥으로, 우리가 기어오르기엔 너무나 높았다. 제일 꼭대기에 있는 갈라진 틈으로 대낮의 햇빛 한줄기가 파고들었다. 우리는 이제 그들의 명령에 따라 일을 하는 수밖에 없었다. 우리는 음식을 먹고 차츰 생기를 되찾았다. 그리고 우리의 일을 시작했다.

우리는 그렇게 살았다. 대지의 뱃속, 대지의 가슴속에서 우리는 살았다. 왜 이곳에 있는지, 그리고 여기서 빠져나갈 수 있을지 우리는 알지 못했다. 그러나 절망하지 않았다. 이곳을 훨씬 더 안전하게 느꼈던 것 같다. 땅에서 인간들의 정신은 높이 오르고 짐승의 정신은 아래로 내려가는지 그 누가 알겠는가? 자신이 하는 일에 기쁨을 느끼는 것보다 인간에게 더 나은 일은 아무것도 없다는 것을 나는 알았도다. 왜냐하면 그것이 그의 몫이기 때문이다.

그 누가 남아서 자기 이후에 어떤 일이 일어날 것인지 볼 수 있을 것인가?

아버지는 우리 머리 위로 세상의 종말이 다가오고 있다고 믿었다. 그는 신비주의에 열렬히 사로잡혀 있었다. 그것은 아마도 자신의 태생지로 귀환했기 때문이며, 또한 그 장소에 대한 추억을 결코 떨쳐버리지 못했기 때문인 것 같았다. 그는 우리가 세상의 종말을 피해 이곳에 있도록 보내진 것이라고 주장했다. 그리고 나중에 메시아를 따라 새로운 세상을 창설하기 위해 황폐한 지상으로 다시 나가게 될 것이라고.

평소의 아버지와는 전혀 어울리지 않는 예언 같은 말들이었다. 나는 아버지가 메시아에 대한 자신의 희망을 이야기하는 것을 여태껏 한 번도 들어본 적이 없었다. 그는 자신이 어렸을 때 에세네인들 속에서 배운 기도와 계율, 해방에 대한 믿음을 되찾았다. 그러한 믿음에서 그를 해방시켰던 것은 과학이었다. 며칠 사이에 길게 자라난 회색 수염을 늘어뜨리고, 현재에 대한 자신의 해석을 섞어 성경 구절을 끊임없이 인용하는 아버지는 히브리의 예언자와 흡사했다.

〈요한 계시록〉의 예언과 메시아적 예언을 아버지는 수없이 내게 설명해주었다. 그런 예언들은 위기의 시대, 절망적 상황에서만 생겨난다는 것을 나는 잘 알고 있었다. 세상의 종말이 도래할 때 신앙을 지켜나가기에 적합한 장소를 나는 알고 있었다. 그러나 만약 종말이 온다면 그것은 낡은 양피지에 둘러싸여 있는 이 동굴은 아닐 것이라는 것도 확신하고 있었다.

우리는 그 지도자가 요구한 대로 그가 구술하는 것을 받아적었다. 글을 다 쓰고 난 후, 나는 제인이 나에게 준 이후로 누가 훔쳐갈까 두려워 항상 몸에 지니고 있던 귀중한 두루마리를 아버지와 함께 해독했다. 그 히브리어는 거꾸로 씌어져 있었다. 거울이 없었기 때문에, 우리는 그들이 준 두루마리 뒷면에 깃털 펜으로 다시 그 글자들을 모두 베껴썼다.

그리하여 우리는 쿰란에 대한 진실을 알게 되었다.

그 두루마리를 통해 진실을 알게 된 순간, 우리는 메시아가 도래할 때까지 입을 꾹 다물고 있어야 한다는 것을 깨달았다. 이 사실을 발설했을 때 벌어질 수 있는 모든 결과를 우리는 분명 잘 알지 못했다. 다만 우리가 알 수 있는 것이란, 이것은 말로 할 수 있는 것이 아니라 글로 써서 보관해야 된다는 것이었다. 최면 상태에서 보았던 환영을 나는 망각할 수 없었다. 그 환영은 내가 알고 있는 것을 글로 쓰라고 명령했다. 나는 필사생이며 필사생의 아들이 아닌가?

기대하고 연구하고 토론하는 일 외엔 아무것도 할 수 없었던 그때 그곳에서 아버지는 마침내 에세네인들에 대한 이야기를 해주었다. 아버지는 단편으로 흩어진 추억들을 그러모으고 있었다. 추억은 때로는 힘겹게, 때로는 마르지 않는 물결처럼 떠오르고, 단조로운 노랫가락처럼 끊기지 않고 이어지기도 했다. 마치 오랜 세월 동안 말하지 않고 있던 것을 모두 다 벌충해야 한다는 듯이, 지칠 줄 모르고 그는 이야기했다.

그들은 선택된 민족 중에서도 엘리트들이었다. 동시대인들에게 그들은 역사적으로 영향력도 없고 중요하지도 않은, 한낱 낯선 작은 종파에 불과했다. 그러나 그들은 그들 자신을 그렇게 보지 않았다. 역사를 변화시킬 사건들 속에서 그들이 훌륭한 역할을 맡을 것이라고 생각했다. 현재 존재하는 세상은 곧 종말을 맞이할 것이며, 또한 그때까지 시행되었던 주기와는 아주 다른 주기를 맞이하게 될 것이라고 생각했다. 이런 우주의 대참극 속에서 이 종파는 주요한 역할을 맡을 것이라고 생각했다. 유태인들은 자신들이 신의 선택을 받은 민족이며 신이 그들과 독점적으로 언약을 맺었다고 생각했다. 그렇지만 모든 유태인들이 이 언약을 지키지 않았다. 그들 중 많은 사람들은 그 약속이 무엇을 가져올지, 그 모든 결과를 알지 못했다. 이스라엘의 지도자, '신의 기름부음을 받은 자'를 통해 세상을 이끌어갈 새로운 질서를 향한 길을 준비하기 위해, 신이 이용할 자들은 특별한 민족 중에서도 특별한 종파인 바로 그들이었다. 이 종파는 이스라엘을 통해 모든 인류를 위한 속죄자가 될 것이다.

그들은 성서의 진정한 해석을 보유하고 있는 유일한 자들은 자기들이라고 생각하였다. 그렇기 때문에 그들은 그들만의 성서를 갖고 있었다. 성경을 베껴쓰고 또 베껴쓰면서 보존 확대하고 거기에 그들 자신의 두루마리를 첨가하였다. 이 두루마리들은 종파의 진정한 보물이었다. 그들은 과거를 해석했다. 그리하여 현대에 일어난 사건들의 의미를 명확하게 해석했다. 그들은 예언하였다. 그리하여 그들 가운데서 각자가 사는 방식을 분명하게 말해주었다.

이 종파에게는 나름대로 민족적 시기saga를 보는 방법이 있었다. 그들은 신화를 문학적 진실로 취급하였고, 전설을 하나의 사실로 간주했다. 무엇보다도 그들은 자기들이 신이 모든 민족 가운데서 선택한 민족, 모세의 계율과 더불어 첫번째 언약을 맺은 민족이라고 생각했다. 시나이는 우주적인 개입의 장소였다. 신은 그렇게 개입하여 이스라엘의 자식들과 영원한 언약을 맺은 것이었다. 그러나 사제들과 통치자들은 이러한 계율을 배반했으며, 이스라엘 전체가 그 계율을 우롱했다. 에세네인들만이 여전히 올바른 길을 따랐다. 그리하여 신은 선택된 자들 중에서도 선택된 자, 바로 그들과 '두번째 언약'을 맺었던 것이다.

물론 신은 역시 '기름부음을 받은 자', 즉 신의 축복을 받은 사람인 다윗의 통치로 그의 언약을 공고히 했다. 그렇기에 다윗의 승리는 이스라엘의 승리의 전조였다. 그러나 다윗과 더불어 이스라엘의 대제사장들 중에는 가장 위대한 사독도 있었다. 이들은 거짓 사독주의자들, 사두개 교도들, 신의 제단을 모독하고 부당한 재물을 끌어모으며, 일해서 얻은 과일을 훔치기 위해 약탈과 전쟁을 일으킨 자들에 대항한 진정한 사독주의자들이었다.

이 두번째 언약 때 신은 예언자 아모스, 이사야, 예레미야의 마음속에 예언자 엘리야의 도래를 알렸다. 또한 이 언약을 축성하기 위하여 새로운 시대를 열 정의의 스승의 도래도 알렸다.

"에세네인들에겐 어떤 일이 일어났나요?" 나는 아버지에게 물었다.

"로마인의 유태 점령은 한동안 몹시 조용했었다. 로마 통치자들은 탐욕스러웠지. 그러나 본토박이 왕들보다는 덜 탐욕스러웠다. 마카베오 족 혈통의 제일 마지막 후손인 안티고누스는 위대한 자라고 불리던 헤로데에게 기원전 37년에 왕위를 내주었지. 헤로데는 눈부신 건물들을 많이 건축했다. 로마 황제의 문을 건립했으며, 여호와의 성전의 재건을 시작하여 또다시 파괴되기 육 년 전인 서기 64년에 완성시켰지. 그가 죽었을 때 어떤 사람들은 진정으로 울었다. 헤로데 이후에 왕국은 분열되었다. 갈릴리를 통치하던 자는 안티파스*였는데, 그는 이복동생의 아내와 결혼했다. 세례 요한이 이를 비판하자, 처형해버렸지. 그가 버린 첫번째 부인의 아버지 아레타스와의 전투에서 패배하자, 백성들은 그가 요한을 참수한 벌을 받았다고 생각했다. 그는 서기 34년까지 통치했지. 유태를 통치하던 자는 아르켈라우스**였다. 그는 십 년간 통치했는데, 그 시기에는 어찌나 불행한 일이 많았는지 그는 아우구스투스에 의해 해임되었어. 그후 유태는 로마의 속주가 되어 하급 총독의 통치를 받게 되었다. 그들 중 한 명이 본디오 빌라도였지. 그는 소환되어 갈리아로 추방당했어.

　유태인들과 로마인들 사이의 긴장은 끝없이 고조되었다. 로마인들은 광신도들 같은 유태인들을 이해할 수가 없었고, 유태인들은 여호와의 성전 한가운데서까지 신성모독 행위를 저지르는 로마인들을 용납할 수 없었지. 빌라도는 로마 군대의 세력에 저항하는 유태인들에게 놀라기도 하고 또 흥분하기도 했지. 그때까지 어떤 민족도 로마의 종교와 우상 숭배를 거부하지 않았는데 왜 유

---

* 기원전 21∼서기 39년. 헤로데 왕의 아들. 갈릴리 분봉왕이 되어 나자렛 예수가 선교 활동을 하던 때에 갈릴리를 다스렸다.
** 기원전 22∼서기 18년경. 헤로데 왕의 아들. 헤로데의 제1계승자였으나, 유태인들에게 평판이 나빠 로마인들에 의해 폐위되었다.

태인은 반항했을까? 칼리굴라 황제는 자신의 동상을 여호와의 성전 안에다 세우게 했지. 그러나 그는 암살당했어. 그 일이 있은 후 팔레스타인 전체는 로마의 지배 아래 들어갔다. 그러나 유태인들은 계속 그들과 용감하게 맞섰지. 안토니우스 펠릭스 총독이 십자가형을 자주 행하자 한 종파에서는 자객을 시켜 많은 수의 로마인들을 암살했다. 그리하여 유태에서는 범죄 사건이 불길할 정도로 극에 달했지. 모두 모반의 의지, 반란, 전쟁의 징조뿐이었어. 약탈자들이 날뛰는데도 정부는 무책임하게 굴었다. 이런 위기에 대처하기 위해 유태인들은 긴급 정부를 구성하고, 플라비우스 요세푸스를 갈릴리 방어 책임자로 앉혔지. 하지만 그는 전투에서 승리하지 못하고 적의 진영에 넘겨졌어. 로마 정부의 신임을 얻고 있던 바리새인들은 중용 정치를 해보려고 시도했지만, 그들은 권력으로부터 헛되이 버림만 받았지. 화가 북받친 젤로트 당원들은 정부의 방침을 세웠고, 그 이후로 중용주의는 사라져버렸다.

만약 이스라엘이 하나로 결합되고 덜 부패했더라면, 전쟁에서 승리할 수 있었을 거야. 그러나 일이 그렇게 된 이상, 비극적으로 끝날 수밖에 없었다. 예루살렘은 경쟁자들이 분할하여 지배했고, 유태인들은 같은 유태인들을 학살했지. 동족상잔의 혈투는 로마인의 살육을 더욱더 불러일으키는 결과를 낳았다. 서기 70년 여름이 끝나갈 무렵, 여호와의 성전 바깥 마당은 화염에 휩싸였지. 하얗게 달구어진 제단까지 전투 대열은 밀려들어왔어. 예수의 예언에 따라 성전은 파괴되었고, 참화에 참화가 잇달았지. 쿰란의 사제들은 마침내 심판의 날이 왔으며, 그들이 기다리던 메시아가 부활하여 곧 다시 오리라고 생각했다. 사실 달은 아직 피에 젖지 않았고, 별들도 하늘에서 떨어지지 않았어. 그러나 파괴는 이스라엘을 지배했던 불경한 자들에게까지 닥쳤지. 신께서 손길을 돌려 키팀 족을 처벌할 시간이 된 것이었어. 그들은 기다렸지. 로마인들이 그들에게 오리라는 것을 알고 있었던 거야. 그래서 그들은 소중한 육필 두루마리들을 보호하기 위해 항아리 속에 넣어 동굴까지 운반해 갔던 거다. 전쟁이 끝나면 언젠가는 다시 찾으러 올 것이었지. 그들이 다시 돌아올 때에도, 성경은 여전히 그들의 보물로 남아 있을 것이었다. 아론과 이스라엘의 메시아는 신의 왕국이 도래하는 주 예수의 날, 신성한 식사를 주재할 것이었지. 역사가 지리적이고 역사적인 흔적을 잃어버린 것은 바로 그 순간이었다. 그와 동시에 기독교 종파의 역사가 출현하게 된 것이야. 사실 그들은 육필 두루마리들을 숨겨놓은 후, 또다시 메시아의 도래를 준비하기 위해 쿰란으로 피신하러 떠난 것이었어. 그리고 그곳에서 아무도 모르게 몇 세기 동안 살았던 거다."

아버지는 그렇게 자신의 과거, 그리고 그 과거의 과거에 묻혀 있던 모든 역사들을 오랜 시간 동안 이야기해주었다. 나는 그가 하는 이야기를 모두 다 기억했다. 가능하다면, 나중에 글로 쓰기 위하여 열심히 경청했다. 그는 자신의 삶과 가족들의 삶을 이야기했다. 그들의 정확한 달력에 따른 요일과 축제, 사해의 황량한 사막 속으로 존재를 감추었던 그 수천 년 동안의 은둔 시절, 공동체의 의식과 수도사적 삶, 그가 어렸을 때 보낸 생활을 이야기해주었다. 에세네인들은 시간이 흘러가는 것을 알고 있었다. 그들이 두루마리들을 지키는 자로 남아 있는 동안, 그늘 땅으로부터 아주 먼 바깥에서는 그들의 유태인 형제들이 여러 나라에서 방황하고 있다는 것도 알고 있었다. 쿰란의 동굴을 나가는 것은 금지되어 있었지만, 그들은 일 년에 세 번, 로시 하샤나,* 페사 그리고 샤부오트** 축제일에는 베두인 족의 모습을 하고 밖으로 나가 시장에서 소식을 들을 수 있었던 것이다. 그렇지만 그들이 아직 세상에 살고 있다는 것을 아는 사람은 아무도 없었다.

사십 일 밤낮이 흐른 후, 복도에서 이상한 곡괭이 소리가 들렸다. 누가 온 것이다. 우리는 처음엔 에세네인들이 우리의 하루치 식량을 가지고, 일이 진척되었는지 확인하러 오는 것이라고 생각했다. 그런데 그 소리는 그들이 매일 오던 쪽에서 나는 것이 아니었다. 그들이 점점 가까이 다가오는 소리가 동굴 속의 궁륭 천장으로 울렸다. 마치 우리에게서 불과 몇 미터밖엔 떨어져 있지 않은 것 같았다. 이윽고 어두운 바위 뒤에서 세 개의 그림자가 나타났다. 두 남자를 동반한 쉬몬의 모습을 알아보고 우리는 숨을 죽였다.

제인에게서 위급 상황을 전해들은 쉬몬은 몇 주 전부터 그녀가 가르쳐준 대로 동굴 속을 찾아 다녔다. 그러나 침범할 수 없는 미로같이 동굴들이 서로서로 기와처럼 겹쳐져 있어 우리들을 발견

---

* 새해의 시작을 뜻하는 히브리어로, 티슈리월(9월 혹은 10월) 1일에 종교적으로 새해를 시작하는 날이다. 심판의 날, 기억의 날이라고도 불린다.(원주)
** 시나이 산에서 토라를 받은 것을 경축하는 몇 주간의 축제.(원주)

하지 못했던 것이다. 제인은 카이르 벤야이르와 내가 다시 나오지 않자, 호텔로 돌아가 내 방에 있는 서류들을 뒤져 위급한 사태를 알릴 만한 곳을 찾아낸 것이라고 쉬몬은 설명했다. 그녀는 쉬몬의 연락처를 찾아 이내 전화를 건 것이다.

우리는 동굴을 통해 다시 밖으로 나왔다. 바깥으로 나오자 햇빛이 너무나 눈부셨다. 몇 분 동안 아무것도 보이지 않았다. 잠시 후, 몇 개월 동안 고생했던 모든 긴장이 갑자기 덮친 듯, 우리는 기진맥진해버렸다. 우리는 쉬몬의 자동차로 예루살렘을 향해 길을 떠났다.

"어떻게 됐어?"

자동차 안에서 쉬몬이 물었다.

"뭐가 어떻게 돼?" 아버지가 대답했다.

"육필 두루마리는 찾은 거야?"

아버지는 고개를 저으며 부정의 표시를 하였다.

쉬몬은 우리를 아버지 아파트 앞에 내려주며 말했다.

"또 만나세. 잘 쉬게나. 자네에게 며칠간 여유를 주겠네. 다시 보러 옴세. 그때 이 모든 일을 상세하게 이야기하세."

"고맙네. 자넨 우리 생명의 은인일세."

그에게 손을 내밀며 아버지가 말했다.

"아닐세. 자네를 그곳에 보낸 사람은 바로 나인걸. 그럼 곧 만나세."

우리는 잠시 보도 위에 그대로 있었다. 정신이 멍한 채, 자동차가 멀어지는 것을 바라보았다. 모는 일이 비현실적으로 느껴졌다.

그 모든 일이 거의 믿기지 않았다. 마치 아무 일도 일어나지 않은 듯, 우리는 우리의 집, 오래 전부터 어머니가 분명 극심한 고통에 사로잡힌 채 우리를 기다리고 있을 보금자리로 마침내 되돌아왔던 것이다.

그러나 우리의 고난은 아직 끝난 것이 아니었다. 우리는 집 입구 쪽으로 천천히 걸어갔다. 그러다 깜짝 놀라 걸음을 멈추었다. 아파트 현관에 누군가가 우리를 기다리고 있었던 것이다. 예후다였다.

"예후다? 여기서 뭐 하고 있는 거야? 우리가 도착한다는 것을 어떻게 알았어?" 나는 소리쳤다.

"어제 제인이 알려줬어. 곧 너와 너의 아버님을 뵐 수 있을 거라고. 오늘 아침부터 널 기다리고 있었다."

그는 침울한 목소리로 말했다.

"제인? 그런데 그녀는 어디 있지?"

갑자기 그의 얼굴 표정이 바뀌었다.

"내 말 좀 들어봐, 아리. 만약 네가 그녀를 다시 보고 싶다면…… 지금 나와 함께 가줘야만 돼."

"뭐라고, 지금?"

"빨리 가야 해, 아리. 농담이 아니야. 그녀가 위험에 처해 있어."

우리는 집에 들르지도 못하고, 곧바로 메아 세아림에서 공부할 때 자주 들르던, 나도 잘 알고 있는 작은 유태 교회당으로 갔다. 그곳은 랍비와 그의 신도들이 자주 기도하러 오는 곳이었다. 그 교회당은 아주 낡아빠진 건물 삼층에 있었다. 마당 안쪽으로는 좁고 긴 길이 나 있었다. 사실로 말하자면 그곳은 랍비들, 학자들, 그리고 메아 셰아림에서 가장 '불가해한' 신봉자들을 이끌어들이는 정교회파의 보루였다. 그들은 모두 회색 파피요트를 머리에 말고 숱 많은 흰 수염에 챙 넓은 모자와 전통 복장을 한 존경할 만한 노인들로서, 서로 이야기할 땐 이디시어로만 말했다. 그들은 연구와 계율, 수많은 자손들의 교육에 일생을 바친 자들이었다. 노년이 된 지금, 그들은 공동체의 현인들이 되어, 모든 종류의 문제를 상의해주는 일종의 제식 집회를 구성하고 있었다. 사람들은 그들을 전통의 진정한 주인들, 토라의 두루마리들을 지키는 수호자들로 간주했다. 그들은 열두 명이었다.

우리가 도착했을 땐 오후 세시였다. 유태 교회당엔 아무도 없었다. 기도는 두 시간 후에라야 시작될 것이다.

그런데 그곳에서 우리를 기다리고 있던 사람은 제인이 아니라 랍비였다. 그는 평소와 같이 단상에 앉아, 토라의 두루마리 두 개가 놓여 있는 책상에 팔꿈치를 괴고 있었다. 그는 평소 자주 하던 대로, 잘못 쓴 것이 없는지 토라 두루마리의 글자들을 들여다보며 확인하고 있었다.

"어찌 됐는가? 그것을 찾았는가?"
랍비가 물었다.
"무슨 말씀을 하시는지요?"
내가 대답했다.
"아리, 어리석은 짓은 하지 말게. 난 양피지에 대한 말을 하고 있네. 〈메시아의 두루마리〉, 사라진 두루마리 말이야."

"아니요. 우리는 그게 어디 있는지 모릅니다."

그는 손가락으로 아버지 양복 윗도리의 약간 불룩한 호주머니를 가리켰다. 그 속엔 우리가 동굴을 빠져나올 때 가지고 온, 우리가 다시 베껴썼던 복사본과 원본 두 개가 같이 둘둘 말려 들어 있었다. 랍비가 천천히 말했다.

"자, 어서 그걸 나에게 주시오."

"안 됩니다. 이건 당신들 것이 아니오. 에세네인들 것이오."

아버지가 반대하자 랍비는 깜짝 놀랄 정도로 커다란 웃음을 터뜨렸다. 분격에 찬 시끄러운 쇳소리 같은 기이하고도 이상한 웃음소리였다. 기쁨보다는 불행이 훨씬 더 많이 담긴 그 웃음소리는 유태 교회당 안에 울려퍼졌다.

"헌데 당신은 모르시오? 보시오!"

그는 마치 평소에 어떤 학생이 탈무드적 논리를 전개하다가 평범한 실수를 했을 때 하던 조로 말했다.

"탈무드 문학에서는 에세네인들이 하시드라고 불리는 것을 모르시오? 에세네인들의 메시아, 그는 바로 나요. 내가 전세계를 소유할 때가 왔다는 것을 모르겠소? 우리 선조들은 12세기에 독신주의를 만들어내기 위해 자기 여조카들에게 결혼을 금지시켰던 랍비 유다 하 하시드까지 거슬러 올라가오. 왜냐하면 그는 독일로 이주한 에세네인이었기 때문이오. 자손 대대로 우리는 아버지에서 아들로 사명을 전수하는 에세네인들이오. 즉 메시아의 도래를 준비하고 세상의 종말을 기다리며 선동하는 것이 우리의 사명이오. 보시오. 나에게는 자식이 없소. 그러므로 나는 우리 혈통의 마지막 손이오. 내가 메시아라는 것도 바로 그 이유 때문이오. 이해하겠소? 이제 그 두루마리를 내게 주시오."

그는 아버지에게 위엄에 찬 목소리로 말했다.

그러자 맥이 풀린 아버지는 오래된 양피지를 그에게 내밀었다.

"안 돼요! 뭐 하시는 거예요?"

내가 고함을 쳤다.

아버지는 내 쪽을 돌아보며 힘없는 모습으로 중얼거렸다.

"나는 필사생이다. 그는 대제사장이고. 나는 계급의 서열을 따라야만 한다."

"무슨 말씀을 하시는 거예요? 아버지는 필사생이 아니에요! 아버진 아무것도 아니에요. 이미 그들을 떠나셨잖아요!"

나는 울부짖었다.

랍비는 그 양피지를 들고 유태 교회당 안에 있는 나뭇가지 모양의 큰 촛불이 있는 곳으로 다가갔다. 그런 그를 보며 나는 미친 듯이 큰 소리로 외쳤다.

"뭐 하시는 겁니까? 이젠 당신도 그 계명을 존중하지 않는 당신의 토라를 가지고 누구를 속이려고 하십니까? 당신은 엉터리 메시아요, 찬탈자에 불과합니다. 당신이 그토록 설교한 최후의 심판에 대해선 당신도 아시겠지요! 당신 자신도 그 희생자가 될 것입니다."

"불경한 사제가 정의의 스승을 박해하며 끓어오르는 분노 속에 그를 삼키는도다."

마치 예언이 그의 입을 통해서 실현되듯 랍비는 조용히 읊조렸다.

"허나 당신은 치욕이 영광보다 훨씬 더 큰 사제요."

억제할 새도 없이 이런 말이 내 입에서 흘러나왔다. 내가 내뱉은 말은 신을 모독하는 말과 똑같이 굉장히 심각한 말이라는 것을 나는 깨달았다. 엄청난 분노에 사로잡혀 나는 그만 이성을 잃었던 것이다.

그러자 랍비는 이상한 시선으로 나를 응시했다.

"그래, 아리 자네는? 자네 부친이 납치당했을 때 미국에서 무엇을 했는가? 아버지를 생각했는가, 아니면 한 쉬크제 여자와 간음을 했는가? 자네가 한 일을 내가 모두 이야기해주지. 자넨 갈증을 풀기 위해 도취의 길로 들어섰어. 스스로는 유태인에다 하시드라고 하지만 자네 마음을 싸고 있는 껍질은 할례를 받지 않은 거야. 그 도시에서 자네는 역겨운 짓들을 저질렀어. 신의 성전을 더럽히고 금지된 장소에 가서 마약을 하고 교회로 들어갔지. 자넨 과오를 범한 거야."

"누가 당신에게 그걸 얘기했습니까? 당신이 내 뒷조사를 한 겁니까?"

"윌리엄스버그의 랍비가 전부 다 얘기해주었네…… 그는 자네가 있었던 퇴폐적인 장소가 어떤 곳이었는지 나에게 모두 얘기했네. 자네가 떠나기 전에 나는 자네에게 미리 다 얘기해주었어. 어떤 위험을 겪게 될 것인지 말일세. 영감이 떠오를 때마다 메시아의 모습을 상기하라고 하지 않았던가. 그런데 자네는 내 말을 믿지 않았어. 신이 우리와 맺은 언약을 자네는 배반했네. 그리고 성스러운 내 이름을 방금 모독했어. 자네는 종말의 말씀을 배반했고 믿지 않았네, 아리. 신께서는 마지막 세대에 일어날 모든 일들을 내 집에서 내 입을 통해 이야기하셨네. 또 앞으로 그분의 민족과 국가에 일어날 일도 모두 내 입을 통해서 말씀하셨지. 그런데 자네는 그 말을 듣고도 믿지 않았네. 아리, 나는 신에 대해 해설을 하는 대사제야. 바로 내가 말일세. 그 어떤 자도 신의 계시의 모든 비밀을 알 수는 없네."

"당신은 거짓말쟁이요. 당신이 알리는 신탁은 사기입니다. 사람들이 믿게끔 허상들을 지어내고 있어요. 무언의 우상을 만들어낸 겁니다. 하지만 당신이 만든 동상들은 심판의 날에 당신을 해방시키지 못할 겁니다. 그날이 오면 신은 지상의 불경한 자들과 마찬가지로 우상을 숭배한 모든 자들도 전멸시킬 겁니다."

나는 함정에 빠졌다고 확신하며, 증오와 수치심이 가득 찬 목소리로 말했다.

"바로 그날이 곧 닥치네, 아리."

"신의 모든 시간은 그 종말에 도달합니다."

내 말을 듣고, 랍비는 무시무시한 분노에 치를 떨었다. 그의 입술은 떨리고, 두 눈은 분노도 타오르고 있었다.

"뭐라구, 자네가 감히 내 말을 거역하겠다고? 자네야말로 바알 테슈바로 변장한 불경한 자야. 자네는 진실이라는 이름을 겉에 붙이고 있으나 마음속은 하나도 변하지 않았네. 자넨 불경한 자였고, 앞으로도 불경한 자로 남을 걸세. 자넨 우리 신을 저버렸어. 우리의 모든 계율을 배반했으며 여자와 간음했네. 우리의 두루마리를 훔치고 그 부를 축적하려고 했어. 신에게 반항하고, 모든 더러운 불경한 자들처럼 가증스런 행동을 했지."

"민족을 약탈하며 부와 돈을 끌어모은 예루살렘의 사제는 바로 당신이요. *거짓말하는 예언자가 살인과 사기를 저지르며 자기 도시를 짓기 위해 사람들을 착란시켰도다.*"

나는 큰 소리로 외쳤다. 그러자 랍비는 분노로 떨리는 손에 두루마리를 들고 외쳤다.

"*그리고 신의 분노의 잔이 그에게로 경멸과 고통을 끌어모으며 그를 삼키리라.*"

이 말을 하면서 랍비는 촛대에서 타고 있는 긴 불꽃에 두루마리 필사본을 집어던졌다.

"안 돼요! 그러지 마세요." 내가 고함쳤다.

나는 그를 말리려고 몸을 움직였다. 그러나 때는 너무 늦었다. 그는 불붙은 두루마리를 이미 땅바닥에 내던졌고, 두루마리는 이내 희귀한 백색빛을 내며 거의 타버렸다. 역겹고 매캐한 냄새가 진동했다. 마치 불에 탄 사람 몸에서 나는 냄새와도 같았다. 정말 그랬다. 사실 그것은 짐승을 죽인 후, 팽팽하게 잡아당겨 무두질하고 문신을 새겨넣은 가죽이었다. 이제 그 최후까지 참화를 당한 것이다. 그 두루마리는 펼쳐지지도 않고 영원히 불투명하게 감긴 채, 길이대로 불길에 핥이고 먹히고 삼켜져 곧 소화되어버렸다. 나는 환각에 사로잡혀, 새카만 작은 글씨들이 화염에 오그라들고 녹다가 완전히 사라져 재와 숯으로 변하는 것을 바라보았다. 연기는 천장까지 올라갔다. 불투명한 그 연기는 하늘까지 도달하려는 듯 천장을 뚫고 나가려는 것 같았다. 유태 교회당 제단에서 그 두루마리는 제물로 바쳐져 영원히 말소되었다. 오랜 세월 동안 시간에 도전해왔던 두루마리가 바로 그 한계에 굴복한 것이었다. 마치 아무 일도 일어나지 않은 것처럼, 마치 한 번도 생존한 적이 없었다는 듯, 그리고 이천 년 동안 결코 한 번도 쿰란의 동굴 속으로 피신한 적이 없었다는 듯, 도둑맞은 적도, 복원되었다가 또다시 절도당한 적도 없었다는 듯 사라졌다. 아무도 그것을 찾은 적도, 원한 적도, 읽은 적도, 쓴 적도 없었다는 듯이 사라진 것이었다. 헛되고 헛되었다. 순간적인 복수가 한낱 손등으로 불멸을 죽인 것이었다.

참을 수 없는 분노가 나를 사로잡았다. 카르멜 산에서 마흔 명의 거짓 예언자들의 목을 졸랐던 엘리야의 분노, 혹은 불경한 사제들, 도둑들, 살인자들의 분노가 이런 것이 아니었을까?

나는 순은 고리에 달려 있는 토라를 낚아챘다. 토라는 장방형의 은 테두리에 붉은색과 황금색이 들어간 묵직한 비로드 장식 천에 싸여 있었다.

"이제 불덩이같이 뜨거운 해가 뜨고, 모든 거만한 자들, 악을 저지르는 모든 자들은 지푸라기처럼 다 타버릴 것이오. 그리고 그들을 태우는 바로 그날, 그들에겐 뿌리도 나뭇가지 하나도 남기지 않을 것이라고 만군의 주께서 말씀하셨도다."

나는 이렇게 말하며 랍비에게 다가갔다. 그리고 온 힘으로, 내가 가질 수 있는 모든 힘과 모든 분노를 끌어올려 랍비를 내리쳤다. 그는 무너져내리듯 쓰러졌다.

나는 그 뒤에 무슨 일이 일어났는지 전혀 알지 못한다. 의식을 잃었던 것이다. 한참 후 아버지와 예후다 사이에 비밀 협상이 있었다고 했다. 아버지는 아무 말도 말라고 예후다를 설득했다. 예후다는 실의에 빠졌다. 그러나 그는 내가 설사 감옥에 가더라도 사건의 결과는 변하지 않을 것이라고 생각했다. 랍비가 정말 메시아라면 곧 다시 부활할 것이라고도 생각했다. 게다가 이런 식으로 나를 유인해 올 계획을 세운 데 대해 그는 죄의식을 느끼고 있었다. 그는 자기의 그런 행동으로 나의 삶이 파괴되는 것을 원치 않았다. 왜냐하면 제인의 존재를 랍비에게 이야기한 것도 그였고, 그의 명령에 따라 제인을 감금시킨 것도 바로 그였기 때문이었다. 그래서 예후다는 랍비가 졸도한 것이라고 모든 사람들에게 말할 것을 수락했던 것이다.

두 사람은 내가 얼마 동안 사람들의 시야에서 사라지도록, 아무도 찾지 못할 안전한 요새로 보내기로 결정했다. 그리하여 나는 예루살렘도 다시 보지 못하고 어머니도 한번 포옹하지 못한 채, 그것이 최선이든 최악이든 또다시 쿰란으로 가야 했다. 내가 쿰란을 떠난다는 것은, 쿰란에서 멀어진다는 것은, 불가능한 것처럼.

Ⅲ

에세네인들은 마치 나를 기다리고 있었던 것처럼 반가이 맞이했다. 그들은 귀환과 수련기를 믿고 있었다. 그들은 단순히 내가 전통을 다시 계승하러 온 것으로 생각했다.

오랫동안 나는 아무도 다시 만나지 못했다. 나는 내가 저지른 행동에 크게 낙담했다. 그 행동을 이해하려고 무진 애를 썼지만 소용이 없었다. 그 사건의 결과나 원인 모두가 다 나의 인격을 크게 벗어난 것 같았다. 내가 살인자가 된 것이 또한 부끄러웠다. 그 후 나를 보러 동굴까지 찾아온 아버지를 몇 번 만났다. 한두 번쯤은 어머니도 같이 왔었다. 결국 아버지가 다 털어놓아 어머니도 사건을 알게 되었던 것이다.

유다 사막 한가운데에서, 나는 그들처럼 사는 일과 필사하는 일을 배우는 데 전념했다.

초기에 나를 엄습한 것은 침묵이었다. 어떤 소리도, 어떤 소란도, 어떤 움직임도, 그곳의 장중함을 깨뜨리지 못했다. 절제와 평온 사이의 침묵은 가공할 불가사의요, 속죄하는 민족을 은밀하게 보호한 뜨겁고 혹독한 사막의 진수 그 자체였다.

어느 날 우리는 베두인인들로 변장하고 사막에서 멀리, 키르베트 쿰란에 있던 것과 비슷한 공동 묘지가 있는 외딴 곳으로 떠났다. 그곳엔 남북쪽을 향해 앉은 묘지들이 가득했다. 그들은 그곳에 죽은 자들을 매장했다. 따뜻하고 부드러운 바람이 불어오는 그곳엔 동굴 속에서와 똑같은 심오하고 엄숙한 침묵이 있었다. 나는 무덤들이 왜 그 방향으로 있는가 하고 물었다. 그들은 천국이 북쪽에 있기 때문이라고 대답했다. 그들이 열렬하게 읽고 있는 〈에녹서〉에 그렇게 씌어 있었다. *부활의 날을 기다리는 사자(死者)들, 그들은 잠시 잠든 꿈속에서 그들의 미래의 조국을 바라보며, 머리를 남쪽으로 두고 누워 있도다. 잠이 깬 그들은 북쪽을 향하여 일어나 천상의 예루살렘의 성스러운 산, 천국으로 곧바로 걸어가리라.* 나는 그들의 침묵의 의미를 이해할 수 있을 것 같았다. 이 생에서 깊은 잠이 들면 다음 생에서 지품천사의 꿈을 꾸는 것이다.

에세네인들이 어느 정도로 사막 사람들인지 나는 깨달았다. 그들은 정착민들처럼 땅에 속한 자들이 아니었다. 그들은 그들 자신과 신에게 속한 자들이었다. 이 헐벗은 세상에서 나는 그들처럼 사는 법을 배웠다. 그 세상과 마주하여 나의 치부도 알게 되었다. 이 지상에서 우리가 얼마나 유배를 당했는지, 건물도 집도 도시도 친근한 물건도 없는 이 낯선 땅에서 우리가 얼마나 우리의 집에서 살지 못했는지 알게 되었다. 신이 땅과 하늘을 창조하고, 천지창조의 두번째 날, 사막은 세상이 되었다. 그러나 그곳엔 어떤 나무도 들판의 어떤 풀도 존재하지 않았다. 신이 아직 비를 만들지 않았기 때문이었다. 또한 땅을 경작할 사람도 없었다.

　신처럼 메마른 땅을 비옥하게 바꾸고 녹음을 만들어내고 또한 씨 있는 과일이 열리는 풀을 만들어내는 자들이 있다. 그러나 우리는 사막에 있기를 원했다. 천지창조 이전의 혼돈을 닮고 싶었다. 우리는 이 사막에 잠시 머물러 있는 병사가 아니었다. 우리는 죽음의 힘이 승리하여 사막이 잃었던 영토를 되찾고, 재칼, 하이에나, 야생 고양이와 살모사들이 살고 악마들이 나오는 곳이 되길 바랐다. 우리는 신으로부터 버림받은 자들이었다. 우리의 사막은 꽃과 열매가 있는 에덴 동산이 아니었나. 우리의 사막은 사막이었다.

　나는 그것을 마음속으로 체험하는 법을 배웠다. 그것은 다른 사막과 같은 사막이 아니었다. 절대자의 뜨겁고 흰 숨결이 불어닥치는 네게브의 분화구도 아니었다. 다른 모든 사막들처럼 두번째 날에 만들어진 사막도 아니었다. 그것은 천지창조의 세번째 날 만들어진 사막이었다. 땅이란 것이 무엇인지 상기시키려는 듯 나뭇잎이 조금 무성한 몇 개의 소관목들이 여기저기 흩어져 있고, 바다라는 것이 무엇인지 생각하게 하려는 듯 쓰디쓴 바다가 넘실거리고, 인간이 할 수 있는 일이 무엇인지 환기시키려는 듯 바람이 바위에 현자의 모습을 조각해놓은 사막이었다. 성긴 사구들은 언월도처럼 꼭대기가 뾰족하게 되어 있었다. 바람은 사구 위에 초승달이 걸려 있는 울퉁불퉁한 물결을 그려놓았다. 때때로 하늘이 땅으로 내려앉으며 별들의 자국을 찍어놓았다. 어떤 날 밤, 미풍은 사막의 웅성거림을 우리들에게 전해주었다. 우리는 키 큰 종려나무들이 줄기 옆구리에 솟아나온 어린 싹들과 이야기하는 소리를 들었다.

나는 땅바닥에 누워 날카롭고 소금기 밴 돌들과 바다 내음 나는 사막을 음미했다. 너무나 특이한 그 냄새를 들이마셨다. 그것은 사해의 광물에서 나는 유황 냄새였다. 나는 색색가지의 대추야자를 배가 아플 정도로 먹었다. 그곳엔 천 가지 종류의 대추야자가 있었다. 내가 제일 좋아하는 것은 노란 '빛의 손가락'이었다. 깨물면 바삭바삭거리며 떫은 맛이 났다. 어떤 사람들은 잘 익은 것을 좋아해서, 종려나무 사이로 비치는 햇빛과 시간이 대추야자들을 달게 익힐 때까지 기다렸다. 나는 덜 익은 것을 더 좋아했다. 풋대추야자에서는, 다 익어 시든 과육 속에 맛있는 즙을 보유할 때쯤의 대추야자가 가질 수 있는 달콤함의 잠재력을 모두 느낄 수 있었다. 매끄럽고 황금색을 띤 덜 익은 것들, 그 속의 과즙은 입 안에 톡 쏘는 맛을 남겼다. 힘찬 기운을 느끼게 하는 맛이었다.

동굴 안에는 진짜 비밀의 도시가 있었다. 길도, 거리도, 주거지도, 상점도, 유태 교회당도 있었다. 그곳에 사는 에세네인들은 이제 많지 않았다. 많은 사람들이 1948년 이래로 동굴을 떠나갔다. 남아 있는 자들은 오십 명 정도였다. 주로 남자들이었고, 여자들은 몇 명 되지 않았다.

그들은 어둠 속에서 살았다. 우리가 도시에서 이따금 경험하는 그런 어슴푸레한 어둠이 아니었다. 햇빛이 잘 들지 않는 어두운 아파트의 희미한 빛 같은 것도 아니었다. 그곳은 온종일 밤이었다. 컴컴한 방 안을 비추는 횃불이 어둠을 통과할 때에는 훨씬 더 강한 빛을 발하였다. 이따금 빛에 대한 향수로, 나는 그 불빛들을 허공에서 손으로 잡아 꼭 쥐어보기도 했다. 바깥으로 나가면, 암흑에 상처입은 우리의 두 눈은 밝은 햇빛에 잠시 멀기도 했다. 그 빛은 신과도 같았다. 빛과 어둠이 아직 서로 직면하기 전이었으나 심오하고 내밀한 끈으로 한데 묶여 있었던 때, 선이 분리되어 스스로 독립을 찾기 이전에 빛과 암흑이 악의 한가운데서 반짝거리고 있었던 때, 바로 태초의 빛이었다. 그곳에서 빛은 암흑의 가슴 속에서 아무런 투쟁도, 경쟁도, 갈등도 없이 움직이고 있었다.

도심에서 아주 멀리 떨어진 사막의 외딴 수도원이었지만 물질 생활에 필요한 것은 모두 있었다. 생계 유지에 필요한 것은 자급자족을 했다. 거대한 동굴들은 여러 개의 방으로 구획정리되어 있었다. 그곳엔 움도 있고, 빵 굽는 화덕, 도자기 가마, 커다란 절구와 공동체 전체에 필요한 그릇들이 가득한 부엌도 있었다. 부엌에는 항아리와 사발, 주발과 물컵이 수백 개나 되었다.

훨씬 더 구불구불하게 굴곡이 진 곳에는 세탁장, 작업장, 저수조 그리고 복잡한 도관을 통해 계속 급수되는 풀장이 배치되어 있었다. 여러 개의 방들 중, 길고 좁은 형태의 방 하나는 큰 식당이었다. 그곳은 공동체의 모든 신도들이 하루에 두 번씩 모이는 중심이었다. 초심자였던 나는 공동체에서 이 년을 보내기 전까지는 그들과 함께 있을 권리가 없었다. 그러나 매일 하루에 두 번씩 마치 신성한 울타리 속에 들어가듯 침묵 속에 그곳으로 스며들어가 그들을 볼 수 있었다. 빵 굽는 자는 종파의 계급 서열에 따라 빵을 분배하고, 주방장은 각자의 사발에 단 한 가지 요리를 담아주었다. 사제는 기도로 식사를 시작했다. 그가 음식에 손을 대기 전엔 그 누구도 음식을 맛볼 수 없었다. 그리하여 매일 그는 최후의 만찬 장면을 상징적으로 재연하였다. 이스라엘의 메시아가 살과 피로 된 인간으로 나타나기 전, 그는 메시아를 대신하여 빵 위에 두 손을 뻗었고 그 빵을 자르고 포도주를 축성하였다. 그들은 메시아가 도래하게 되면, 빵 위에 두 손을 뻗으며 포도주를 축성하는 자, 그자가 바로 메시아가 될 것이라고 말하곤 했다.

식사가 끝나고 나면 그들은 식사 때만 입는 하얀 아마로 만든 성스런 옷을 벗고, 또다른 성찬식이 기다리는 저녁이 될 때까지 일을 했다.

공동체의 신도들은 각기 다른 일을 갖고 있었다. 그들은 모두 해 뜨기 전에 일어났고 해가 지고 나서야 일손을 멈추었다. 농부들은 동굴 위로 나갔다. 지하수가 흐르고, 바람이 통하고, 초목이 우거진 바위들 사이에 가려져 있는 작은 구석 땅에서 일을 했다. 목동들도 같은 장소로 가축떼를 끌고 갔다. 어떤 이들은 양봉을 했고, 어떤 이들은 장인들로서 온갖 종류의 항아리들과 도자기들을 구웠다. 각자 자기 직업에 따라 월급도 받았다. 그러나 그들 중에서 선출된 단 한 명의 관리인에게 그 월급을 모두 다시 맡겼다.

그들의 양식이며 의복 또한 공동 관리였다. 겨울엔 모두 똑같이 두꺼운 회색 양모 코트를 입었다. 여름엔 흰색과 갈색 줄이 쳐진 긴 겉옷을 입었다. 각자의 소유물은 그들 모두의 상호적인 소유물이었다.

1948년 전에는, 결혼할 때까지 그들은 가족 단위로 살았다. 그들에게 결혼의 목적은 오로지 종파의 번식이었다. 그들은 결혼하고 싶은 여자를 삼 개월 동안 관찰하는 것이 관습이라고 나에게 설명했다. 여자는 아이를 낳을 수 있다는 증거를 대기 위해 세 번 정화되어야만 했다. 그리하여 오직 번식하기 위한 단 한 가지 목적에서 결혼을 했다. 그러나 이제는 여자들이 거의 없었기 때문에, 그들은 수도생활에 전념하고 있었다.

그들 생활의 진정한 중심, 속죄의 핵심은 매일 하는 정화 목욕이었다. 이 세례는 가장 중요하고 엄숙한 의식이었다. 메시아 시대를 미리 밋보는 신성한 식사 진에 세례가 행해졌다. 남자들은 매일 아침 아마천으로 만든, 허리에 두르는 간단한 옷을 입고, 풀장의 얼음같이 차가운 물 속에 머리부터 몸 전체를 완전히 담갔다. 메시아의 도래를 위해 준비하고 세례한다는 생각은 전혀 없이 매일 아침 샤워하는 서양 남자들처럼.

그 다음엔 물에서 나와 수건으로 닦고 성스런 옷을 다시 입었다. 그들은 그렇게 스스로를 정화하지 않는 자들은 미래 세계의 일원이 될 수 없을 것이라고 말했다.

어느 날, 그들은 나를 성서실로 데리고 갔다. 열두 개의 횃불로 환하게 밝혀진, 천장이 둥근 방이었다. 길고 폭이 좁은 테이블들이 여러 개 놓여 있었다. 그 위엔 양피지 더미며, 진흙으로 만든 작은 잉크병들, 청동 잉크병들이 수북했다. 내가 하루 중 제일 많은 시간을 보낸 곳은 바로 그곳이었다. 거기서 나는 다른 가난한 필사생들의 수고에 동참하기 위해 습기와 서늘함, 그리고 기공이 많은 바위에서 나는 특이한 냄새 속에서 테이블에 엎드려 갈대붓을 잉크병에 적셨다.

내 방도 하나 있었다. 작은 구멍 같은 그곳에서 나는 잠을 잤다. 바위 속으로 푹 패어들어간 침대와 탁자 하나가 있고, 횃불이 벽에 걸려 있는, 수도사의 방 같은 곳이었다. 몇몇 회랑에는 건초 더미를 돋우어 만든 침대들이 여러 개 있는 훨씬 더 큰 방들도 있었다. 그러나 가족들의 이런 옛날 방조차 극도로 헐벗은 느낌이었다. 에세네인들은 가난을 주장하는 것으로 그치지 않았다. 그들은 그들의 원칙에 맞는 진정한 금욕주의를 실천하며 살았다. 그들은 개인적으로는 집도, 밭도, 가축도, 어떤 부도 일절 소유하지 않았다. 모든 것이 공동 소유였다.

여느 새 신도들처럼 나 또한 이 년간의 수련 기간을 따라야만 했다. 다수와 더불어 교류하고 공동체 활동에 참가하며, 지상의 행복과 외부 세계의 더러움을 점진적으로 정화시키기 위해서였다. 수련 기간 동안, 그들은 이스라엘에 숨겨졌던 것, 그러나 그것을 구하는 사람에게는 모습을 드러냈던 모든 것에 대해서는 일절 언급하지 않았으며, 비밀 교리도 아직 전해주지 않았다. 왜 그들이 사막으로 은둔했는지 나는 깨달았다. 그것은 신의 길을 트고,

그분이 대초원에서 걸어갈 길을 평탄하게 만들며, 악인들에게는 교리를 숨기고, 선량한 자들에게는 그 교리를 가르치기 위한 것이었다.

　사제들 중에 야코브라 불리는 한 사제가 그들의 비밀을 나에게 전수해주는 임무를 맡았다. 그는 인간의 본성과 우리 각자가 가지고 있는 두 가지 마음에 대해, 신의 방문에 대해, 천지창조 이래로 이 세상에 존재하는 신과, 현재 그리고 미래에 존재할 모든 것들의 근원인 신에 관한 인식에 대해 많은 것을 가르쳐주었다. 에세네인들은 신의 영광스런 계획에 맞추어 그것을 전혀 수정 없이 실행하기만 할 뿐이었다.
　야코브는 나에게 분별을 가르쳤다. 진실한 마음과 사악한 마음을 구별하는 법을 가르쳤다. 선한 정신이 인간의 마음속을 비추면, 그 정신은 인간 앞에 정의와 신의 심판을 위한 진정한 길들을 반듯하게 닦아놓는다. 그 진정힌 길이란, 겸손, 인내, 무한한 자비심, 영원한 선의, 이해와 지성, 그리고 신의 모든 행동에 믿음을 가지고 그 무한한 은총에 자신을 내맡기는 강력한 지혜를 말한다. 그러나 사악한 정신은 탐욕과 정의의 감퇴를 낳는다. 사악한 정신은 불경건한 언행, 거짓말, 교만, 거만함, 위선, 기만, 잔인성, 악랄함, 성급함, 광기, 불손한 노여움, 그리고 음탕한 마음과 더러운 방법으로 저지르는 가증스런 모든 행동들의 주인이다. 보이지 않는 눈, 들리지 않는 귀, 뻣뻣한 목, 걸러지지 않은 원색적인 감정과 간사한 계책들 또한 사악한 마음을 식별할 수 있는 징표들이다.

그는 선한 마음과 사악한 마음, 이 두 마음이 이 시대에서 저 시대로, 대대로 모든 세대에 걸쳐 투쟁한다고 내게 가르쳐주었다. 왜냐하면 신은 이 두 마음을 끝까지 동등하게 배열해놓았기 때문이었다. 또 그 두 마음 사이에 영원한 증오를 끼워놓아, 진실에 대한 증오를 사악한 행동 속에, 사악함에 대한 증오를 진실에 이르는 모든 길에 두었기 때문이었다. 그리하여 이 두 마음은 결코 화합을 이룰 수 없는 것이다. 각자의 마음은 지혜와 광기 사이에서 싸우는 것이다. 부활이라는 결정적인 종말에 이르면, 그들은 그들의 행동에 대한 보상이 어떠할지를 알게 될 것이다. 신이 그 두 마음을 똑같은 몫으로 배열해놓은 것이다. 선을 아는 자들로 하여금 악이 무엇인지 알게 하기 위하여 인간의 아들들 사이에 그 두 마음을 분배해놓았던 것이다. 그러나 신은 마지막 방문 때 그분의 지성의 신비와 영광스런 지혜로 사악함의 존재에 종지부를 찍을 것이다. 영원히 악을 전멸시킬 것이다. 그러면 진실만이 이 세상에 나타날 것이다. 신은 각자의 모든 행동들을 일소시킬 것이다. 인간의 사지에 깃들인 모든 불성실한 마음을 없애고 불경건한 모든 행동들을 성인(聖人)의 마음으로 근절시키기 위해, 육체의 골격을 정화시킬 것이다. 그리하여 진실한 마음이 깨끗한 물처럼 마음에서 용솟음칠 것이다. 사악함은 더이상 존재하지 못할 것이다. 모든 기만적인 행동들은 멸시당할 것이다.

야코브 사제가 이 모든 것을 가르쳐주었을 때, 그 내용은 생각으로도 행동으로도 내겐 무척 친숙한 것처럼 느껴졌다. 나는 랍비가 왜 하시드들과 에세네인들이 같은 종파라고 말했는지 깨달았다. 두 부류 모두 이 세상을 피하여 인간의 생활에서 물러나 부(富)를 경멸할 정도로, 벗어날 수 없는 유령에 홀린 듯 선(善)에 사로잡혀 있었던 것이다. 그들 두 부류는 모두 세상과 떨어져 요새지에서 살았다. 그들의 금욕에는 한이 없었다. 언제 어디서나 그들은 신을 찬양했다. 그들은 리라(고대 그리스의 작은 현악기—옮긴이)와 류트(아랍인들이 들여와 16~18세기에 유럽에서 유행한 현악기—옮긴이), 하프와 플루트의 반주로 아름답고 기이한 멜로디를 노래했다. 이것이 그들 삶의 방식이었다. 그들의 금욕주의는 장중하고 즐거운 기다림이었다.

최후를 얼마나 원했던가! 오, 얼마나 기다렸던가! *메시아여*. 그들은 마음속으로 말했다. 그들은 아론의 메시아, 메시아 사제, 대제사장들의 후손인 코헨을 기다렸다. 매일 그들은 열렬히 기다림의 말을 읊조렸다. *별 하나가 야곱 앞으로 떨어졌도다. 이스라엘에서 왕홀이 일어섰도다. 그는 모압의 시대를 깨고 세트의 모든 아들들을 죽이리라.* 물론 그것은 나에게 낯선 것이 아니었다. 하시드들 역시 시대의 종말과 신의 지배의 도래와 불경한 자들의 전멸을 희망했다. *뜻밖에 세상에 닥친 파괴의 재앙으로 땅은 울부짖으리라. 이성적인 모든 사람들은 울부짖으리라. 세상의 모든 거주자들은 광란 속에 아우성칠 것이며, 엄청난 재난에 비틀거리리라.*

나는 요새의 대제사장을 정기적으로 찾아갔다. 그는 내 공부의 진척도를 조사하고, 나의 지성과 능력을 평가하였다. 일 년이 지난 어느 날, 그는 내가 신과의 언약 속으로 들어갈 수 있다고 결정했다. 이방인이 아닌 에세네인의 아들임에도 불구하고 나는 공동체 밖에서 자랐기 때문에 관례적인 의식에 참가해야만 했다.

공동체의 모든 신도들이 최후의 만찬실에 모였다. 열두 사제들이 대제사장이 주재하는 커다란 테이블에 앉았다. 신성한 하얀 아마옷을 입고 그들 앞에 서서 나는 모든 규정에 따라, 계율이 원하는 대로, 수도회에 의해 해석된 계율, 모세의 계율을 따르겠다는 엄숙한 맹세를 했다.

나는 현자들의 전체 모임 앞에서 말했다.

"신이 명령한 것에 따라 행동하겠습니다. 무서움이나 공포 혹은 어떤 시련 속에서도, 그로부터 멀어지지 않겠습니다."

그리고 나서 사제들은 신의 공훈과 그분의 강력한 행동들에 대해 이야기했다. 그리고 이스라엘에 대한 신의 자비로운 모든 은총을 선언했다. 수도자들은 이스라엘 아들들의 죄를 고발했다. 그들의 모든 반역의 죄와 벨리알 제국 아래에서 저질러졌던 죄들을 모두 고발하였다. 그 다음은 내가 고백하고 말할 차례였다.

"저는 부당한 사람이었습니다. 저는 반항했고 죄를 지었으며, 불경한 자였습니다. 저와 저보다 앞서 간 선조들은 진실의 계명에 역행하였습니다."

"신의 운명과 같이 하는 모든 사람, 신의 모든 길에서 완전한 모습을 볼 줄 아는 자들에게 축복이 내리기를." 사제들이 말했다.

"벨리알의 운명과 같이 하는 모든 자들에게 저주가 내리기를." 수도자들이 말했다.

"아멘."

그들 앞에 몸을 굽히며 나는 말했다.

그리고 나서 나는 바닥에 두 팔을 십자가 모양으로 벌리고 누워, 진실을 사랑하고 위선자를 배격할 것이며, 종파의 신자들에게 아무것도 숨기지 않을 것을 맹세했다. 설사 죽음에 이를 정도로 나에게 폭력을 행사한다 할지라도 외부 사람들에게는 아무것도 누설하지 않겠다는 맹세도 했다.

"저에게 가르쳐주신 교리들과 앞으로 가르쳐주실 교리들을 신성한 의식에 따라 누구에게도 알리지 않을 것을 약속합니다. 저는 '복종의 계율'을 가장 엄격하게 준수할 것이며, 저의 생명과 저의 죽음이 결정되는 일이라 할지라도, 계율에 따라 공동체 신자들 다수의 권위에 전적으로 순종할 것을 맹세합니다. 계율, 행복, 권리의 문제를 비롯하여 모든 것의 운명을 결정하는 것은 바로 그들이기 때문입니다. 계율을 위반하는 모든 자들에게 형을 언도하는 소송이나 재판에 참여하기 위하여, 나쁜 성향과 반항이라는 껍질을 모두 공동체에 바칠 것입니다."

언약식이 끝난 후에도 나에겐 세례의식이나 신성한 식사에 참여하는 것이 여전히 허락되지 않았다. 아직도 일 년을 더 기다려야 했다. 나는 공동체 생활에 더욱더 열심히 참여했다. 그리고 하루 동안 동굴 밖으로 나갈 수 있는 권리가 내게 주어졌다.

그것을 이야기할 수 있을까? 감히 내가 그것을 고백할 수 있을까? 내 마음이 말하는 나의 맹세란 소원인 동시에 하나의 포기였다. 그 많은 시간 동안 나는 제인을 잊을 수가 없었다. 랍비가 나를 유인하기 위해 그녀를 납치한 이후, 나는 한 번도 그녀를 보지 못했다. 또한 내가 처음 동굴 속으로 들어간 이후부터 그녀를 만나지 못했다. 내가 떠난 후 예후다가 곧 그녀를 풀어주었다고 아버지가 이야기해주었다. 그후 그녀는 미국으로 돌아갔다. 이따금 아버지는 그녀로부터 소식을 받았다. 어느 날 아버지가 나를 보러 동굴로 찾아와서는 그녀가 예루살렘에 왔으며 나를 만나게 해달라고 부탁한다는 얘기를 했다.

나는 자주 그녀를 생각했다. 우리가 함께 이야기하던 때의 그녀의 모습, 논쟁을 벌이던 장면이 떠올랐다.

내가 내 일에 너무나 확신을 가졌고, 또 내 위치에 너무나 굳게 닻을 내리고 있었기에, 나는 사랑을 경험할 수 없었던 게 아니었을까? 내가 누구인지 내 신분과 나의 임무가 무엇인지 알았고 집과 공동체를 찾았다는 안도감이 주는 이 영원한 휴식 속에 내가 너무 몰두해버린 것이 아닐까? 나에겐 형제자매가 있고 내가 기댈 원칙들이 있었다. 그러나 때때로 나는 그런 점들 때문에 나 자신을 말없이 질책하곤 했다.

내가 단 하루뿐인 휴가를 예루살렘으로 가서 그녀를 만나는 데 쓰기로 결심한 것은 바로 그런 이유에서였다.

4월의 어느 이른 아침이었다. 우리는 벤 예후다 보도에 있는 한 카페에서 다시 만났다. 눈부신 흰 옷에 긴 금발머리를 어깨까지 늘어뜨린 그녀의 모습에서 나는 우리가 처음 만났을 때 가졌던 느낌과 똑같은 인상을 받았다. 바로 천사였다. 아마도 가까이에서 혹은 멀리서 내가 그녀를 보호하는 일에 신경을 썼듯이, 그 천사도 나의 보호에 신경을 쓴 것 같았다.

그녀를 만난 이후 처음으로 나는 검은색의 긴 프록코트를 입지 않았다. 수염은 듬성듬성 나 있었지만 파피요트를 붙이지 않았다. 나의 의복은 여전히 어두운 색이었지만 에세네인들식의 간결한 복장이었다. 겉옷은 수수한 바지에 거친 천으로 만든 것이었다. 그녀는 나를 유심히 바라보았다.

"참 재미있네요. 그런 옷을 입고 있으니 완전히 다른 사람 같아요. 요즘 사람들도 그렇게 입긴 하지만, 당신이 그러니까 처음엔 못 알아봤어요. 당신은 정말 모든 것에서 완전히 떠나, 다른 누구로든 변할 수 있을 것 같아요. 어느 때보다 더 시대에 뒤떨어진 것 같으면서도 또 유행을 훨씬 앞서가는 것 같기도 하네요."

우리는 재빨리 시선을 주고받았다. 조금 거북했다. 그녀가 다시 입을 열었다.

"그래, 쿰단에서의 당신 은둔생활은 사발적으로 더 연장되는 건가요?"

"얼마 전 난 서약을 했습니다. 공동체와 결합할 것을 맹세한 것이지요."

"아리, 당신 이야기이든 그들에 관한 이야기이든 아무에게도 결코 말하지 않을 테니 안심하세요."

"나도 알고 있어요."

"그곳에선 행복할 테죠?"

"그렇습니다."

"당신이 쳐서 쓰러뜨린 그 랍비는 즉사하지 않았어요. 그러나 죽기 전 며칠 동안 혼수 상태에 빠져 있었어요. 그의 모든 제자들이 그의 곁으로 황급히 달려왔어요. 그리고 의사들을 불러 랍비를 병원으로 옮기기 위해 우왕좌왕 바쁘게 움직였지요. 의사들은 무슨 일이 일어났었는지 결코 알아내지 못했어요. 그가 고령이라 심장마비를 일으킨 것이라고 생각했지요. 더이상 원인을 찾으려고 하지 않았어요."

"알고 있습니다. 더이상 내가 몸을 숨길 필요는 없겠지요. 아무도 그 살인에 대해 궁금해하는 사람이 없을 테니까. 하지만 나 자신으로선 그럴 수가 없어요. 난 속죄를 해야만 합니다. 아주 먼 고대. 거짓 예언자들과 간음한 여인들을 돌로 쳐 죽이던 먼 옛날로 다시 돌아간 느낌이에요. 그리고 원치 않았음에도 내가 메시아를 또한번 죽였다는 생각이 듭니다."

"지금은 어떠세요? 에세네인들은 이 범죄에 대해 뭐라고 이야기하나요? 그리고 그들이 저질렀던 그 잔혹한 살인은요? 아리, 당신은 도대체 무슨 생각을 하고 있어요?"

"에세네인들은 이제 잃어버린 두루마리에 대해선 이야기하지 않습니다. 하지만 다른 수많은 끔찍한 죽음과 결합되어 있는 그들의 무서운 비밀이 그들의 입을 굳게 봉해놓았지요. 그들은 옛 전사들의 은밀한 공모에 영원히 결합되어 있는 사랑의 형제인 동시에 죄악의 형제들입니다. 그들은 빛의 아들들인 동시에 어둠의 아들들이기도 한 것이지요. 그들은 되찾은 그들의 보물들을 궤짝 속에 보관하고 있어요. 그와 마찬가지로, 그들의 비밀 또한 소중하게 간직하고 있지요. 어느 날 그들은 집회에 모인 모든 사람들 앞에서 그 궤짝을 열어 귀중한 물건들, 신성한 그릇, 순금 왕관과 황금석들을 꺼내 보여주었어요. 경탄할 만한 그 물건들은 이천 년이나 된 보물들이었어요. 메시아가 도래할 때 그 보물들은 다시 세상에 나와 빛을 발하려고 기회를 기다리고 있는 거죠."

그녀는 서글픈 미소를 지으며 말했다.

"난 당신이 유태 수도사인 줄 알았어요. 내가 전에 말하지 않았던가요?"

침묵이 다시 이어졌다. 그녀의 얼굴은 아무런 표정도 내비치지 않았다. 그럼에도 나는 갑자기 그녀가 몹시 측은하게 느껴졌다. 뉴욕에서의 심포지엄 이후, 우리는 우리 자신에 대한 이야기를 하지 않았다. 그러나 아무리 멀리 떨어진 채 많은 시간이 지났다고 할지라도, 나는 그녀가 아직 내게 집착하고 있음을 느낄 수 있었다. 이런 확신은 그녀에 대한 나의 애정을 달래는 안도감과 정신적인 안락함으로 나를 가득 채웠다. 언젠가는 우리가 정말로 영원히 헤어지게 될 것이라고는 결코 상상할 수 없었다. 그런 생각은 추호도 해본 적이 없었다. 뿐만 아니라 약속 장소인 카페의 탁자에 앉아 그녀를 기다리면서, 나는 그 순간이 영원하리라는 느낌마저 들었다. 그리고 내가 원하기만 한다면 그녀는 항상 되돌아올 것만 같았다. 그녀가 도착하여 내 앞에 앉았을 때 그것이 마지막이라는 생각 따윈 전혀 들지 않았다.

그 일은 갑자기 일어났다. 심장이 격렬하게 뛰기 시작하며 징소리가 내 가슴속에 울려퍼졌다. 마치 끔찍한 재난이 엄습하듯 우리에게 일어날 일을 나는 예감할 수 있었다. 내 자신이 휩쓸려버릴 것 같은 위험한 감정의 파도였다. 내가 얼마나 그녀를 원했던가를 떠올렸다. 어떻게든 억제할 수 있었던, 내게는 금지된 사랑이었기에 부부의 사랑과 같은 것은 아니었다 해도, 얼마나 내가 그녀를 사랑했는지 생각해보았다. 내게 이 사랑은 개념도 범주도 없었다. 말로 표현할 수 없는 감정이었다. 그 감정은 처음엔 미미하다가 점점 커지더니, 모든 말을 초월하여 폭발했다. 우리의 만남이 끝나고, 그녀가 자리에서 일어나 거리로 멀어져갔을 때에 그 감정은 크나큰 그리움이 되어 흘러나왔다. 나는 죽은 사람처럼 정신을 잃게 하는 납빛 현기증과 혼수 상태에 빠져들었다. 그것은 끝도 없고 밝힐 수도 없는 것이었다. 또한 그것은 내 안에 지금 자리잡고 있지만, 이 사랑의 모든 힘과 모든 관성으로 아무리 생을 불어넣으려 해도 결과를 낳지 못할 사산아였다. 갑자기 댐이 터진 것 같았다. 모든 수문들이 압력에 밀려 너무나 세차게 열린 나머지, 물살이 지나가는 곳은 모두 뒤죽박죽이 되고 수년간의 계산과 생각, 꼼꼼한 건축, 힘든 공사와 단단한 재료들은 삽시간에 엉망진창이 된 것과도 같았다. 불현듯 나는 깨달았다. 그녀는 떠날 것이다. 나는 그녀를 결코 다시 보지 못하리라. 그녀는 내 인생에서 사라질 것이다. 그리고 나는 홀로 다른 사람들과 마주 보며, 죽음과 대면하고 외로이 남을 것이다. 이 두 연속적인 장면이 길 잃은 내 의식 속으로 돌진해 들어왔다. 그녀는 떠났고, 나는 혼자다. 이 느낌은 마치 내 몸의 일부가 갑자기 떨어져나가는 것과도 같은 느낌이었다. 그럴 수는 없었다.

갑자기 충동이 일었다. 그녀를 부를 마지막 힘을 되찾았을 때, 나는 실신할 것만 같았다. 그것은 감정의 물결 속에 표현된 이름 없는 아우성이었다. 오직 단 하나의 얼굴, 그녀의 얼굴뿐이었다.

미래도, 결혼도, 아이도, 종교도, 문화도, 민족도 없었다. 다만 더할 나위 없이 단호한 명령을 내리는 그 순간뿐이었다. 그 순간은 이렇게 명령했다. 그 순간을 포착하라, 생각하지 말고 그 순간을 잡아라. 왜냐하면 그것이 영원이기 때문이다. 그녀가 돌아섰다. 그리고 잠시 주저하더니 그전보다 훨씬 더 힘차게 다시 걸어갔다. 탁자 옆에 서서 작별이나 환영의 표시라도 하듯 그녀를 향해 팔을 반쯤 든 채 내 몸은 화석처럼 굳어 있었다. 몇 분간이나 나는 그렇게 멍하니 서 있었다.

그 이후로 나는 그녀의 소식을 전혀 듣지 못했다. 만약 그녀가 뒤돌아서 날렵한 걸음으로 길을 다시 내려와 내게로 되돌아왔다면 어떤 일이 일어났을까. 나는 알 수 없다. 그 순간에 내가 그녀 말고는 아무것에도 집착하지 않고 있었다는 것을 나는 알았다. 그러나 또한 내 이성이 다시 단호하게 제자리를 찾으리라는 것과, 설령 그 순간의 고통이 너무나 커서 내가 달리 행농할 수 없으리라는 것을 알았다 해도 자책과 더불어 내가 그것을 후회했으리라는 것도 알 수 있었다. 또 한편으론 그녀가 나의 부름을 이해했으며, 눈 깜짝할 사이에 그 미래를 결정한 것이라고 나는 생각했다. 어떤 생각에서 그녀가 그런 선택을 하게 되었는지는 알 수 없었다. 그녀의 가냘픈 윤곽이 내 기억 속에 떠오르지 않은 날은 단 하루도 없었다. 그녀의 모습은 마치 작은 부름을 과감히 물리치며 보석 상자에서 빠져나가는 작은 조각 인형처럼 거리에서 멀어져 갔다.

그녀는 마음속으로 알고 있었을까? 내 머리를 가슴에 품어줄 수도 있었을 그녀, 그녀는 내 마음이 어디에 종속되어 있는지 알고 있었을까? 그녀의 역할은 무엇이었을까. 단순히 내가 머물 곳을 찾도록 도와주는 것뿐이었을까. 이 유다 사막의 침묵, 황갈색 사구, 대낮의 뜨거운 바람, 밤의 냉기, 젖은 조약돌과 햇빛에 바래고 시들었으나 용감하게 버티고 있는 초목들이 무한하게 펼쳐진 풍경을 되찾는 것을 도와주는 것뿐이었을까. 또한 내가 몇몇 황토색 평원들을 다시 보고, 사해에서 우리의 동굴까지 올라오는 옅은 소금기를 느끼며, 짭짤한 수증기가 피부와 혀, 때로는 두 눈 속에까지 남기는 자극적인 맛을 느끼도록 해주는 것이었을까. 반짝거리는 수면, 눈부신 강가의 깎아지른 듯한 분홍색과 금갈색 절벽 앞에서, 모압과 에돔의 연자줏빛 산들과, 언덕 뒤의 배경막 같은 올리브색 지맥들 앞에서 내 두 눈이 아득해지도록 하는 것이었을까. 어둠에 찢기고 황혼에 물든 강과 계곡, 라스 페쉬카까지 흐르는 소금기 많은 강과 맞닿으며 북쪽에서 남쪽까지 이어진 높은 절벽을 보게 하는 것이었을까. 절벽 아래 아인 페쉬카의 청량한 샘물과 키르베트 쿰란의 폐허의 축대, 어슴푸레한 빛 속, 침묵에 잠긴 동굴의 윤곽 앞에서 내 두 눈을 감게 해주는 것이었을까. 저기 아래, 저 아랫세상의 가장 낮은 지점에 숨어 은밀하게 잠든 꿈 속에서 새 시대의 새벽을 향해 기지개를 켜는 기다림을 알게 해주는 것이었을까. 그것이 그녀의 역할이었을까.

그 다음 일 년 동안 나는 입문 의식을 따랐다. 그후 어느 날 야코브가 내게로 오더니 작은 두루마리를 하나 건네주었다. 궤짝 밑에 들어 있던 양피지였다. 연필로 씌어진 듯한 그 양피지는 내가 읽고 다시 필사하기에는 너무 얇았다.

그가 말했다.

"자, 랍비가 불태워버렸으니 이젠 '사라진 두루마리'라고 불릴 그 두루마리를 자네가 기억해서 다시 쓴 것과 이것을 합쳐보라고 가져왔네. 자넨 그걸 통해 우리의 비밀을 알게 되었잖은가. 그 두루마리는 과거야. 여기 이 작은 두루마리는 〈메시아의 두루마리〉, 바로 미래지. 자네에게 이야기하고 싶은 것이 있네. 그 랍비, 메시아 왕은 절대 부활하지 못할 걸세. 〈메시아의 두루마리〉를 읽어보면, 무슨 일이 일어났는지 자네가 어떤 일을 성취한 것인지 이해하게 될 걸세. 자네가 죽인 자, 그자가 누구인지 알아보는 데는 시간이 별로 걸리지 않을 걸세. 그러나 그걸 알기 전에 우선 자네 자신을 깨끗이 정화해야만 하네. 아리, 지금이 바로 자네가 세례 받을 권리를 가질 시간이네."

야코브는 목욕을 위한 허리띠와 흰 옷, 그리고 농굴에서 생존하는 데 필요한 작은 곡괭이 같은 것을 하나 주었다. 그것은 공동체의 모든 활동에 나도 참여할 수 있다는 표시요, 또한 많은 신도들의 식탁 가운데 내 자리도 있어 빵과 포도주를 함께 나눌 수 있다는 표시였다.

그날 밤, 그들은 저녁식사를 위해 식탁을 차렸다. 마실 것으로는 포도주를 준비하고, 빵을 잘라 분배해놓았다. 우리는 외투를 벗는 것부터 시작하였다. 세례수 속에 몸을 담그기 위해 제식용 천을 몸에 둘렀다. 그후 외투를 다시 입고 식탁에 앉았다.

그러나 그날 저녁은 여느 저녁과 같지 않았다. 평소엔 대제사장이 두 손을 뻗어 빵과 포도주의 첫물을 축성하는 말을 한다는 것을 나는 잘 알고 있었다. 그러나 그날 밤은 여느 날 밤과 달랐다. 포도주는 이미 잔에 채워져 있었고, 빵도 식탁 위에 준비되어 있었다. 그런데 사제는 보통 때 침묵과 존경 속에서 하던 축사를 하지 않았다. 모든 사람들 앞에서 축복하기 위해 주홍색 포도주 잔도 들어올리지 않았다. 축성한 후 빵을 집어 자르지도 않았다. 그 대신 그는 나를 향해 몸을 돌렸다.

내가 그들과 함께 보낸 두번째 해의 마지막 날이었다. 예전에 나는 얽매인 몸이었다. 하지만 이제는 더이상 그렇지 않았다. 공동체 전체 앞에서 에세네인이 되는 엄숙한 입문 서약을 명백하게 표명할 시간이라는 것을 나는 그때서야 깨달았다. 그들 곁에 영원히 나를 묶어두며 모세의 계율로 개종한다는 공적인 맹세를 해야 하는 것이었다. 사독의 아들들, 언약을 지키는 사제들, 그리고 언약을 한 대부분의 신도들, 즉 그분의 진실을 위해, 또 그분의 의지 속으로 걸어가기 위해 자발적으로 공동 생활을 하는 자들에게 모세가 계시한 모든 것에 따라서 서약할 시간이었다. 또한 나로서는 언약을 통해 나를 묶어두며, 불경한 길을 가고 있는 모든 타락자들, 우리의 수도원 밖에 있는 자들과 헤어지고, 모든 계율이나 명령에 관계된 그들의 질문에는 더이상 대답하지 말 것이며, 그들이 소유한 것이라면 어떤 것도 먹거나 마시지 말며, 그들이 가진 것은 어떤 것도 받아들이지 않을 것을 서약할 시간이었다. 성사(聖事)에 참여하고 그들에게 내 삶을 바칠 시간이라는 것을 나는 깨달았다.

그러나 사제가 내게서 기대하는 것은 그런 것이 아니었다. 천천히 그는 팔을 앞으로 내밀었다.

왜냐하면 이새의 줄기에서 싹이 나오고 뿌리에 균열이 생길 것이기 때문이다. 주의 정신이, 지혜와 지성의 정신, 충고와 힘의 정신, 학문과 신앙의 정신이, 그 위에 놓일 것이다. 그리고 주를 두려워하는 마음으로 가득 찰 것이다.

그는 궁전 속에서 사십 일간 숨어 누구에게도 자신의 모습을 보이지 않을 것이다. 사십 일이 지나면 옥좌에서 나오는 목소리가 메시아를 부를 것이며 '새의 둥지'로부터 그를 나오게 할 것이다.

그때가 되면 메시아 왕은 '새의 둥지'로 불렸던 에덴 동산인 이 지역을 떠날 것이다. 그리고 갈릴리 땅에 모습을 드러낼 것이다. 세상은 불안해질 것이며, 지상의 모든 주민들은 동굴과 은신처 속에 몸을 숨길 것이다. 그때가 바로 예언자 이사야가 말했던 그날이 될 것이다. "주 예수가 일어나 땅을 치게 될 때, 사람들은 그의 무서움과 위엄의 영광을 피하기 위해 동굴과 소굴 그리고 땅 밑 가장 깊은 곳에 파놓은 은신처로 도망치리라."

그날 저녁은 여느 저녁과 같지 않았다. 그날은 출애굽을 기리는 유월절 밤이었다. 그리고 아주 정성스럽게 차려진 식탁은 세데르(유월절 축제일 저녁에 먹는 제식적인 식사—원주)를 위한 것이었다.

그날 저녁은 어느 저녁과 같은 저녁이 아니기 때문이었다. 모두 그 사실을 알고 있었다. 그들은 모두 대제사장이 천천히 팔을 앞으로 올려 그가 해야 할 행동을 하기만 기다렸다.

그리고 그는 그렇게 했다.

그는 나에게 빵을 주었다. 그리고 난 후 내게 포도주를 내밀었다.

일곱 번째 두루마리

사라진 두루마리

I

태초에 말씀이 있었다.
그리고 말씀이 신을 향해 돌아섰다.
말씀이 곧 신이었다.
모든 것이 신을 통해 존재했다.
존재했던 것 중 그 어떤 것도
그분 없이는 존재하지 않았다.
그 안에 생명이 있었으니,
이 생명은 인간들의 빛이었고
빛은 암흑 속에 빛나며
암흑은 빛을 전혀 깨닫지 못했다.
신이 보내신 한 남자가 있었으니,

그의 이름은 요한이었다.
모두가 그를 통해 믿을 수 있도록
빛을 증언하기 위해
증인으로서 온 것이었다.
그러나 그의 말은 부분적으로 삭제되었고,
그의 단어들은 바뀌었으며
말씀은 거짓이 되어
메시아의 진정한 역사,
진실을 은폐했다.
그것은 불투명성 속에 여전히 숨겨져 있어야만 하며,
여러 세기를 지나면서, 율법학자들에 의해서, 믿음의 박사들에
의해서,
한 번도 밝혀지지 않은 진실이었다.
여기 벌거벗은 진실, 죽음보다도 더 끔찍한 진실이 있노라.
여기 진실로 예수가 누구였는가를 밝히노라.
여기 그의 생애,
그의 죽음의 숨겨진 역사를 밝히노라.

엘리, 엘리, 라마 사박다니? *

---

* 아람어로서, '나의 하느님, 나의 하느님, 어찌하여 나를 버리셨나이까' 라는
의미.

그의 고난의 마지막 끄트머리에서
마침내 모든 것이 이루어졌음을 깨닫고 내뱉은
그의 마지막 말은 이러했다.
그리고서, 예수는 고개를 떨구고, 숨을 거두었다.

그 전날 저녁, 예수는
이집트로부터의 해방을 기념하는
식사를 함께 나누기 위해
제자들을 불러모았다.
그러나, 그날 밤은 여느 날 밤과 같지 않았다.
왜냐하면 그날 밤,
그의 시간,
계시의 시간이 왔기 때문이었다.
그는 그것을 알고 있었다.
그러기에 그는 위대한 그날 하루 전,
마지막으로 그의 곁에
제자들을 불러모은 것이다.
세데르를 위해 차려진
식탁에 둘러모이니 열셋이었다.
가슴팍 위로 고개를 숙인 예수의 오른쪽에는,
요한이 있었다. 그는 예수의 손님,
예수가 사랑하는 제자였다.
그리고 시몬 베드로와 안드레,

야고보와 요한,
빌립과 바돌로매,
도마와 마태오,
알패오의 아들 야고보와, 다대오, 시몬
그리고 유다 이스카리오트가 있었다.
그 또한 예수의 마지막 밤에 초대받은
예수가 사랑하는 제자였기 때문이었다.

방은 넓었다. 식탁이 차려졌고,
열세 사람은 길게 둘러앉았다.
그때 예수가 일어나, 겉옷을 벗어놓고,
수건을 가져다가 허리에 두르고
대야에 물을 담아
제자들의 발을 씻기고,
두르고 있던 수건으로 물기를 닦아주었다.
자기 차례가 되었을 때, 베드로가 외쳤다.
"주님, 주님께서 제 발을 씻겨주시다니요! 절대 그럴 수 없습니
다!"
"내가 너의 발을 씻기지 않는다면, 너는 나와 함께 할 수 없으
리라."
"그렇다면 제 두 발뿐만 아니라, 두 손도, 머리도 씻겨주시옵소
서!"
"목욕을 한 자는 씻김을 받을 필요가 없도다. 그는 완전히 깨끗
하기 때문이니라. 그리고 너희들, 너희들은 깨끗하다.

그렇지만 아니다. 모두가 그런 것은 아니다······."

유다가 있었기 때문이었다.
그리고 유다는 자신이 곧 예수를 배신하리라는 것을 알고 있었
다.

예수는 일을 다 마친 후,
겉옷을 입고 식탁에 앉았다.
"너희는 내가 너희들에게 한 행동을 이해하느냐?
너희들은 나를 '스승 그리고 주님'이라고 부르니
너희 말이 옳도다. 내가 그러하다.
주님이며 스승인
내가 너희들의 발을 씻겨주었듯이
너희들도 서로 발을 씻겨주어야 하느니라.
왜냐하면 그것은 내가 너희들에게 보어준 모범이기 때문이니라.
너희들 역시 그렇게 행하라.
진실로 내가 너희에게 이르노니,
종이 그 주인보다 위대하지 않고,
보냄을 받은 자가 보내는 자보다 더 위대한 것도 아니니라.
이것을 알고서,
최소한 너희가 그것을 실천에 옮긴다면
너희들에게 복이 있으리라.
내가 너희를 다 가리켜 말하는 것이 아니니라.
내가 나의 택한 자들이 누구인지 앎이라.

나와 함께 빵을 먹던 자가

내게서 발길을 돌리리라

하던 성경을 응하게 하려는 것이니라.

일이 이루어지기 전에

내가 미리 너희들에게 말하는 것은

그 일이 일어났을 때

내가 그인 줄 너희로 하여금 믿게 하려 함이라.

내가 진실로 너희들에게 이르노니,

내가 보내게 될 자를 영접하는 자는

나를 영접하는 것이요,

나를 영접하는 자는 나를 보내신 그분을 영접하는 것이니라."

그리고 그는 덧붙여 말했다.

"너희들 중 하나가 나를 배신하리라."

그러자 제자들은 서로를 쳐다보았다.

예수가 누구를 말하는 것인지 서로에게 물었다.

시몬 베드로가 그 모든 제자들 중 예수가 사랑하는 제자,

요한에게 신호를 했다.

"말씀하신 자가 누구인지 여쭤보게."

그러자 요한이 예수의 가슴께로 몸을 기울이면서 물었다.

"주님, 그자가 누구이옵니까?"

그러자 예수가 대답했다.

"내가 한 조각을 찍어다가 주는 자가 그이니라."

그리고 그는 한 조각을 찍어서 젤로트 당원인 시몬,
시몬의 아들 유다 이스카리오트에게 주었다.

"네가 해야 할 일을 속히 하라."
유다는 한 조각을 받아들고서
즉시 나갔다.
빠른 걸음으로 그는 어둠 속으로 떠났다.

그가 나가자
예수는 다른 제자들에게 말했다.
"이제, 인간의 아들이 영광을 얻었고,
하느님도 인간의 아들로 인하여 영광을 얻으셨도다.
소자(小子)들아,
이제 내가 너희와 함께 있는 시간이
얼마 남지 않았노라.
그러나 내가 가는 그곳에
너희는 올 수 없음을 너희는 알고 있나니
지금 너희에게 이르노라.
떠나기 전에
내가 너희에게 새로운 계명을 주노니,
서로 사랑하라.
내가 너희를 사랑한 것같이
너희도 서로 사랑하라.
너희가 서로 사랑하면

이로써 모두가 너희들이 내 제자인 줄 알리라."

이렇게 말하고서, 예수는 제자들과 함께
키드론 시내 저편으로 갔다.
그곳에는 동산이 하나 있었다.
제자들과 함께 예수는 그곳에 들어갔다.
예수가 제자들을 여러 번 그곳에 데려간 적이 있었기에
그를 배반할 유다는 그 장소를 알고 있었다.
대제사장과 바리새인들이 제공한 호위병들과
군대의 선두에 선 유다가
횃불과 램프와 무기를 갖추고서
그 동산에 도착했다.
그때 무슨 일이 일어나게 될 것인지 모두 알고 있던 예수가
앞으로 나아가 그들에게 말했다.
"누구를 찾고 있소?"
"우리는 예수를 찾고 있소."
"나요." 예수가 말했다.
그들 중에는 그를 배반한 유다도 있었다.

그러자 그들은 뒤로 흠칫 물러나며
몸을 떨었다.
또다시 예수가 그들에게 물었다.
"누구를 찾고 있소?"
그들은 대답했다.

"나자렛 예수요."
"당신들에게 말했지 않소, 그자가 바로 나요."
그는 되풀이해서 말했다.

그러자 검을 들고 있던
시몬 베드로가 칼집에서 검을 꺼내
대제사장의 종을 내리쳐
그의 오른쪽 귀를 베었다.
그러자 곧 예수가 베드로에게 말했다.

"네 검을 칼집에 도로 넣어라!
하느님 아버지께서 주신 잔을
내 어찌 마시지 않을 것이냐?"

죽음의 판결은
저항해서는 안 될 계명이라는 것을
그는 알고 있었기 때문이었다.
군대와 유태인 호위병들은 그를 붙잡아
포박했다.
여기까지, 모든 것은 완벽했다.
그가 예측했던 대로
모든 것이 계획에 따라
징확하게 집행되었다.

3760년

하나의 별이 야곱에게서 나왔다.

이스라엘의 왕홀이 높이 들어올려졌다.

주님께서 직접 전조를 주셨으니,

처녀가 임신을 하여

아들을 낳을 것이다.

출생 후 일 주일이 되던 날,

아이는 계율에 따라 할례를 받고

신께서 구하신다는 뜻의

여호수아라고 이름지어졌다.

그러자 요셉과 마리아는

여호와의 성전으로 가서

아들의 속죄를 위하여

신께 제물을 바쳤다.

그가 첫아들이기 때문이었다.

그에게는 남동생들과 여동생들이 있었다.

대가족인 그의 가족은

가난했다.

그가 살던 도시는 가난했다.

세금과

기근과

전쟁 때문이었다.

그는 글로 씌어진 계율과

입으로 전해지는 계율을 배웠다.
그의 정신은 날카로웠고
생각은 비밀스러웠다.
그는 가까운 사람들에게조차도
거의 말하지 않았다.
명상하기 위해, 기도 속에서 대답을 찾기 위해
종종 그는 홀로 있었다.
그리고 어려운 문제가 있을 때에는
이따금 그의 스승들에게 질문을 했다.

그는 자라서
청년이 되었다.
사람들은 그를 '랍비'라고 불렀다.
율법학자들처럼,
장인 직업을 사랑하고
랍비의 지위를 증오하라고 말하는
필사생들처럼.
필사생들은 모든 어린이에게
목수 일을 가르치기를 바랐고
필사생들 중 대부분이 목수 일을 하고 있었다.
그들은 말했다.
"우리들 중에는 이 문제를 해결할 수 있는
목수의 아들인 목수가 있지 않는가?"
예수가 목수의 아들이었고

예수 자신도 목수였던 것이다.
그러나 그는 아버지가 가르쳐준
직업이 마음에 들지 않았다.
그래서 그 직업을 버리기로 결심했다.
그는 자기 가족을 버리고,
자기 어머니에게 독설을 퍼부었다.
"여인이여, 우리가 가진 공통점이 무엇이던가?"

종말이 가까웠기 때문이었다.
이제는 더이상 가족의 시간이 아니었다.
모든 사람이 그의 가족이기 때문이었다.
그는 누구든 그에게로 오는 자는
자신의 아버지, 어머니, 아내, 자식, 형제들을 미워하게 되리라고
생각했다.
집을 떠나
그의 사명을 수행할 수 있도록 하기 위해
가족이 그에게 가르쳐주었던 바는 바로 이것이었다.
에세네인들을 처음 만나자마자, 그는 알았다.
어느 날 그들을 다시 만나기를 원한다면,
다른 사람들로부터 멀리 떠나 불타는 사막 속에 있는
공동체로 떠나오길 원한다면,
자신을 위해
자기 주위에
성령의 끊임없는 현존을 갖기를 원한다면,

가족을 떠나야만 하리라는 것을.

그 일이 일어난 것은
그의 나이 열두 살 때였다.
그의 부모는 수코트* 축제를 위하여
예루살렘에 올라갔었다.
마리아와 아이가 함께 있었고,
그 긴 순례길에 요셉을 동반하였다.
그들은 나흘 동안을 걸었다.
밤이면 그들은 다니엘처럼 메시아에게 간청했고,
밤의 광경을 바라보았다.
그때 하늘의 구름과 함께
인간의 아들과 같은 자가 오는 것이었다.
그는 장로에게 다가갔다.
사람들은 그를 장로에게 가까이 가게 했다.
사람들은 그에게 권세, 영광 그리고 왕국을 바쳤다.
모든 민족, 모든 국가 그리고 모든 언어를 쓰는 자들이
그를 섬겼다.

그들은 예루살렘에 도착했다.
그들은 여호와의 성전에 올라가

---

* 히브리어로 '초막', '오두막'이라는 의미. 수코트 축제는 유태교의 가을 추
수감사세로 이스라엘 사람들이 광야에서 방황하는 동안 수코트에서 생활하던
것을 기리는 절기이다.

아이에게 신이 거처하는 집을 보여주었다.
아흔 개의 대리석 탑들,
헤로데 왕궁의 거대한 벽들을 보여주었다.
지평선을 가로막고 버티고 있어
옛 권력의 지배,
폭군의 권세를 상기시키는 돌들을 보여주었다.
각 단계마다 마주치는 키팀 족들,
성스러운 도시 입구조차
통제하고
안토니아 탑에서
여호와의 성전의 내부와,
그들이 거기에 들여놓은
이교도 숭배를 감시하고 있는
키팀 족들을 보여주었다.
대제사장을 실각시켰으나
결국 키팀 족에게 복종하고 만 헤로데 왕을 보여주었다.

여호와의 성전 안으로 들어가기 전
그들은 감람산에서 걸음을 멈추었다.
그들은 바랑을 내려놓고
잠시 앉아서
할렐* 시편을 노래하고

---

* 히브리어로 '찬양'이라는 의미. 절기에 회당에서 읽히는 〈시편〉 113~118편
을 가리킨다. 유태인의 전례용 명칭.

기도를 읊조렸다.

그리고 나서 감람산 발치에 있는 키드론 계곡으로 갔다.

그들은 여호와의 성전이 세워져 있는

모리아 언덕에 올라갔다.

그리고 아름다운 예루살렘에 들어갔다.

여호와의 성전 안으로 들어가기 전, 몸을 깨끗이 하기 위해,

그들은 벳세다 연못으로 가서

제식적인 목욕을 했다.

그리고는 마리아의 사촌인

즈가리야 사제가 주재하는

의식 장소로 갔다.

열한 명의 사제들이 북쪽으로부터 왔다.

그들은 길고 좁은 상의를 입고

머리에는 왕관을 쓰고 있었다.

모두들 맨발로 걷고 있었다.

맨 앞에서 걷고 있던 희생 제식의 제사장이

사제들이 모여 선 안뜰의 북쪽면으로 돌아섰다.

그곳에는 제물을 봉헌하는 곳이 있었다.

레위 족 한 명이 어린 양을 잡고 있었고,

희생 제식의 제사장이 그 짐승의 머리 위에 손을 얹었다.

그는 사제와 그 짐승을 동일시하였다.

이윽고 그는 칼로 그 짐승을 죽이고

제단으로 돌아갔다.

레위 족 사람들은 어린 양의 피를 대야에 남았고,

다른 사람들은 양털을 벗겨냈다.

피와 살을 제사장에게 가져가니,

그는 소량의 피를 제단에 뿌리고,

비계는 불태우고,

내장은 들어내고 나서

고기는 제단의 불 위에 굽도록 명했다.

그는 지성소를 향해 가서

이중 열쇠로 문을 열었다.

모든 신자들이 얼굴을 땅에 대고

꿇어 엎드려 있는 동안

홀로 그는 그곳에 들어갔다.

성역 안에서, 외로이

제사장은 마지막 행동을 수행했다.

청동 대야 속에 피를 쏟아붓고,

향을 흔들며,

제단 위에 뿌려진 피에 대해

제물 바치는 자의 영혼과

육체의 과오와

영혼의 과오에 대해

기도를 읊조렸다.

제물 바치는 자와 제단 그리고 제물은 이러했다.

그는 안뜰로 되돌아가

사제들에게 모여 있는 신자들을 축복하라고 했다.

레위 사람들은 '아멘'이라고 대답했다.
사제들 중 한 사람이 성경 구절을 읽었다.
또다른 사제는 양손에 향을 들었다.
사제들은 고운 아마로 된 베일을
그 앞에 펼쳐,
제사장을 가렸다.
그러자 그는 옷을 벗고,
목욕을 하고,
황금 옷으로 갈아입었다.
똑바로 선 그는
황금 의상을 벗었다.
그는 목욕을 하고
다시 흰 옷으로 갈아입고서
두 손과 두 발을 씻고
머리 위에 손을 얹고
다시 목욕을 하고,
자기 과오를 고해하고
큰 소리로 기도를 했다.

예수는 바라보고 있었다.
예수는 자신이 사제인지 어린 양인지
알지 못했다.
그 다음날, 되돌아가기 위해
그들은 예루살렘의 좁다란 길을 내려왔다.

예수는 그의 부모 뒤에서 걸어가고 있었다.
부모 뒤를 쫓아가다가
자신에게 말을 거는
어느 노인 앞에서 걸음을 멈추었다.
마리아와 요셉은 아이가 걸음을 멈춘 것을 알아채지 못하고
계속 걸어갔다.
예수가 고개를 다시 들어보니,
부모는 거기 없었다.
부모를 따라잡으려고 한참을 달음박질쳤으나
그들을 찾지 못하고
도시에서 길을 잃었다.

일 주일 후, 마리아와 요셉은 그를 보았다.
그는 여호와의 성전 안뜰에 앉아 있었다.
그는 변했다.
그러나 그들은 그 변화를 눈치 채지 못했다.
그는 자기에게 무슨 일이 일어났었는지 그들에게 말하지 않았
다.
사람들이 그에게 말하지 말라고 명했기 때문이었다.

그를 여호와의 성전 가까이 데려간 것은
그가 따라갔던
하얀 옷을 입은 남자였다.
그와 똑같이 옷을 입은

그 남자의 친구들이 여러 명 있었다.
그들은 이야기를 했고
예수는 그들의 말을 경청했다.
그들은 하늘 왕국의 도래에 대해
메시아가 가까운 장래에 오리라는 것에 대해 이야기했다.
그때, 그가 입을 열었다.
그 남자들은 그의 말에 귀를 기울였다.
열렬히, 그들은 메시아를 기다렸다.

그들은 사해 가까이,
깊은 사막에서 살고 있었다.
그들은 가족을 떠나,
연구와 기다림에
자신을 바진 자늘이었다.
그들은 그를 어느 집으로 데리고 가서
'정의의 스승'에 대한 기다림을 그에게 가르쳤다.
아이를 보자 그 단어가 그들에게 떠올랐다.
그들은 그 아이에게서 그들이 고대하던 스승을 보았던 것이다.
그들은 그 아이에게 가족을 떠나라고 말했고
그에게 그의 형제들을
다시 만나게 했다.

이렇게 해서 그는 자기 가족을 떠났다.
그들이 그에게 길을 가르쳐주었기 때문이었다.

에세네 교도들처럼 그의 존재에 대해 믿음을 갖고 있지 않던
가족은 그가 미쳤다고 생각했다.
그의 어머니와 형제들은 그에게 다가가고자 했다.
그들은 그에게 이야기했다.
떠나지 말라고 만류했다.
그러나 그는 그들에게 대답했다.
"나의 어머니와 형제들은 저기 있소!
하늘에 계신 나의 아버지의 의지에 따라 행하는 자는 누구나
나의 형제요, 누이요, 어머니인 것이오.
신의 왕국 때문에
집과 아내, 형제, 부모 혹은 자식들을 떠나게 되는 자는 누구나
그때가 되면, 앞으로 다가올 그때가 되면
영생을 얻게 될 것이오."

그들은 속세를 버리고 사는 습관이 있었다.
그러나 그들은 종말이 가까웠다고 믿고,
다른 모든 것들 중에서도 회개를 강조해야 한다고 말했다.
이렇게 하늘 왕국이 올 것이니,
모든 사람이 구원받도록
그것을 알려야 한다고 말했다.
메시아가 올 때
은둔해서 사는 것이 무슨 소용이랴?
그들만이 구원되는 것이라면
구원되는 것이 무슨 가치가 있겠는가?

회개와 용서 없이
진리가 무슨 소용이랴?
사막에서
한 목소리가 부르짖었다.
대초원에
주님의 길을 준비하시오,
우리 하느님을 위한 길을 평탄하게 닦으시오.
인간들의 거처를 악에서 분리하고
주님의 길을 준비하기 위해 사막으로 가야 했다.

요한이라 불리는 에세네인이 있었다.
그는 즈가리야와 엘리사벳의 아들이었다.
그는 사막을 떠나
이스라엘의 모든 죄를 용서하기 위한
세례를 모든 이에게 알렸다.
사람들은 그를 세례 요한이라 명명했고
수많은 군중들이 그의 주위에 모여들었다.
때로는 그의 말을 들으려 먼 곳에서도 군중들이 몰려왔다.
수백 명의 사람들이 속죄에 대한
그의 말에 귀기울였다.
이윽고 그들은 죄를 고백하고
에세네인의 의식에 따라
요르단 강에서 그에게 세례를 받았다.
침례의식을 통해서, 그들의 죄악이 용서되며

그리하여 신의 노여움에서 벗어나기 때문이었다.
요한은 그들에게 사전에 속죄할 것을 요구했다.
모든 유태인들이 미덕에 전념하고
그들 사이에서 정의와
신에 대한 경건함을 행할 것을 원했다.
그들이 하는 침례는
단지 육체의 더러움만을 정화해줄 뿐이라고 그는 말했다.
불순함 속에
죄는 그대로 남아 있다고 말했다.
악의 포기 없이는
침례도 없어야 한다고 말했다.
신의 계명 아래
자기 영혼을 겸손하게 숙이는 자만이
물이 그에게 닿을 때
그 육신을 정화시킬 수 있을 것이며,
깨끗한 물 속에서 자신을 성스럽게 할 수 있을 것이라고 했다.
에세네인들은 이렇게 말했다.
영혼이 정의에 의해 이미 정화되어 있을 때라야
물은 육신을 정화할 수 있는 것이다.
영혼이 속죄를 할 때에
성령에 의해서 정화될 것이다.

사랑과 정의의 말씀을
듣게 되었을 때,

군중은 고통에 찬 감동으로 뜨겁게 마음이 타올랐다.
남자들과 여자들은 죄를 고백하고,
깨끗이 정화되어
모든 영혼에서 악의 더러움을 걷어낼 수 있도록
물 속에 몸을 담그고
성령의 은혜를 간청했다.

예수는 그의 집을 떠났다.
사막에서
에세네인들을 다시 만나기 위해서였다.
그들은 그에게 그의 자리는
사막이 아니라,
세례 요한의 곁,
대중의 길이라고 밀해주었나.
왜냐하면 요한은
자기 자신보다 더욱 위대한
인간의 아들인
한 남자가 올 것이라고 예언하고 있었기 때문이다.
그리하여 그는 이미 요한이 있던 곳,
요르단 강으로 가서,
그의 말을 경청했고
기다림의 기나긴 세월이
그 끝에 다다랐음을 알았다.
주의 성령,

영원한 자가 그의 위에 있었다.

왜냐하면 영원한 신께서 불행한 자들에게 소식을 가져다 주시기 위해

그에게 성유를 부으셨기 때문이었다.

그분은 상심한 자들을 치유하시고,

자유를 빼앗긴 자들에게 자유를,

갇힌 자들에게 해방을 예언하시기 위해,

영원한 신의 은총의 한 해를 선언하시기 위해

그를 보내셨던 것이다.

그가 요한에게 세례를 받았을 때

하늘이 열리고,

신의 성령이 그의 머리 위로

비둘기처럼 내려오는 것을 보았다.

그들은 어떤 목소리를 들었다.

그 목소리는 그들에게로 내려와 이렇게 말했다.

내가 지지하는 자, 나를 섬기는 자,

내가 선택한 자,

내 영혼에 기쁨을 주는 자가 여기 있노라.

내 그 위에 내 영을 얹어

그가 민족들에 계율을 가져오게 하리라.

그때 예수는 에세네인들의 말을 이해했다.

그는 택함을 받았던 것이다.

그는 선택된 자들 중의 선택된 자,

섬기는 자,
아들이었다.
그러나 그들은 소식을 가져다 주는 자에게는
가야 할 길이 멀다고 그에게 말했다.
암흑 속을 걷는 민족에게
빛을 향해 가는 길은 멀다고,
죽음의 그림자가 드리워진 길에 사는 자들에게
진정한 유일한 빛을 향해 가는 길은 멀다고 말했다.
그 임무가 그에게,
신께서 구하신다라는 이름을 가진 그에게 떠맡겨진 것이다.

그는 즈불룬과 납달리의 고장인,
가버나움으로 갔다.
그곳은 바다에 가까운 곳,
요르단 강 저 너머,
그가 태어난 갈릴리 너머,
이교도의 지배 아래 있는 땅,
그들의 적인
헤로데 왕의 아들
안티파스의 신탁통치 아래 있었다.
그들 중, 젤로트 당원들은
많은 무기를 들고 열렬하게 싸웠다.
그가 누구인지
밝히지 말아야 했던 것은 이런 이유 때문이었다.

그랬더라면 사람들은 그를 죽였을 것이다.
그러면 그는 모든 사람들에게 그의 전언을
전달할 수 없었을 것이다.
이런 이유로 그는 첩자들과 밀고자들이
그에게 불리한 증거를 내놓을 수 없도록
비유로써 말했던 것이다.

티베리아스 호* 주변에는
안드레와 베드로의 고향인
베트자이다가 있었다.

호수의 어부였던
또다른 두 형제가 있었으니,
천둥의 아들들,
제베대오의 아들들인
요한과 야고보**였다.
반석이라 불리는 시몬도 있었다.
엘리야가 엘리사를 부르듯
예수는 그들을 불렀다.
에세네인의 형제애를 다스리는

---

* 요르단 강이 흘러들어가는 곳. 갈릴리 호라고도 한다.
** 동생 요한과 함께 야고보가 '천둥의 아들들'이라 불린 것은 그들이 특유
의 불 같은 열성을 가졌기 때문인 듯하다. 베드로, 안드레와 함께 야고보와
요한은 예수가 부른 첫번째 제자들이다.

현자들의 모임은 열두 명으로 구성되어 있었다.
말씀을 전파해야 하는
현자들의 모임은
열두 명이어야 했던 것이다.
형제가 되어
그들의 서약에 따라
그를 따르고
도울 것을
수락할
열두 명의 남자를 그가 찾았던 것은 이런 이유에서였다.

그리고 나서 그는
아직도 속죄하지 않은
도시들에 가서
독설을 퍼붓고
예언하기 시작했다.
코로자인이여 그대에게 불행이 있을지어다,
베트자이다여 그대에게 불행이 있을지어다!
그곳에서 이루어진 기적들이
두로와 시돈에서 이루어졌더라면,
오래 전에 그 두 도시는 틀림없이
허름한 옷과 재로 참회했을 것이다.
그러나 두로와 시돈에서보다
심판의 날은 그대들 도시에서 더욱 가혹할 것이다.

가버나움, 그대는 하늘까지 올라가 있겠느냐?
그대는 지옥까지 떨어질 것이다.
그대 도시에서 이루어진 기적들이
소돔에서 행해졌더라면,
소돔은 오늘날까지도 살아남아 존재하리라.
내가 그대에게 말하노니,
소돔보다
심판의 날은 그대 도시에서 더욱 가혹하리라.
이런 말씀으로
이런 계시를 받은 예언으로
그는 지방을 돌아다니며
사명을 수행해나갔다.

그때 그들은 예수에게
세례 요한이 누구인지 말해주었다.
그는 선구자,
종말의 예언자,
메시아에 앞서 오리라 했던 예언자 엘리야였다.
그는 인간의 아들이 올 것임을 예언한 자로
언젠가 신의 분노의 심판을
영원히 토해낼 자였다.
요한의 기도는 오로지 하나,
그의 삶의 이유는 오로지 하나,
그것은 메시아의 도래였다.

요한은 혼자였다.
그가 세례를 주는 자들은
곧 그를 떠났고,
그가 정화시킨 자들은
자기 집으로 되돌아갔다.
그는 각각의 사람을
자기 직무로 되돌려보냈다.
열렬하게
그는 자기가 희망했던 바가 이루어졌는지
알고 싶어했다.
그래서 그는 두 명의 전령을 보내어
예수가 인간에게서 태어난
메시아인지
그에게 직접 물어보도록 했다.
하늘의 왕국이 가까웠으니
속죄하라.
예수가 그렇게 말했기 때문이었다.
유태 교회에서
예수가 가르치고,
민중들 사이에 퍼진 모든 질병과 모든 우울을
치유했기 때문이었다.
이리하여 말라기*의 예언,

---

* 구약성서에 등장하는 소(小)예언자. 말라기는 '나의 사자(使者)'라는 뜻을
지닌 히브리어를 소리나는 대로 적은 것.

자, 이제 내가 그대들에게 예언자 엘리야를 보내리라
하던 그 예언이 이루어질 것이었다.

그때 요한의 전령들이 예수에게 말했다.
"오시기로 되어 있던 사람이 당신입니까,
아니면 또다른 사람을 기다려야 합니까?"
그러자 예수가 대답했다.
"너희들이 듣고
너희들이 본 것을
요한에게 가서 알려라.
장님들이 눈을 뜨고,
절름발이들이 걸으며,
귀머거리가 듣고,
가난한 자들에게 구원이 예언되었다고.
나를 의심하지 않는 자는 행복하리라!
주님의 영, 영원한 신께서
내 위에 계시노라,
불행한 자들에게
기쁜 소식을 가져다 주고자
영원한 신께서
내게 기름을 부으셨노라.
상심한 자를 치유하고
포로가 된 자에게 자유를
갇혀 있는 자에게 해방을 선언하기 위해

그분께서 나를 보내셨노라."

"모든 병은 악마에게서 오는 법,
악한 충고자이며
유혹자, 뱀인 사탄이
마침내 정복될 때,
사탄이 아무런 힘 없이
아무 소리도 내지 못할 때
하늘의 왕국이 가까운 것이로다."
그때 예수는 번개처럼
사탄이 하늘에서 떨어지는 것을 보았다.
예수가 병을 고치고,
불순한 악마들을 내쫓을 때,
그는 모든 사람들이 기다리던
승리의 정복자,
온 나라에 걸쳐
하늘의 왕국이 도래하지 못하게 막는 악마의 적이었다.
그는 은혜를 베풀고,
가난한 자들을 위하여 설교했다.
주 하느님의 성령이 그의 위에 있었으니
그것은 향유인
성유를 주께서
그에게 부으셨기 때문이었다.
이제 그가

비천한 사람들에게 구원을 알리고,
마음에 상처입은 자들에게 붕대를 감아주고,
포로가 된 자에게 자유를
갇혀 있는 자들에게 해방을 알리며,
주님으로부터
은총의 한 해와
애통해하는 모든 자를 위로하기 위한
복수의 하루를 예측하였던 것이다.
그는 그런 분이었다.
주의 성령이 그의 위에 있었다.
가난한 자들에게
비천한 자들에게 구원을 알리기 위해
에세네인들이 그에게 기름을 부었던 것이다.
그는 에세네인들을 만나
순례를 이야기하고,
그들의 말〔言〕을 얻기 위해
사막으로 떠났다.
되돌아오면서
그는 그들이 말해주었던 모든 것을
그의 제자들에게 이야기했다.

그는 계율을 파괴하려 하지 않았고,
그들은 계율을 완수하고자 했다.
그는 거짓 종교인들을 경멸했고,

그들은 사제와 필사생들을 증오했다.

그는 이교도들을 개종시키러 온 것이 아니었다.

그들은 정신이 가난한 자들,

비천한 자들, 이스라엘의 길 잃은 어린 양들,

죄지은 자들과 방황하는 자들을 그들에게로 다시 이끌어오고자
했다.

그들은 그를 그들의 학문과 마술에 입문시켰고,

그는 샤바트 날

샤바트를 위반하기 위해서가 아니라

완수하기 위해

기적으로 병을 치유했던 것이다.

전령들은 예수를 떠나

세례 요한에게 이 모든 소식을 고했다.

예수는 군중들에게 설교했나.

"그대들은 사막에서 무엇을 보았는가?

바람에 흔들리는 갈대?

그대들은 무엇을 보러 갔는가?

고운 옷을 입은 사람?

그러나 고운 옷을 입은 자들은

왕들의 거처에 있도다.

그렇다면 그대들은 무엇을 하러 갔는가?

예언자를 보러?

그렇다, 내 그대들에게 말하노니,

그는 예언자 이상의 존재이니라!
이렇게 씌어 있는 자가 바로 그이니라.
내 앞길을 준비하기 위하여
자, 이제 내가 나의 전령을 보내노라.
이곳은 고운 옷을 입은 헤로데 안티파스의 추종자들,
왕들의 거처에 사는 자들을 위한 곳이 아니로다.
바람에 흔들리는 갈대처럼
휘어지는 자들을 위한 곳도 아니로다.
바람 아래 휘어지기 때문에
갈대는 폭풍우를 견디나
굽힐 줄 모르는
단단한 나무는
심한 악천후 때 흔히 뿌리째 뽑히니라.
요한은 예언자요,
마침내 오신 엘리야,
사명을 완수하기 위해 부활하신 분이로다."

에세네인들은 이렇게 말했다.
"요한이 인간의 자식들 중
가장 위대한 자라면,
하늘의 왕국에 있는 가장 하찮은 자가
그보다 위대하다."
요한은 틈새를 열어놓았다.
그 틈새를 통하여 빛이 뚫고 들어온 것이다.

요르단 강에서 그가 세례를 받을 당시
그에게 그의 사명을 명하였던
천상의 전언,
신의 목소리를 그들은 그에게 상기시켰다.
에세네인들은 이렇게 말했다.
"그대는 요한의 제자가 될 수 없나니,
하늘의 왕국을 예언하기 위해
호숫가 마을들을
가로질러 가야 하는 것이 그대의 임무이거늘."

그때 요한은 더이상 의심하지 않았다.
온 마음과 영혼을 다하여
온갖 수단을 다하여
그는 설교했다.
메시아의 도래가 임박했음을 알렸다.
그는 말했다.
"서두르시오!
걸음을 재촉하시오.
아직도 늦지 않았소.
그러나 조금만 지나면 너무 늦을 것이오.
그러면 그대들의 몫은 더이상 없을 것이오.
빨리 오시오. 와서 회개하시오!"

드높아진 그의 명성이

온 나라를 휩쓸었다.

헤로데 왕은 그를 두려워했다.

그가 키팀 족들을 비난할까 두려웠던 것이다.

헤로데의 아내 또한

요한을 좋아하지 않았다.

헤로데 왕은 그를 체포케 하여

마셰롱트 성채에 가두고

처형하게 했다.

부정한 어머니에 걸맞은 딸, 살로메*는

어둠의 아들들의

야만스럽고 병적인

승리의 춤을 추면서

은 쟁반 위에 요한의 머리를 가져왔다.

그때 에세네인들이 말하였다.

---

* 플라비우스 요세푸스에 따르면, 헤로디아의 딸이자 헤로데 안티파스의 의붓 딸이라고 한다. 〈마태복음〉, 〈마가복음〉에 의하면 헤로데 안티파스는 이복형 헤로데 필리푸스의 이혼한 아내 헤로디아와 결혼한 일로(이 결혼은 모세의 율법에 어긋나는 것이었다) 세례 요한의 비난을 받자 그를 감옥에 가두었으나 민심이 두려워 죽이지는 못하고 있었다. 그러던 중 헤로데는 연회에서 살로메가 춤을 추자 그녀에게 원하는 것은 무엇이든지 주겠다고 약속했다. 세례 요한이 자신의 결혼을 비난한 것에 몹시 분개해 있던 헤로디아는 딸 살로메를 부추겨 세례 요한의 목을 쟁반에 받쳐달라는 부탁을 하라고 했다. 헤로데는 마음이 내키지 않았으나 할 수 없이 약속을 지켜 요한의 목을 잘랐고 살로메는 그 머리를 쟁반에 받쳐 어머니에게 가져다 주었다.

엘리야는 이미 강림하였으나
요한은 그를 알아보지 못했고
그들은 제멋대로 그를 대하였노라고.
그때 에세네인들은 그들의 계획을 짜기 시작했다.
그것은 곧 종말이었고
싸움이었다.
인간의 아들은 고통을 당할 운명이었다.

$$\text{II}$$

이렇게 하여 어둠의 아들들에 대항하는
빛의 아들들의
전쟁이 시작되었다.
어둠의 아들들은
신앙의 주창자들,
규칙과 계율과 계명의 선동자들,
글로 씌어지고 입으로 이루어진 해석의 박사들,
분리된 자들, 세심한 자들,
바리새인들이었다.
그들 또한 불멸을 믿었다.
천국과 지옥,

죽은 자들의 부활,
그리고 메시아 왕국을 믿었다.
어둠의 아들들은
마카베오 가문의 당당한 깃발 아래 있었다.
그들은 바리새인들을 증오하고,
그들을 바리새인에 대립시키는
내란의 승리자인
왕가(王家)에 특혜를 부여하고,
여호와의 성전에 당당하게 자리를 차지하여,
나라의 책임자들인
사두개인들에게 더욱 큰 영향력을 미치려 했다.
사두개인들은 구전(口傳)을 부정하였고
영생을 믿는
민간 신앙을 비웃었으며
아무것도 말헤질 수 없다고
아무것도 알려질 수 없다고 하면서
그리스인들처럼 자유 의지를 믿었다.

군중들은 스승에게 무관심하지 않았다.
스승은
그들의 노력을 무너뜨려 수포로 만들고,
그들이 그렇게도 애써 정의해놓은 계명의 속박을 떨쳐버리고,
로마의 징세 청부인들과
어부들과 함께

식사를 해야 했다.
그들에게 그를 없애버리고 싶은 마음이 들게 하기 위해서였다.
어둠의 아들들이 박식한 필사생들을
예루살렘으로부터 오게 하여,
모든 사람에게
그가 악마에 사로잡힌 사람이라고 말하게 하기 위해서였다.
에세네인들의 계획은 그러하였다.
민족의 박사들과
지도자들 중의 우두머리들,
모든 사람들이 그를 미워하여
전쟁이 시작되도록 하기 위해서였다!
종말이 가까워오기 때문이었다.

그때 그들은 바리새인들을 증오했다.
그들은 바리새인들을
기만적인 해석자들,
결국 모든 민족을 유혹에 끌어들인, 거짓말 잘 하는 혀와
거짓 입술을 가진 위선자라고 불렀다.
그들은 말했다.
"자, 그들이 그대들에게 말하는 모든 것을 준수하라.
그러나 그들의 행동은 따르지 말라.
왜냐하면 그들은 말은 하나 행하지 않기 때문이니,
예언자들의 분묘를 세우고
정의로운 자들의 무덤을 장식하는

필사생들과 위선적인 바리새인들이여
그대들에게 불행이 있을지어다.
우리들 아버지의 시대에 우리가 살았더라면,
우리는 그들과 합류하여
예언자들의 피를 쏟지 않았을 것이다.
이렇게 그대들은 그대들에게 불리한 증언을 하고 있는 것이다.
그대들은 예언자들을 살해한 자들의 아들들,
어둠의 아들들이니라."

에세네인들은
사두개인들을 증오했다.
그 때문에 그들은 여호와의 성전을 떠났으며,
그들의 보물,
솔로몬 왕의 보물을 가져다가
사막 안에
신과 그 민족 사이의 새로운 언약을
옛 언약과 바꾸는
새로운 성전을 지었다.
그것은 또다른 집단 탈출,
마을과 도시들의
또다른 정복이었다.
사두개인들과
그들의 불경한 사제들이 군림하는
불순함으로

더럽혀진 옛 여호와의 성전에서 멀리 떨어진 곳에
그들은 본연의 모습을 간직한 채
여인들과 아이들과 함께
정착했다.

그들은 한 번도 통치해본 적이 없는 그에게
한 번도 권력을 행사해본 적이 없는 그에게
알고 있는 것이라곤 마을 사람들과
정신이 가난한 자들, 비천한 자들, 가족들
갈릴리의 들판,
갈릴리의 꽃과 나무들,
밭과 과수원밖에 없는 그에게
싸워야 한다고 말했다.
오른쪽 뺨을 때리는 자에게는
왼쪽 뺨을 내밀라고
그들은 가르쳤다.
키팀 족이 징용을 강요할 때에는
2마일을 가라고 가르쳤고
신이 그어놓으신
길에서 벗어나게 할 뿐인
폭력에는 도움을 청하지 말라고 가르쳤고,
다른 나라에 도움을 청할 것이 아니라
이스라엘 집의 길 잃은 어린 양들에게 청하라고 가르쳤다.
그들은 말했다.

"무엇보다도,
이웃을 사랑해야 하며
이웃에게 자비를 베풀어야 하느니라.
이렇게 하여
우리는 신의 행동을 모방하는 것이니,
신의 정의는
자비이기 때문이도다.
신은 무엇보다 먼저
가난한 자들과 압박받는 자들에게
자신을 내어주시기 때문이도다.
힘에 대한 믿음보다도
인간의 힘에 대한 믿음보다도 더 먼 곳에
주님에 대한 두려움이 있도다."
그들은 그에게
정의로운 자들과 죄지은 자들,
빛의 아들들과 어둠의 아들들,
한쪽에서는 정의로운 자들을, 또다른 쪽에서는 죄지은 자들을
가르쳤다.
이웃에게 저지른 인간의 잘못은
화해의 그날까지만 미루어질 것이며,
신께서 자비로우시듯
자기 이웃을 진정시키기 전에
자비로워야 한다고
그들은 그에게 가르쳤다.

우리가 인간들의 과실을 용서할 때
천상의 아버지 역시 용서하실 것이다.
그러나 우리가 인간을 용서하지 않으면,
아버지께서도 용서하시지 않을 것이다.
더 나은 세상에서
정의로운 자는 그 정의로움에 따라,
죄지은 자는 그 죄의 정도에 따라 대가를 받을 것이다.
그러나 이 세상에서는
이웃에 대한 사랑만이 신의 애호를 받을 가치가 있으며
이웃에 대한 증오는 신의 분노를 불러일으킨다.

"심판하지 말라, 그러면 그대도 심판받지 않을 것이요,
비난하지 말라, 그러면 그대도 비난받지 않을 것이요,
용서하라, 그러면 그대도 용서받을 것이요,
베풀라, 그러면 그대도 타인들로부터 받게 되리라.
이웃을 그대와 같이 사랑하라.
욥과 같이 신을 두려워하라.
아브라함과 같이 신을 사랑하라.
사랑은 두려움보다 위에 있느니라.
무조건적인 사랑으로 신에게 봉사하는 것이
신의 징벌에 대한 두려움으로 명령하는 것보다 나으리라.
악을 피하고 악을 닮은 것을 피하라.
쉬운 계명을 따르라.
쉬운 계명들도 대(大)계명만큼 중요하기 때문이니라.

현자 힐렐*이 말했듯이
신을 두려워하기보다 더욱 사랑하라."
에세네인들은 이렇게 말했다.

"차이이며 분리,
보호이며 장애물인
법의 존중을 통해
우상 숭배와,
간통으로 얼룩진
역사의 더러움에서 그대를 지키라.
노아는 스스로 부패하지 않기 위해
그의 방주에 오르지 않았던가?"
에세네인들은 이렇게 말했다.

"성인(聖人)이 되어라.
그리하면 신께서 그대의 동맹사로 서실 것이니,
홀로 신과의 언약을 지켜,
사막에 은둔한 신성한 또다른 자들이 되어라.
신의 기름부음을 받은 자들,
모세나 아론처럼
성령의 기름부음을 받은 자들에게서 깨우침을 받아
그들의 이름으로 불리는 자가 되어라.

이스라엘은 국가들 중의 또다른 나라요,
우리는 또다른 이스라엘의
새로운 언약 속에서,
영구한 신의 은총을 받아
분리된 자들 사이에서
떨어져나온 자들이로다.
세상이 세워진 이래로 감추어져 있던 것들이
오늘 성자들과 완벽한 자들에게 폭로되었나니,
예언과 정당한 명령의
완성을 우리가 지금 여기서 체험하도다.
우리의 가슴은 새롭고
우리의 정신은 물질의 어둠에서 해방되어
우리를 저 높은 곳에 계신 성자들, 천사들과 하나로 만드는도
다.
하늘은 신의 영광을 이야기하고
우리는 하늘과 더불어 매일매일 노래하나니,
현재는 이미 미래이고,
저 너머의 이국(異國)이 지금부터 여기에 있도다.
하늘에 이른
지상 위에 신의 의지가 이루어지며,
메시아가 지금
우리의 공동 식탁에 오시니
그 식탁에서 우리는 신의 말씀을,
결정적인 영원의 약속을 함께 나누니

신께서 우리와 함께 계시도다."
에세네인들은 이렇게 말했다.

그들은 그에게 가난을 가르쳤다.
진정한 빛의 아들들은
신에게 선택받은 가난한 자들이기 때문이다.
에세네인들은 그렇게 말했다.
그들은 메시아가
새로운 질서를 세우리라고 믿었다.
그들은 과거를 돌아보고,
이스라엘의 성서들을 읽었다.
어둠의 힘들은 키팀 족과
그들의 대리인인 유태인들이었다.
유혈 종교전쟁으로
악이 제거될 것이었다.
그리고 나서 부활과
평화와
조화의 시대가 올 것이었다.
최후의 승리,
악의 파괴는
신이 예정한 대로 사실이 될 것이었다.
그때 그들은 예수에게 그들의 비밀,
승리의 확실한 무기를 전수했다.
기나긴 하룻밤 동안

그들은 읽었다.
"나는 그 누구의 악의에도 복수하지 않으리라.
인간을 위해 선한 것만을 행하면서
인간을 따르리라.
신은 살아 있는 모든 존재 위에 계신 심판관이시며,
보수를 주는 일은 그분께 속한 일이니,
복수의 그날이 오기 전에는
인간들과의 멸망의 전쟁을 부르지 않으리라.
그러나 악의를 품은 인간들로부터
내 분노를 돌려놓지는 않으리라.
나는 그분께서 정해두신 심판의 날 전까지
평화롭게 살지 못하리라."

선을 행함으로써 악한 자들을 이기는 것,
그것이 그들이 예수에게 전수한
비밀의 무기였다.
그 극단적인 나약함이 강력한 무기였다.

"선한 인간은 그 눈이 악하지 않나니,
그는 모든 사람에게 자비로우며,
설사 죄지은 자가 있더라도
설사 그들이 그에게 악을 행하기 위해 모의한다고 해도
선을 행하는 자는
악한 자보다 강할 것이다.

그는 선의 보호를 받기 때문이다.

그대의 의도가 선하면,

나쁜 인간들조차도 그대와 더불어 평화롭게 살 것이니,

방탕한 자들은 그대를 좇아

선한 것으로 개종할 것이며,

인색한 자들은 돈에 대한 열정을 포기할 뿐만 아니라,

그들의 재산을

그들 때문에 헐벗은 자들에게 줄 것이다.

선한 의도는

양 갈래 혀를 갖고 있지 않나니

한편으로는 축복하면서

또 한편으로는 저주하고,

품위를 떨어뜨리면서

영광스럽게 하고,

괴롭히면서

기쁨을 주고,

화해시키면서

혼란하게 만들고,

위선을 행하면서

진리를 말하고,

가난을 편들면서

부를 편들지 않노라.

선한 의도는 단 하나

충성스런 감정을 모든 사람에게 품고 있나니,

선한 의도는 보고 들음도 이중적이지 않도다.
반면 벨리알의 행위는 모호하고
단순함이 없도다."
에세네인들은 이렇게 말했다.

그러자 예수는 대답했다.
"다음과 같은 말씀이 있었다는 것을 우리는 배웠도다.
눈에는 눈,
이에는 이,
손에는 손,
발에는 발,
화상에는 화상,
멍에는 멍,
상처에는 상처.
그러나 나,
나는 말하리라.
악한 자에게 정면으로 대항하지 말 것이며,
누군가 오른쪽 뺨을 때리면
왼쪽 뺨을 내어주고,
그대의 상의를 빼앗아가기를 원하면
다른 것도 그에게 내어주고,
그가 천 마일을 뛰기를 청하면
이천 마일을 뛰라고 말하리라.
요구하는 자에게

주고,
그대의 재산을 취하고자 하는 자에게
주고,
다시 돌려줄 것을 절대 요구하지 말라고 말하리라."

예수는 그들의 말을 전파했다.
그는 지상의 재산의 위험을 널리 알렸다.
첫째가는 자들은 꼴찌가 될 것이며
꼴찌들은 첫째가는 자들이 될 것이며
슬퍼하는 자들은 위안을 받을지니라.
정신적으로 낙담한 자에게는
영원한 기쁨이 약속되었다.
마음이 겸손한 자는 행복하며,
정신이 가난한 자, 애통해하는 자는
위안자를 얻었다.
하늘의 왕국이 그늘의 것이니라.
군중을 먹이는 엘리사처럼,
예수는 민중에게 먹을 것을 주었다.
신께서 바다 위에 거대한 바람을 일으키셨을 때
그 폭풍을 제압하는 요나처럼
그는 폭풍을 진정시켰다.
그리고 그는 갈릴리의 한 유태 교회로 갔다.
그날은 성스러운 샤바트 날이었고
사람들은 그에게 〈이사야 두루마리〉를 주었다.

그는 그것을 펼쳤고
다음과 같은 말씀을 발견했다.
"주의 성령이 내 위에 있나니
가난한 자들에게
복음을 알리기 위해
그분께서 내게 도유식(塗油式)을 해주셨기 때문이도다.
포로가 된 자들에게
해방을 선언하라고 그분이 나를 보내셨도다."
읽기를 끝내고 나서
그는 양피지를 다시 말고 자리에 앉았다.
말씀은 이러하였다.
"이 글을 듣는 그대를 위해
오늘, 이 글이 성취되노라."
그러나 그들은 믿지 않았다.
선지자는 자기 고향에서는 인정받지 못하나니,
그는 배척당하고 박해받은 예언자들의
긴 계보를 상기시켰다.
엘리야와 엘리사는
그들의 고향 땅에서보다
이교도들의 땅에서 더욱 환대받았다.
모두들 분노에 차서
그를 도시 밖으로 쫓아버렸다.
"영원하신 신께서 내 주께 하신 말씀,
내가 너의 적들을

너의 발판으로 만들 때까지,
내 오른편에 앉거라."

그리고 나서 그들은 파견자로서
그의 이름으로 나라를 돌아다니게 될
그의 가장 가까운 제자들 중 두 명을 지목하였다.
그들은 그에게서 정확한 지침을 받았기 때문이었다.
그들은 유태인에게만 말해야 했다.
이교도들에게나
사마리아인들에게는 말하지 말아야 했다.
에세네인들처럼
그들은 여행할 때 짐도 돈도
거추장스럽게 갖고 다니지 않았다.
그들을 맞아들이려 하지 않는 집이나 도시에는
머물지 않았다.

그러나 회개하라는 호소에는 아무도 감동받지 않았으니
그의 고향, 그의 땅, 갈릴리는
그 땅의 예언자를 거부했다.
갈릴리의 예언자,
요나가
사십 일 후에는
니느웨가 파괴되리라고 예언했을 때,
민중은 회개하고

불경한 언행을 그만두었다.
신께서 그의 고통을 받아들였더라면,
민중이 그의 말에 귀를 기울였더라면,
예수는 자기 생명을 주었을 것이다.
우리는 모두 어린 양과 같이 방황하고 있었노라.
각자 자기의 길을 가고 있었노라.
그런데 주께서 그의 위에
모든 이들의 죄악을 떨어지게 하셨나니,
"독사 같은 종족들이여,
그대들처럼 악한 자들이
어떻게 선한 것에 대하여 이야기하겠는가?"
그리고 그는 다시 떠났다.
쟁기에 손을 얹고
뒤를 돌아보는 자는 누구나
신의 왕국에 적합하지 않나니.

한 설교자가
갈릴리에서 하늘의 왕국의 도래를 예언하고,
예전의 요한처럼,
마치 요한이 부활한 것처럼,
거대한 군중을 사로잡고 있다는 소식을 들었을 때,
악한 왕, 헤로데,
갈릴리와 페레 속령의 소왕(小王)은
예수의 행동들을 감시했다.

그것 또한 계획의 일부였다.

힐렐 가문의
몇몇 바리새인들이
무슨 음모가 꾸며지고 있는지 알고는,
예수의 생명을 구하고자,
헤로데가 죽이려 하니
떠나야 한다고 그에게 알려주러 갔다.
그러자 그가 말했다.
"가서 그 여우에게 말하시오.
자, 오늘 나는 악귀를 쫓고
병을 치유하여,
내일 사흘째면 모든 일을 마칠 것이오.
그러나 오늘 나는 가야 하오.
내일도
그리고 그 다음날도.
왜냐하면 예언자가 예루살렘 밖에서 멸한다는 것은 어울리지
않는 일이기 때문이오."
이것 또한 계획의 일부였다.

그리고 나서 그는 갈릴리 바다 북쪽,
가이사랴* 지역으로 은둔했다.

---

* 카르멜 산 남쪽 지중해 근처에 있는, 헤로데 왕이 세운 항구도시.

자기에 대해 사람들이 무어라 말하는지
그는 제자들에게 물었다.
"어떤 이들은 세례 요한이라고도 하고, 엘리야, 예레미야라고도
생각합니다."
"그러면 너희들, 너희들은 무어라 말하겠는가?"
"당신은 메시아이십니다."
"네가 말했도다."
그는 말했다.
"그러나 너는 이제 더이상 그 말을 되풀이해서는 안 된다.
너희들 모두에게 말하노니
비밀을 지켜라.
그 비밀을 폭로하기엔 아직 너무 이르다.
나의 시간은 아직 오지 않았다.
내가 가야 할 순간,
예루살렘으로 갈 순간이 오리라."
이것이 그들의 계획이었다.
예수는 베드로에게 말했다.
"요나의 아들 시몬이여, 너는 행복하도다.
이러한 계시가 너에게 온 것은
살과 피에서가 아니라,
하늘에 계신 나의 아버지로부터 온 것이기 때문이니라."
베드로는 달랐기 때문이었다.
에세네인들과 다른
계시를 받았던 그는,

에세네인들에게 영향받지 않았다.
그렇기 때문에 그는 행복하고
또 다를 수 있었던 것이다.

그들은 그에게 가르치기 시작했다.
인간의 아들은 매우 고통받을 것이며,
그는 장로들과,
제물을 바치는 자들, 필사생들,
키팀 족들에게 배척당할 것이며,
죽음을 당하고 부활하리라는 것을.
왜냐하면 〈시편〉에 이렇게 씌어져 있었기 때문이었다.
그대의 오른손이 심은 것을,
그리고 그대가 선택한 아들을 보호하라!
너의 오른편에 있는 남자 위에
그내가 선택한 인간의 아들 위에 그대의 손을 얹을지어다!
그리하여 신은 그를 버리시지 않을 것이었다.

"나에게 반대하여 행동할 자들을
내가 알고 있나니,
그들은 장로들, 제물을 바치는 자들, 필사생들,
그리고 키팀 족들이니라.
그러나 나는 그들과 싸우기를 원치 않노라.
내 적수가 나를 판사에게 밀고하고
판사가 호위병에게 명령하여

나를 감옥에 넣을까 저어하는 마음으로
내가 길 위에 아직도 내 적수와 함께 있는 한,
나는 그와 의가 통하기를 바라노라.
나는 젤로트 당원들처럼
키팀 족들에게 저항하길 원치 않나니,
나는 성령으로 말미암아
이 세상을 모든 속박으로부터 해방시키기를 원하노라.
그 기다림을 위해
그분이 우리에게 스스로를 드러내실 때까지
나는 기다리겠노라.
그러나 나 홀로 가지는 않으리라.
내 영혼이 신을,
생명의 신을 목말라하기 때문이도다."

그러자 그들이 그에게 대답했다.
"두려워하지 말라!
그대의 이름은 여호수아,
'신께서 구하시리라' 가 아니던가?
그대는 이삭처럼
성령에 의해
구원받으리라.
이삭처럼
그대는 묶일 것이나
마지막 최후의 순간에

구원받으리라.
그대는 버림받지 않으리라.
그리하여 그대가 누구인지
모든 사람들이 알게 되리라.
인간의 아들로서
정의의 스승임을 알게 되리라.
아니다, 그분을 믿어라.
신은 그대를 버리지 않을 것이니."

그리하여 그는 믿었고
그리하여 그는
데카폴리스* 안에 있는 갈릴리 바닷가,
갈라트와 바산 지역으로,
또한 레카비트 족들과 케니트 족들이 있는 곳,
레바논과 다마스쿠스 쪽으로,
갈릴리 사람들에게로 갔다.
유태에서 빠져나와
다마스쿠스 지방에 은둔했던 에세네인들처럼
이렇게 하여 그들은
예언자 예레미야가 말하던
새로운 언약을 맺고자

---

* 기원전 63년 로마가 팔레스티나를 점령한 뒤, 팔레스티나 동부 지방의 고대
그리스 도시 10개가 결성한 동맹.

모든 죄악으로부터 자기를 지키고,

가난한 자, 미망인 그리고 고아가 가진 것을 훔치지 않고,

순수한 것과 불순한 것을 구별하고,

축제일, 단식일들과 마찬가지로

샤바트를 지키고,

형제를 자기 자신처럼 사랑하며,

불행한 자, 빈곤한 자와 이방인을 도와주기를 약속했던 것이다.

공동체는 나무이며

그 푸르른 잎새는

숲에 사는 모든 짐승들의 먹이이며,

그 가지는 모든 새들의 보금자리라고

그들은 그에게 가르쳤다.

그러나 악한 세계를 나타내는 늪지 나무들이

그 나무를 에워싸고 그 키를 넘어섰다.

생명의 나무는 늪지 나무들에 가려져

존경도

감사도 받지 못했다.

신께서 몸소 그 신비를 보호하시고

감추셨으니,

이방인은 보고도 알지 못하고

생명의 근원을 생각하고도 믿지 않았다.

하늘의 왕국은

돌연 현현하시는 신께서 통치하시는 왕국일 뿐 아니라

지상 위의

인간들 사이로 퍼지는
신께서 원하신 움직임이기도 하기 때문이다.
하늘의 왕국은 단지 왕국이기만 한 것이 아니라
신의 왕국이기도 하여,
멀리 펼쳐져
대지와 인간들을 덮는 지역으로,
그 속에서 유산은
강자들에게도 약자들에게도 돌아오나니.
이를 위하여 예수는 열두 제자들을 불러
그들로 하여금 병을 고치고,
가난한 자들, 극빈자들, 이방인들에게
구원을 알리기 위해
사람 낚는 어부가 되게 하였다.

그때 유태의 총독 빌라도는
그를 죽여야 한다고 생각했다.
왜냐하면 로마의 압제를 종식시킬
신의 왕국의 도래가,
새로운 언약이,
두려웠기 때문이었다.
그는 키팀 족들이 얼마나 그의 말에 곤두서 있는지
얼마나 그를 증오하는지 알고 있었다.
예수의 제자들 중 몇 명은 젤로트 당원으로

나라 도처에 혼란의 씨를 뿌리고
오로지 신에 의한 통치를 믿으며,
침략자들로부터의
궁극적인 해방을 열렬하게 열망하고 있었다.

그때 예수는 예루살렘으로 가는 길로 들어섰다.
그는 갈릴리를 떠나
사마리아를 편력했고,
그리짐 산에서 멈추었다.
그곳에서는 사마리아인이 그를 기다리고 있었다.
그는 에세네인들의 귀한 보물,
여호와의 성전 사제들의
고대 보물,
솔로몬 왕의 화려한 보물들 중 일부를
그곳에 맡겼다.
사람들이 찾지 못할,
안전한 장소인 그곳은
에세네인 필사생들의 친구인
사마리아 필사생들의 집이었다.
이렇게 하여 어둠의 아들들에 대항하는 빛의 아들들의 전쟁 때
이 보물은 도둑질당하지 않을 것이었다.
이렇게 하여 메시아 시대에
빛의 아들들은 권력을 잡기 위해 이 보물을 다시 찾을 것이었다.

그는 다시 길을 떠났다.

도중에 그는

나머지 보물을 감추었다.

그리고 예루살렘으로 갔다.

그곳은 신의 거처가 세워져 있는 성스러운 도시,

왕국의 예정된 중심지,

그곳에서부터 모든 나라로

구원과 축복이 퍼져나가게 될 중심지였다.

그러나 신망을 잃은 예루살렘,

이교도들의 예루살렘은

키팀 족들에게 조롱당하고

여호와의 성전의 앞문은 끊임없이 감시하는 자들에 의해

더럽혀지고, 세속화되어 있었다.

회개해야 했다.

그렇시 않으면

그 도시는, 가장 힘센 자들부터 가장 약한 자들까지

고통 속에 멸망할 것이었다.

유월절 축제 때

그는 예루살렘으로 갔다.

그는 베다니에서 길을 멈추었다.

그곳에서 마르다와 그녀의 동생 마리아가 그를 맞이했다.

그리고 그는 예루살렘으로 갔다.

그곳에서 무엇이 그를 기다리는지 그는 알고 있었다.

이제 그는 자기 고향의 갈릴리 사람들 틈에 있는 것이 아니라,
막대한 위험이 기다리고 있는 유태에 있는 것이었다.
그곳에서 그는 어둠의 아들들과
유태와 로마의 최고 권력자들,
로마 총독 본디오 빌라도,
상자들 속에 꽉꽉 찬 금을 바쳐 얻은
대제사장의
신성한 임무를 장악하고 있는,
불경한 사제인 가야바와 대면하게 된 것이었다.

유월절은 첫달의 행사다.
신께서 그분의 민족을 노예 상태에서 해방시키시던 때,
이집트에서 그 옛날 이루어진 기적들을 기념하기 위함이었다.
사람들은 유월절의 어린 양을 먹었다.[*]
그날 저녁 예수가 바로 그 양이었다.

그의 육신인 누룩을 넣지 않은 빵과
굴종의 쓴 풀.
유월절의 제물 희생은 성서에 따라 이루어지기 때문에,
예수의 피는 축하의 포도주와 같이
저절로 흘려질 것이었다.
그리고 나서 곧 그는 영광을 얻을 것이었다.

---

[*] 유태인들은 모세의 율법에 따라 유월절에 양을 먹는다.

왜냐하면 보리의 첫 열매는
유월절의 샤바트 다음날
이슬을 위해 기도하는 때에
신에게 바쳐지기 때문이었다.
이렇게 씌어 있었다.
그대의 죽은 자들이 다시 살아나기를!
나의 시신들이 다시 일어서기를!
먼지 속에 누워 있는 자들이여
깨어나라 그리고 기쁨으로 전율하라.
그대의 이슬은 생명을 주는 이슬이기 때문이도다.
대지가 그림자들에게 다시 생명을 주리라.
내가 그들의 불성실을 씻어주리라.
이스라엘을 위해 나는 이슬과 같은 존재가 될 것이니라.
왜냐하면 신은 이스라엘을 버리지 않을 것이기 때문이었다.

그때 그는 예루살렘으로 갔다.
메시아라는 이름으로
이스라엘에 공공연하게 자신을 드러내야 했기 때문이었다.
그러면 그의 시대가 올 것이었다.
하늘 왕국의 도래의 시간
매우 아름다운 마지막 시간
그 시간은 그를 위한 시간,
깊이와 어둠의 주인인 그의 시간이었다.
아니다, 신은 그를 버리지 않을 것이었다.

그때 예루살렘에서
산헤드린*은 특별 회의를 소집했다.
대제사장 가야바가 이렇게 말했다.
"민족 전체가 죽느니
차라리 민족을 위해 단 한 명의 남자가 죽는 것을 보는 것이
당신들에게 유리하다는 것을 당신들은 전혀 이해하지 못했단
말이오?"
그리하여 회의에서 예수의 유죄 판결이 결정되었다.

그것 또한 예수는 알고 있었다.
왜냐하면
그가 누구보다도 사랑하던 제자이며,
그의 친구이며, 그의 손님,
그의 비밀스런 동맹 친구이며, 그의 첩자인
요한이 산헤드린의 사제였기 때문이었다.
요한은 그곳에서 일어나는 모든 일을 알고 있었고
또 그 모든 것을 그의 스승인 예수에게 말해주었다.

그때 예수는 베다니를 떠나
사막 인접 지역인

---

* 로마 통치 시대에 팔레스타인에 있었던 유태 의회. 정치·종교·사법 등의
기능을 수행한 공식 기구였다.

에브라임*의 도시에 은거했다.
그리고 갈릴리인들과 함께
유월절 순례를 행하기 위해
갈릴리로 다시 돌아갔다.

그는 예루살렘 주변
벳바게로 왔다.
에세네인들의 계획에 따라
행동하는 임무가
나사로**에게 맡겨져 있었다.
베다니 마을 어귀에
나귀 새끼를 매어두기로 되어 있었다.

그러나 열두 제자들 중 어느 누구도 그 사실을 아는 자가 없었
나.
스승님께서 그것을 필요로 하십니다
라고 말하는 전령들에게 그 나귀 새끼를 주어 떠나게 하라는
명이 내려져 있었다.
전령들이 나귀 새끼와 함께 돌아오자
제자들은 경탄했다.

---

* 이스라엘의 12지파 가운데 하나. 이 지파의 이름은 야곱의 아들 요셉이 낳은 두 명의 아들 가운데 하나의 이름을 따서 지었다.
** '하느님께 도움을 받은 사람'이라는 뜻의 히브리어에서 나온 이름.

예언에 따르면
메시아는 나귀를 타고 올 것이기 때문이었다.
그가 지나가는 길에, 사람들은 옷을 벗어 펼쳐놓았고,
골풀을 베어 그 길을 덮었다.
베다니에서, 마르다는 저녁을 준비했다.
그녀는 그의 두 발에 귀한 감송 기름을 붓고 나서
머리카락으로 닦았다.
이렇게 하여 그녀는 벌써
그녀의 에세네인 형제에게 향유를 바른 것이다.[*]
예수는 그녀에게 이유를 설명하지 않고
성유를 가져오라고 부탁해놓았던 것이다.
그것은 제자들 중 한 사람이 절망하여 그를 배신하고
예언이 이루어지도록 하기 위함이었다.
나와 화목하게 지내던 자가
나의 신뢰를 받고 있던 바로 그자가
나의 빵을 먹던 자가
나에게서 발길을 돌리리라.
풍요와 죽음,
그것이 바로 신호였기 때문이었다.
에세네인들의 계획은 바로 이러한 것이었다.

예수는 마치 왕처럼

---

[*] 향유를 바른다는 것은 시신에 방부 처리하는 것을 뜻한다.

예루살렘으로 갔다

그들은 할렐루야를 노래하고

호산나를 암송했다.

주님의 이름으로 오는 자여, 축복받을지어다!

놀란 몇몇 바리새인들이 사람들의 입을 다물게 하라고 그에게 요청했다.

그가 죽임을 당하지 않게 하기 위해

그를 구하기 위해서였다.

그러나 그는 이렇게 대답했다.

"내가 그대들에게 말하노니, 저들이 입을 다물면 돌들이 외치리라!"

그는 유태 군중들에게 갈채받기를 승낙했다.

그것은 도발의 신호,

카이사르에 대한 배반의 신호였다.

살릴리의 순례자 무리가

그를 동반하고 있었다.

키팀 족들은 노래부르는

이 유태인들을 내버려두어

예배의 중심에 접근하게 하라는 명을 받았다.

모든 사람들에게 접근 가능한 여호와의 성전의

이방인들의 궁에서

예수는 상인들에게 공격의 말을 던졌다.

희생 제물로 팔린 짐승들을 묶는 데 쓰이는

끊어진 밧줄로 만들어진 채찍을
마구 휘두르면서
그는 환전상들의 탁자,
비둘기 상인들의 자리를 뒤엎었다.
성스러운 장소 안에서가 아니라,
바로 그 앞,
이방인들의 광장,
희생 제물을 사기 위해
사람들이 돈을 바꾸는 곳에서였다.
그는 성서에 이렇게 씌어 있다고 말했다.
"나의 집은 기도의 집이라 불리리라.
그대들은 그 집을 강도들의 소굴로 만들었도다."
그는 또 이렇게 말했다.
"인간의 손으로 만들어진 이 여호와의 성전을 내가 파괴하리라.
그리고 사흘 후, 인간의 손으로 만들어지지 않은
또다른 성전을 내가 다시 지으리라."
여호와의 성전 파괴를 예언한 것이었다.

계획상 그렇게 해야 했던 것이다.
비극이 불가피하게 하기 위해서였다.
사두개인들의 피난처는 여호와의 성전밖에 없었기 때문이었다.
그런데 이제 그가 사두개인 사제들의 종말과
그들 성전의 종말을 예고했던 것이었다.
부당한 성직자들에 의해,

그들 방식대로
성스러운 때와 세속적인 때를 확정짓는
불법적인 그들의 달력에 의해
여호와의 성전이 더럽혀졌다는 것이 그 이유였다.

어둠의 아들들에 대항하는 빛의 아들들의
전쟁, 반격이었던 것이다.
벨리알 군대,
팔레스틴의 주민들,
아슈르의 키팀 족 도적들과
그들을 돕는 자들, 배반자들에 대항하는
레위의 아들들,
유다의 아들들,
베냐민의 아들들,
사막의 유배자들의 전쟁이었디.

그러자 어둠의 아들들은 그를 함정에 빠뜨리기 위해
질문을 던졌다.
"무슨 권위로 그대는 말하는가?"
그러자 그는 되레 물었다.
"그대들 생각에, 요한의 세례는
신에게 영감을 받은 것인가, 그렇지 않은 것인가?"
"우리는 모른다."
"그렇다면

무슨 권위로 내가 지금처럼 행동하는가를
그대들에게 말해야 할 필요는 없다."
군중 속에 흩어져 있던 몇몇 사람들이
그를 그들의 덫에 걸려들게 하기 위해
질문을 하기로 되어 있었다.
그러나 함정에 걸려들기에는
그는 사정을 너무나 잘 알고 있었다.
"카이사르에게 세금을 내야 하는가?" 그들이 물었다.
왜냐하면 인구 조사를 토대로 확정된 세금은
인구 조사를 금지하는
법에 위반되기 때문이었다.
"왜 나에게 덫을 놓으려 하는가?
내게 동전 한 닢을 보여다오."
그러자 그들은 그에게 동전을 내보여주었다.
그러나 예수는 그것을 만지기를 거부하였다.
그의 편이었던
젤로트 당원들을 불쾌하게 하지 않기 위해서였다.
"이 동전에 새겨진 얼굴과 글씨는 누구의 것인가?
"카이사르의 것이오."
"그렇다면 카이사르의 것은 카이사르에게 돌려주라.
그리고 신에게 속한 것은 신에게 돌려주라.
왜냐하면 신만이 유일한 주님이시기 때문이다."

공동체의 일원들과 함께

늘 하던 습관대로
화요일마다
예수는 유월절 축제를 축하했다.
불경한 성전의 달력에 따라서가 아니라
쿰란의 태양력을 따른 것이었다.
하루가 끝날 무렵
그는 마지막으로 여호와의 성전을 떠났다.
베다니에서 네번째 날을 보내고,
그날 저녁을 문둥병자 시몬의 집에서 보냈다.
다섯번째 날에는 마초트* 축제가 시작되었다.
그 축제는 유월절의 어린 양이 도살되는 날이었다.
그날 저녁의 어린 양은 예수였다.

* 유월절 축제일에 먹는, 누룩을 넣지 않은 빵.(원주)

III

유월절 만찬,
마지막 만찬을 위하여
그는 예루살렘으로 갔다.
이집트로부터의 해방, 출애굽을 기념하는
전통 만찬을 함께 하기 위해
예수는 제자들을 불러모았다.
그러나 그날 밤은 여느 날 밤과 같지 않았다.
그날 밤은 이 세상에서 그의 마지막 밤이었기 때문이었다.
그의 시간이 왔던 것이다.
그는 짐작했었고,
알고 있었다.

그러나 그것은 그의 시간이었을까?
아니면 이 세상의 시간이었을까?
그날 밤은 이 세상의 마지막 밤이었을까?
아니면 그의 생의 마지막 밤이었을까?
그는 마지막으로
제자들을 불러모으기로 결심했다.
세데르를 위해 차려진
식탁에 둘러모이니 열셋이었다.
그들 중에 유다 이스카리오트가 있었다.
그 또한 예수의 마지막 밤에 초대받은
예수가 사랑하는
제자였기 때문이었다.

열두 명의 제자들이 식탁에 앉았다.
가운데 있던 예수가 식탁에서 일어나
겉옷을 벗어놓고
수건을 가져다가 허리에 두르고
대야에 물을 담아,
제자들의 발을 씻기고
두르고 있던 수건으로 물기를 닦아주기 시작했다.
에세네인들의 의식에 따라
그들 중 어느 한 사람도 자기가 우월하다고 느끼지 않게 하기
위해서였고
모든 사람이 완전히 동등하도록 하기 위해서였다.

시몬 베드로의 차례가 되었다.
"주님, 주님께서 제 발을 씻기시다니요!
절대 안 됩니다!"
베드로는 그 종파에 속해 있지 않았기 때문이었다.
그는 음모에 가담하기를 원치 않았기 때문이었다.
"내가 너를 씻겨주지 않으면
나와 함께 할 수 없으리라." 예수가 대답했다.
예수는 에세네인들이 하늘 왕국의 열쇠를
쥐고 있다고 생각했기 때문이었다.
"그렇다면 발뿐만 아니라
손과 머리도 씻겨주소서."
시몬 베드로가 말했다.
이렇게 하여 그는 에세네인들의
세례를 받아들였다.
왜냐하면 그는 예수를 믿었기 때문이었다.
"목욕을 한 자는 씻김을 받을 필요가 없도다.
그는 완전히 깨끗하기 때문이니라.
그리고 너희들, 너희들은 깨끗하다.
그렇지만 아니다, 모두가 그런 것은 아니다." 예수가 말했다.
유다가 있었기 때문이었다.
예수는 그가 자신을 밀고하리라는 것을 알고 있었다.
시몬의 아들,
젤로트 당원인 유다는
에세네인들 중에서 가장 강하며,

예수를 가장 열렬히 믿는 자였기 때문이었다.
자기의 순수성을 버릴 정도로
베드로보다도 더
다른 모든 제자들보다도 더 유다는
예수가 메시아라고 믿었고
신을 믿었다.
신께서 그를 버리시지 않으리라고
유다는 생각했고
알고 있었다.
하늘의 왕국,
메시아 왕의 왕국,
예수의 왕국이 도래하게 하기 위해
유다는 예수를 밀고해야 했던 것이다.
유다는 강했기에
비순수성을 견딜 수 있었다.
유다는 젤로트 당원이었기에
그런 희생을,
영원의 희생을,
그의 희생의 희생을 견딜 수 있었다.

일을 마치고서,
예수는 겉옷을 다시 입고,
식탁에 앉았다.
그리고 말했다.

"너희는 내가 너희들에게 한 행동을 이해하느냐?
너희는 나를 '스승 그리고 주님'이라고 부르니
너희 말이 옳도다,
내가 그러하다.
주님이며 스승인
내가 너희의 발을 씻겨주었듯이
너희도 서로 발을 씻겨주어야 하느니라.
왜냐하면 그것은 내가 너희에게 보여준 모범이기 때문이니라.
내가 너희에게 해준 것을
너희도 행하라.
진실로 내가 너희에게 이르노니,
종이 그 주인보다 더 위대하지 않고,
보냄을 받은 자가 보내는 자보다 더 위대한 것도 아니니라.
이것을 알고서,
최소한 너희가 그것을 실천에 옮기면
너희에게 복이 있으리라.
내가 너희를 다 가리켜 말하는 것이 아니니라.
내가 나의 택한 자들이 누구인지 앎이라.
나와 함께 빵을 먹던 자가
내게서 발길을 돌리리라
하던 성경을 응하게 하려는 것이니라.
일이 이루어지기 전에
내가 미리 너희에게 말하는 것은
그 일이 일어났을 때

내가 그인 줄 너희로 하여금 믿게 하려 함이라.
내가 진실로 너희에게 이르노니,
내가 보내게 될 자를 영접하는 자는
나를 영접하는 것이요,
나를 영접하는 자는
나를 보내신 그분을 영접하는 것이니라."
만약 자신이 다시 돌아올 수 없게 된다면
에세네인들, 가난한 자들의
이러한 우애를 제자들이 계속 이어나가기를 예수는 원했다.
계획을 받아들임으로써
자신이 어떤 위험을 감수하는지 예수는 알고 있었던 것이다.
'자신의 생명'이 위태롭다는 것을 알고 있었던 것이다.

그리고 나서 그들은
에세네인들과 비슷한
식사를 했다.
그리고 예수는 말했다.
"진실로 내가 너희에게 이르노니,
신의 왕국이 도래하는 그날까지 나는 이 포도주를 다시는 마시
지 않으리라."
이렇게 하여 예수는 자신이 메시아임을
제자들에게 드러내었다.
이제 성체 배령자로서는
더이상 신성한 식사에 참여하지 않고,

현존하는 가시적인 메시아로서
사제들과의 대면에 자리할 것임을
제자들에게 밝힌 것이다.
에세네인들의 성서에 따르면
이스라엘의 메시아는
빵 위로 손을 맞잡고
기도를 한 다음,
그것을 공동체 전체와 함께 나누어야 한다고 씌어 있었다.
그리하여 예수는
에세네인들과 함께
유월절을 축하할 때 하던 습관대로
그 의식을 따랐다.
제자들이 먹고 있는 동안,
예수는 빵을 들어,
그 빵을 축성하고,
그 빵을 잘라,
제자들에게 주었다.
에세네인들과 함께
유월절을 축하하던 때
그렇게 했듯이
그는 축성하기 위하여
제자들이 어서 먹기를 기다렸던 것이다.
그때 예수는 열두 제자에게 이렇게 말했다.
"너희와 함께 이 유월절 어린 양을 함께 나누기를 나는 열렬히 열망했도다.
　내가 너희에게 이르노니
　신의 왕국에서 다시 먹을 때까지 나는 이제 그것을 먹지 않으
리라."

　그리고 나서 그는 술을 한 잔 들어
　감사의 기도를 올리고
　이렇게 말했다.
　"받아라.
　그리고 너희들끼리 이걸 나누어 마셔라.
　내가 너희에게 이르노니,
　신의 왕국에서 내가 다시 마시게 될 때까지
　포도 열매는 결코 다시 마시지 않으리라."
　왜냐하면 예수는 신의 왕국이
　오래지 않아 도래하리라 생각했기 때문이었다.

　그리고 나서 그는 성스러운 동작,
　메시아의 동작을 했다.
　그는 빵을 들어
　감사의 기도를 올리고
　이렇게 말했다.
　"이것은 나의 육신이니라."
　식사의 이 마지막 말은
　빵과 그의 육신을

포도주와 그의 피를 동일시하는 말이었다.

그러나 그날 저녁, 에세네 종파식의 기도는 하지 않았다.

그 기도에 따르면 음식은 부재하는 메시아를 표상하고 있었다.

빵은 성스러운 것이며

음식의 상징이었기 때문이었다.

그는 자신을

신성한 식사에서

메시아를 상징하는

빵과 동일시했다.

그는 평소처럼

"이 빵은 이스라엘의 메시아를 상징한다"고

말하지 않았다.

오히려 이렇게 말했다.

"이 빵은 나의 육신을 상징하노라."

이렇게 하여 예수는 제자들에게 자신이 누구인가를 드러내었다.

신의 왕국이 도래할 시간이

임박했으며

그리고 곧

그는 구원받을 것이며

모두가 구원받을 것이라고

생각했기 때문이었다.

그때 그는 제자들에게 이렇게 선언했다.

"진실로 내가 너희에게 이르노니,

너희들 중 하나가 나를 배신하리라."

그러자 제자들은 서로를 쳐다보았고,

예수가 누구를 말하는 것인지 서로에게 물었다.

제자들 중 하나인 사제 요한,

예수가 사랑했던 그가

예수 옆에 있었다.

시몬 베드로가 그에게 신호를 했다.

"누구를 말씀하시는 것인지 여쭤보게."

왜냐하면 예수는 오로지 요한에게만

마음가는 대로

말했기 때문이었다.

예수는 그에게

모든 것을 다 말하곤 했다.

왜냐하면 요한은 산헤드린에서 일어나는 모든 일을 관찰하고

예수에게 모두 다 말해주는,

에세네인들과 가까운

사제였기 때문이었다.

그러자 제자 요한은 예수의 가슴께로 몸을 숙이고서

물었다.

"주여, 그자가 누구이옵니까?"

그러자 예수가 대답했다.

"내가 한 조각을 찍어다가

주는 자가 그이니라."

그리고 그는 한 조각을 찍어서

젤로트 당원인 시몬의 아들
유다 이스카리오트에게 주었다.
그리고 "네가 해야 할 일을 속히 하라"는
공모의 말을 그에게 했다.
조금 전 그들이 함께 협약을 맺었기 때문이었다.
유다는 에세네인
공동체의 회계를 맡고 있었다.
몇몇 제자들은 예수가 그에게
축연을 위하여 필요한 것을 사러 가든지
아니면 가난한 자들에게 무엇인가를 주라는
말을 한 것이라고 생각했다.
그러나 예수와 유다 사이에서는,
이 말을 하면, 유다가 예수를 밀고하고
그 대가로 받은 돈을
에세네인 공동체의 금고에
넣기로 약속되어 있었던 것이다.
유다는 한 조각을 받아들고서
즉시 밖으로 나갔다.

그가 밖으로 나가자마자,
예수는 마음이 가벼워졌다.
왜냐하면 그들 둘은 모두
약해지지 않았기 때문이었다.
그들 둘이 예측했던 대로,

그들이 선택해놓은 대로,
그들의 계획에 따라,
유다는 떠난 것이었다.

그는 다른 제자들에게 말했다.
"이제, 인간의 아들이 영광을 얻었고
하느님도 인간의 아들로 인하여 영광을 얻으셨도다.
그리고 곧 신께서 그를 영광스럽게 하시리라.
떠나기 전에,
내가 너희들에게 새로운 계명을 주노니,
서로 사랑하라.
내가 너희를 사랑한 것같이
너희도 서로 사랑하라.
너희가 서로 사랑하면
이로써 모두가 너희들이 내 제자들인 줄 알리라."

이것이 에세네인들의 계획이었다.
왜냐하면 그들은 그가
진리에 직면하기를,
그를 통해
그들의 진리가 승리를 거두기를 바랐기 때문이었다.
예전에 이삭을 구하셨듯이
신께서 그를 구하시리라고 그들은 생각했기 때문이었다.
그들은 마침내 계시를 원했다.

그것을 위해서는,
일을 서둘러야 하며
신을 증인으로 삼아
신께서 개입하시도록 만들어,
메시아를 드러내시도록 강요해야 한다고 생각했던 것이다.

이것이 그들의 계획이었다.
이것이 그들의 음모였다.
신을 위한 음모,
신에게 대항한 음모였다.
신께서 보내신 자, 예수를
키팀 족들과
불경한 사제에게 밀고하는 것,
그것이 그들의 계획이었다.
제단 위의 어린 양이 아니라
제단 위의 이삭처럼,
그는 마지막 순간에 구원을 받을 것이었다.
예수가 그 협약을 받아들였던 것은
그들이 그를 믿듯이
그 또한 그들을 믿었기 때문이었다.

식사 후
예수와 그의 제자들은
감람산으로 가기 위해

도시를 떠났다.

그들은 겟세마니라고 불리는 곳으로 올라갔다.

그는 제자들에게 그곳에 남아

기도하라고

말했다.

그리고 그는 앞으로 나아가,

땅바닥에 엎으려

기도했다.

"아버지시여, 당신이 원하신다면,

저에게서 이 잔을 멀리하여 주시옵소서.

저의 의지가 아니라,

당신의 의지대로 이루어지기를 바라나이다."

그는 자기 의지로는 아무것도 하지 않고,

단지 신의 신호만을 기다릴 것이었다.

그는 스스로 자신을 구하지는 않을 것이었다.

그분께서 구원해주시기를 기다릴 참이었다.

그는 제자들을 찾으러 갔다.

제자들은 잠들어 있었다.

그러자 그가 그들에게 말했다.

"너희들은 어찌하여 잠을 자느냐?

일어나라.

그리고 내가 시험에 들지 않도록 기도하라.

정신은 신속하나

육신은 나약하니라."
임무를 끝까지 행하지 못하고
나약해질까
도망칠까
스스로 두려웠던 것이었다.
그러나 그는 자신을 사로잡은 유혹,
밤을 틈타
겟세마니 동산에서 도망치고 싶은
저항할 수 없는
'두려움' 이라고 불리는 그 유혹을
끝내 극복해냈다.

그리고 나서 예수는 제자들과 함께
키드론 급류를 건너갔다.
거기에는 동산이 하나 있었다.
예수는 제자들과 함께 그곳으로 들어갔다.
그를 밀고할 유다는,
군대와
제사장들이 제공한 호위병들의 선두에 섰다.
그는 횃불과 등잔과 무기들을 들고 동산에 당도했다.
바로 그때 여호와의 성전의 호위대와
키팀 족들 그리고
젤로트 당원의 아들이 들이닥쳤다.
그는 예수에게 다가갔다.

그들은 서로 껴안았다.
서로에게 희망을 주기 위해
서로를 격려하기 위해
그리고 동시에 작별 인사를 나누기 위해서였다.
예수는 자수하기 위해
그자들 앞으로 나서며
물었다.
"당신들은 무엇을 찾고 있소?"
"우리는 예수를 찾고 있소."
그들은 뒷걸음질치며
몹시 전율했다.
그 순간
그는 도망칠 수도 있었으리라.
그러나 그 순간에도 역시
그는 고집했다.
그는 다시 그들에게 물었다.
"당신들은 누구를 찾고 있소?"
그들은 대답했다.
"나자렛의 예수요."
"그자가 바로 나요."

그때, 검을 갖고 있던
시몬 베드로가
칼집에서 칼을 빼들고

악한 사제의 부하를 내리쳐,
그의 오른쪽 귀를 베었다.
무슨 계획이 꾸며졌던가를 마침내 깨닫고,
예수를 구하고자 했던 것이다.
그가 베고 싶었던 것은,
반쯤 닫혀 있었던
그 자신의 귀였다.
그러나 곧 예수가 베드로에게 말했다.
"너의 칼을 칼집에 다시 넣으라!
어째서 이러느냐?
아버지께서 주신 잔을 내 어찌 마시지 않을 것이냐?"

그때 베드로는 깨달았다.
베드로와 에세네인들 사이에서,
예수가 사랑하던 제자 요한과
베드로 사이에서,
이긴 쪽은
에세네인들이었고,
요한이었다.
검이여, 일어서라.
나의 목자 위에
그리고 나의 동반자인 그 사람 위에!

명령권을 가진 군대와

유태인 호위병들은 예수를 붙잡아
결박했다.

저녁이 되었을 때,
유다는 배반자가 아니었다.
그는 가장 순수한 자 그리고 가장 믿음이 강한 자
젤로트 당원의 아들
최후의 해방을 가장 열렬히 희망하는 자
어둠의 아들들에 맞선
메시아의 승리
예수의 승리에 대해 가장 큰 믿음을 가진 자
예수가 메시아라는 것을
가장 확신하는 자였다.
예수의 애제자, 베드로조차도
그날 저녁 예수를 세 번 부인했다.
그러나 유다는
그를 고발하라는 임무를 종파로부터 위임받은
예수의 형제였다.
그분은 메시아이며,
하늘의 왕국이 도래했으며,
어둠의 아들들에 맞서
빛의 아들들이 이제 곧 승리를 거둘 것이라는
진실이 백일하에 드러날 수 있도록 하기 위해서,
어둠의 아들들에 대항하는 빛의 아들들의

전쟁을 통해
그들은 세상의 종말을 앞당기기를 원했던 것이다.

그리고 예수는 그것을 알고 있었다.
제사장들의 면전에서 그는 말했었다.
자기 몫의 포도 열매를 받으려고
포도밭 주인이 포도 재배자들에게
심부름꾼을 보냈었다.
그러나 포도 재배자들은 그를 때려
내쫓아버렸다.
주인은 또다시 다른 심부름꾼을 보냈고,
그들은 그자에게도 주먹질을 하고
욕설을 퍼부었다.
주인은 또다시 다른 사람을 보냈다.
그러나 그들은 그에게 상처를 입히고,
밖으로 내던져버렸다.
주인은 자기 아들이라면 그들이 존중하리라고 생각하고
자기 아들을 보냈다.
그러나 아들을 보고서
포도 재배자들은 그들끼리 이렇게 말했다.
"저기 상속자가 왔군.
그를 죽여버립시다.
그러면 유산은 우리에게 돌아올 것이오!"
그들은 그를 포도밭 밖으로 던져

죽여버렸다.
그러면 포도밭 주인은 그들에게 어떻게 할 것인가?
주인은 와서
이 포도 재배자들을 멸망하게 하리라.
그리고 포도밭을 다른 자들에게 주리라.
제사장들은 그 이야기의 의미를 이해했다.
살인자 포도 재배자들은
바로 그들,
신의 민족을 독점하고 있는
악한 사제들이었고
포도밭은 이스라엘 민족이었던 것이다.

그날 저녁,
유월절 식탁 주위에 죽 늘어앉은
그들은 열세 명,
예수와
열두 제자였다.
상석에는
집주인인
예수의 사랑받는 제자 요한,
에세네인이 된 사제 요한이 있었다.
그리하여 사제들의 집에 드나들던 에세네인 요한은
예수가 체포되었을 때,
옛 제사장 센의 아들인

안나스 사제의 집으로 달려갔다.

왜냐하면 그는 예수가 어디로 끌려갈 것인지 알고 있었기 때문
이었다.

그러는 동안,

예수는 사제 앞으로 끌려갔다.

사제는 그에게

그의 가르침이 무엇인지 물었다.

예수는 말했다.

"왜 그대는 나를 심문하는가?

내 말을 들었던 자들에게 내가 무엇을 말했는가 물으라,

그들이 알 것이니."

그러자 안나스는 예수를 위원회로 보냈다.

산헤드린이 소집되었고

그는 침묵을 지켰다.

양털을 깎는 자 앞에 선

말없는 어린 양처럼

그는 입을 열지 않았다.

"그대는 자신을 변호하기 위해 할말이 없는가?"

대제사장 가야바가 물었다.

그러나 예수는 여전히 입을 다물고 있었다.

"그대가 메시아인가?"

"그렇다. 내가 그러하다.

하늘의 구름을 타고 오시는

전능하신 분의 오른쪽에 앉아 있는

인간의 아들을 그대들은 보게 되리라."
그러자 사제가 그의 상의를 찢었다.
"이제 다른 무슨 증인들이 필요한가?
그대들은 그의 배반의 자백을 들었노라.
그대들은 어떤 결정을 내릴 것인가?"
그는 불경한 사제였다.
예수는 죽어야 마땅하다고 위원회는 결정했다.
예수는 신을 거역한 것이 아니라
티베리우스 카이사르를 거역하여
모독한 것이었다.
그들은 밀고자들이었다.
그들은 카이사르의 대리인 앞에서 예수를
고발하는 고소장을 만들었다.
그러나 예수는 법을 위반하여 신성모독을 하지 않았다.
그러기에 그는 돌로 쳐 죽임을 당하지 않았던 것이다.
그가 신의 신성한 이름을 입에 올리지 않았기 때문이있다.
그 다음날 아침,
예수는 본디오 빌라도 앞에 출두했다.
예수가 나라 안에서
전복을 꾀하는 데 몰두했으며,
카이사르에게 조세를 바치는 것을 금지했고
자기가 메시아, 왕이라고 주장했다고 그들은 말했다.
그러자 빌라도는 테라스로 나와
이렇게 물었다.

"무슨 일이냐?"

"이자는 범죄자이옵니다."

"그렇다면, 너희들이 알아서 하라.

너희들의 법에 따라 그를 심판하라."

"이건 종교적인 위법이 아니옵니다."

빌라도가 예수에게 물었다.

"그대가 유태인의 왕인가?"

"그대 스스로 그렇게 말하는 것인가,

아니면 다른 사람들이 그대에게 그렇게 속삭였는가?"

"내 자신이 유태인인가?

그대를 내게 넘긴 것은

그대의 민족, 대제사장들이다.

그대는 무슨 일을 했는가?"

"나의 왕국은 이 세상의 것이 아니로다."

"그럼 그대는 왕인가?"

"나는 왕이로다. 그대가 그렇게 말했도다.

나는 이 진리를 증거하기 위해 태어났고,

이 세상에 왔도다.

진리를 존중하는 자는 내 말에 귀를 기울여라."

"진리란 무엇을 의미하는가?

나는 그에 대해서는 아무런 책임도 없다."

"갈릴리에서부터

이곳까지

그는 유태 방방곡곡에

가르침을 퍼뜨리면서 민중을 선동하고 있사옵니다."
"그러니까 그는 갈릴리 사람인가?
그렇다면 갈릴리의 소왕
헤로데 안티파스의 관할 소관이니
고소장을 헤로데 왕 앞으로 다시 보내라."
불경한 사제는 예수를 헤로데 왕의 궁정으로 끌고 갔다.
그러나 왕은 침묵을 지켰고
불경한 사제는 예수를 비난했다.
헤로데는 죄인을 다시 빌라도에게 보냈다.
불경한 사제는 그의 노예들과
법정의 친구들을 모았다.
그러나 빌라도는
유월절이므로
예수에게 태형을 가한 후
돌려보내야 한다고 말했다.
불경한 사제에게 부추김을 받은 군중들은
예수가 아니라
바라바를 원한다고 소리쳤다.
빌라도는 예수를 태형에 처하게 했다.
그에게 가시관을 씌우고
어깨에 진홍빛 망토를 걸치게 해서
그를 왕처럼 꾸몄다.
군중은 그를 십자가형에 처해야 한다고
소리쳤다.

그래서 바라바는 풀려나고
예수는 사형 언도를 받았다.
'나조레앵* 예수, 유태인의 왕'이라는
패를 그의 십자가 위에 걸게 했다.
스스로 노즈라 하베리트,
계약의 수호자들,
나조레앵이라고 명했던 에세네인들처럼
예수는 나조레앵이었기 때문이었다.

예수는 로마 호위병들에게 끌려갔다.
그는 시의 서쪽 문을 지나갔다.
그러나 언덕 위에서 무슨 일이 일어났는지
아무도 몰랐다.
축제가 시작되는 때인데다가,
모든 사건들이 너무나 성급히 일어났고
비밀에 싸여 있었다.
꾸며진 음모에 대해서는
아무도 몰랐다.
십자가 가까이
예수의 어머니가 있었고
사랑하는 제자, 요한이 있었다.

---

* 이 소설에서는 '나자렛 예수'가 아니라 '나조레앵 예수', 즉 '계약의 수호
자 예수'라는 가정이 중요한 테마다.(옮긴이)

막달라 마리아,
야고보의 어머니, 마리아
야고보의 어머니, 살로메
제베대오의 아들, 요한.
병정들이 예수의 상의를 제비뽑기로 가졌다고
〈시편〉에 씌어 있다.
그들이 예수의 두 손과 두 발에 구멍을 뚫었다고
〈시편〉에 씌어 있다.
대제사장들과 필사생들이 그를 비웃었다고
〈시편〉에 씌어 있다.
그들은 이렇게 외쳤다.
"그자가 주님 품안에 자신을 맡겼으니,
주께서 그를 사랑하신다면 그를 풀어주시기를."
〈시편〉에 그렇게 씌어 있다.
그들이 그에게 식초를 조금 주었다.
그의 옆구리에는 창에 뚫린 구멍이 나 있었나.
〈즈가리야 서〉에 이렇게 씌어 있다.
계획이 지켜지고,
성경이 성취되도록 하기 위해
이러한 일들이 일어났다고.

사제들에게 부추김을 받은 군중은
예수의 죽음을 요구했다.
불경한 사제는

구세주에 대한 증오를 외쳤다.
바리새인들은 보이지 않았다.
그들은 그곳에 없었다.
그들은 에세네인들과 가까웠기 때문이었다.
유다도 보이지 않았다.
희생자,
신앙심이 깊은 자,
예수와 신을 믿었던
강하고 정직한 그였다.
그는 깨달았다.
그리고 받은 돈을
에세네인들이 아니라
사제들에게 돌려주고
자살했다.

너무 늦었기 때문이었다.
대면의 시간이 왔고
이제 이 세상에서는
아무도 아무것도 할 수 없었기 때문이었다.

그날 저녁,
에세네인들은 단식을 했다.
신의 개입을 청하기 위해
그들은 밤새 기도했다.

어두운 골고다 언덕 위로 사람들은 그를 끌고 갔다.
그리고 십자가 위에 못박았다.
그리고 그의 옷을 제비뽑기로
나누어 가졌다.
예수의 오른편에 한 명,
예수의 왼편에 한 명,
두 명의 강도가 있었다.

자신을 때리는 자들에게
그는 등을 내밀었고
수염을 잡아 뽑는 자들에게
뺨을 내주었다.
사람들이 욕을 하고 침을 뱉어도
얼굴을 돌리지 않았다.
학대받고, 억압당했으나,
제단에 끌려가는 어린 양처럼
전혀 입을 열지 않았다.
고통과 불안,
징벌이 그를 덮쳤다.
그가 자기 민족의 죄를 위해 매맞고
산 자들의 땅에서 삭제된 것이라고
동시대의 사람들 중
그 누가 믿었던가?

불행히도, 그는 인간이 아니라 한 마리 벌레였다.

사람들의 오욕이었고

민족에게 멸시받은 자였다.

그를 본 사람들은 모두 그를 조롱했다.

그들은 입을 열어 이렇게 말하면서

고개를 설레설레 흔들었다.

"영원하신 신께 자신을 맡기지 그래!

그분이 그대를 사랑하시니

그대를

해방시키실 것이야."

"나는 흐르는 물과 같아서,

나의 뼈들은 제각기 떨어져나가고

밀랍 같은 내 심장은

내장 속에서 녹아내리는도다.

내 힘은 진흙처럼 말라버리고

혀는 입천장에 들러붙도다.

그대가 나를 죽음의 먼지로 만드는도다.

개들이 나를 에워싸고

간악한 무리가 내 주위를 배회하며,

내 두 손과 발에 구멍을 뚫었기 때문이도다.

내 모든 뼈들을 내가 셀 수 있으리라.

그들은 나를 관찰하고

나를 쳐다보다

내 옷가지를 나눠 갖고

내 상의를 놓고 제비뽑기를 하는도다.
오욕이 내 마음을 찢으니
고통스럽도다.
연민을 기대하나 헛수고요.
나를 위로해줄 자를 찾으나 헛수고로다.
아무도 없도다.
그들은 내 음식에 담즙을 넣고,
나의 갈증을 억누르려고
내게 식초를 먹이는도다.
그대가 후려치는 자를 그들이 박해하기 때문이도다.
그대가 상처주는 자들의 고통을 그들이 이야기하기 때문이도다.
그들은 그들로 인하여 몸에 구멍이 뚫린 자,
내게로 시선을 돌리리라.
외아들을 애도하듯이
그들은 그들로 인하여 몸에 구멍이 난 자를 애두하게 되리라.
첫아들을 애도하듯이
그들은 고통 속에 눈물을 흘리리라."

지나가는 사람들은 예수에게 욕설을 퍼부으며
이렇게 말했다.
"성역을 파괴하고
사흘 만에 다시 짓겠다던 그대여,
십자가에서 내려와
그대 자신이나 구해보시지."

불경한 사제도
필사생들과 함께
비웃었다.
"다른 사람들을 구한 그가
자기 자신은 구할 줄 모르는구려.
메시아,
이스라엘의 왕,
그가 이제 십자가에서 내려오는 것을
우리가 보기만 한다면
우리가 보기만 한다면야!"
그와 함께 십자가형에 처해진 자들 또한 그에게 욕설을 퍼부었
다.

영원하신 신과 그의 기름부음을 받은 자에 대항하여
지상의 왕들이 들고일어났고
왕자들이 서로 동맹을 맺었다.
인간들에게 경멸당하고 버림받은
고통을 짊어진 그 남자는 통증에 익숙해졌다.
사람들로부터 멸시받는 자를 대하듯
그들은 그를 존중할 생각조차 하지 않았다.
건축가들이
던져버린 돌이
궁륭의 열쇠가 되었다.
그의 적들은 그에 대해 심술궂게 말했다.

"그는 언제 죽을까?
그의 이름이 언제 사라질 것인가?"
그의 적들은 저들끼리 그를 음해하는 말을 속삭였다.
그의 불행이 그의 파멸을 초래할 것이라고 그들은 생각했다.
"그대 두 손의 이 상처는 어디서 입은 것이오?"
사람들이 물으면
그는 이렇게 대답했다.
"나를 사랑하는 자들의 집에서
얻은 상처요.
검이여, 내 목자 위에 일어서라.
목자를 후려쳐라, 양들이 흩어지도록.
심술궂고 기만에 찬 입을 열어
그들은 나를 모함하고,
거짓 혀를 놀려 내게 말하고
증오에 찬 말로 나를 에워싸며,
내게 이유없는 싸움을 거는도다.
나는 그들을 사랑하는데,
그들은 나의 적이로다.

내가 비탄 속을 걸어갈 때,
당신께서 내게 생명을 주시고,
내 적들의 분노 위에 당신의 손을 뻗치시어
당신의 오른손으로 나를 구원하시는도다.
영원하신 신께서 나를 위해 움직이시리라.

죽음의 고요가 나를 에워싸고,
죽음의 그물이 나를 덮쳤도다.
비탄에 잠긴
나는 영원한 신께 간청했도다.
나의 신께 외치니,
그분의 궁전에서
그분은 내 목소리를 들으셨고,
내 외침이 그분 앞, 그분의 귀에 이르렀도다.
그 소리에 대지가 진동하고
떨었으며
산들의 기초가 흔들렸도다.
그분께서 저 높은 곳에서 손을 뻗치시어
나를 잡으시고,
내게서 계급을 떼어내셨도다.
그분께서 나를 강력한 나의 적으로부터 풀어주셨도다.
오라, 영원하신 분께로 돌아가세.
그분께서는 우리의 가슴을 갈기갈기 아프게 찢으셨으나,
우리를 치유하실 것이니.
우리를 치셨으나,
우리의 상처에 붕대를 감아주실 것이니.
이틀 만에 그분은 우리에게 생명을 돌려주실 것이며,
사흘째에는
우리를 일으켜 세우실 것이니.
우리는 그분 앞에서 살게 되리로다.

끊임없이 내 눈앞에는 영원하신 그분이 보이는도다.

그분이 내 오른편에 계시니

나는 흔들리지 않는도다.

나의 마음은 기쁨에 젖어 있고,

나의 정신은 환희에 잠겨 있으며

나의 신체는 평온 속에 휴식하는도다.

당신은 내 영혼을 사자(死者)들의 거처에 넘기시지 않을 것이니,

당신이 지극히 사랑하는 자가 부패를 보기를

당신은 허용치 않으시리라.

당신께서 내게 삶의 오솔길을 알게 하시리로다.

당신의 얼굴 앞에 풍요로운 기쁨이 있고,

당신의 오른편에 영원한 쾌락이 있도다.

신께서 사자들의 거처에서 당신의 영혼을 구하시리라.

그분이 나를 그분의 보호 아래 두실 것이기 때문이로다.

영원한 신이시여! 왕께서 당신의 강력한 보호를 기뻐하시는도다!

오! 당신의 도움은 얼마나 그분의 마음을 환희로 가득 채우는가!

당신은 그의 머리 위에 순금 왕관을 얹으셨도다.

그는 생명을 요구했고,

당신은 그에게 그것을 주셨도다.

그 생명을 영원히 돌려주셨도다.

당신의 도움 덕택에 그의 영광이 막대하노니,

당신께서 그의 위에 광채와 화려함을 놓았도다."

"너의 칼을 도로 넣어라.
열두 군단 이상의 천사를
내 휘하로 금방 보내주실
나의 아버지께 내가 도움을 청할 수 없으리라 생각하느냐?
달리 어떻게 성경이 완성되겠느냐?
성경에 의하면 이렇게 되어야 하는 것을."
그는 베드로에게 이렇게 말했었다.
그는 자신이 구원을 받으리라고 생각했고,
믿었다.
마침내 그렇지 않으리라는 것을
신께서 그를 버리시리라는 것을
깨닫게 될 그 순간이 오기까지 그는 그렇게 알고 있었다.

메시아가 숨을 거둔 날,
하늘은 전혀 어둡지 않았다.
기적의 징조 같은
빛은 조금도 비치지 않았다.
어떤 어둠도 하늘을 어둡게 가리지 않았다.
하늘에는 아직도 미미한 잔광이 남아 있었다.
그날은 여느 날과 똑같은 하루였다.
이러한 정상 상태가
전조의 부재를 알리는 징조는 아니었다.

그의 임종은 느리고 고통스러웠다.

그의 호흡은 긴 한탄과

크나큰 절망으로 꺼질 듯하면서도 길게 이어졌다.

그의 머리카락과 수염엔

이제 더이상 지혜의 열정은 없었다.

보살피고 치유하던 모습도 없었다.

그의 시선에서는

새로운 세계의 도래를 이야기할 때 볼 수 있었던

불꽃도

열정도

복음도

예언도 사라져버렸다.

쥐어짜놓은 행주처럼 황폐한 그의 육신은

고통뿐이있다.

살갗 위로 불거진 뼈들은

죽음을 연상시키며 길게 뻗어 있었다.

갈기갈기 찢어진 옷,

너덜너덜해진 수의처럼

윤기를 잃은 피부는

펼쳐져 더럽혀진 두루마리,

난자당한 선 주위로

피 묻은 글씨가 배회하는 낡은 양피지에 불과했다.

못박혀

늘어진 사지에는
보랏빛 핏자국이 얼룩져 있었다.
구멍이 뚫려,
오그라든 두 손바닥에선
피가 흘러내렸다.
심장에서는 미지근한 용암이 뿜어져나왔다.
말라붙은 입술엔
사랑의 말도 메말라붙었다.
힘없는 그의 벗은 가슴이
갑자기 부풀어올랐다.
벌거벗겨지고 희생된
그의 몸에서 심장이 터질 듯 빠져나올 것 같았다.

자기 피에 취한 듯,
몽롱한 눈,
입을 반쯤 벌린 채
굳어버린 그는
무고한 모습이었다.
그는 성령을 향해 갔을까?
그러나 마지막 희망으로,
그가 그분의 이름을 부르며
간청하던 그때조차도
성령은 그를 저버렸다.
"우리와 함께 하는 신이시여

신께서는 구세주이시니
저를 구하소서."

그에게서는
기적을 일으키던 스승 랍비,
구세주, 가난한 자들을 위안하던 모습,
병자와 미친 자와 불구자 들을
치유하던 모습은 전혀 찾아볼 수 없었다.
아무도 그를 구제할 수 없었다.
아무도, 그 자신마저도.
사람들은 그에게 물을 조금 베풀고
그의 고통을 닦아주었다.

세시였다.
질망 속에시
고독 속에서
비탄 속에서
실망 속에서
그는 모든 것이 끝났다는 것을 깨달았다.
예수는 외쳤다.

"엘리, 엘리, 라마 사박다니?"

이렇게 예수는 숨을 거두었다.

누가 하늘에 올라갔는가?
누가 하늘에서 내려왔는가?
누가 그의 두 손 안으로 바람을 거두어들였는가?
누가 세상의 끝을 나타나게 했는가?
그의 이름은 무엇이며,
그 아들의 이름은 무엇인가?
그것을 그대는 아는가?

신께서 그를 저버리시지 않을 것이라고
그들은 말했었다.
그들이 예측한 사명을 위해
그가 끝까지 가기를 그들은 원했다.
그만큼 그들은 그가 메시아라고 확신했다.
그만큼 그들은 자기들이 전쟁에서 이길 것이라고 생각했다.
그들은 마지막 전쟁을 촉발하고자 했다.
사제들과
키팀 족들과의 대결,
이 지옥 같은 지배 속에서
예수가 그들이 기다리던 메시아임을
모든 사람에게 보여주고자 했다.
그것이 마지막 전쟁의 시작일 것이었다.
신의 왕국의 도래에 앞서 오는 그 전쟁의 끝에
그들은 구원받을 것이었다.

그 전쟁을 기다리는 데 그들은 지쳐 있었다.

그들은 행동하고자 했다.

그들은 시간의 흐름을 앞당길 만큼 스스로 충분히 강하다고 느꼈다.

그들의 밀사, 그의 이름은 예수였다.

그들은 그가 죽는 것을 보기를 원치 않았다.

그들은 자기들이 이기리라고 생각했다.

국가들 사이의 이러한 소요,

민족들 사이의 이 헛된 생각들은 왜일까?

대지의 왕들은 왜 들고일어나는 것일까?

주에 대항하여

그의 기름부음을 받은 자에 대항하여

왕자들은 왜 더불어 연합하는 것일까?

최후의 시간에,

불경한 자들은 서로 연합하여

정의의 스승에 대항하여 그를 파멸시키고자 할 것이다.

그러나 그들의 계획은 실패로 돌아갈 것이다.

키팀 족들은 많은 나라들을 지배하고 있다.

왕자들,

장로들,

불경한 위원회의 도움을 받아

이스라엘을 통치하는 예루살렘의 사제들.

자신을 기다리고 있는 운명을 그는 알고 있었다.
국가들 위에 군림하고
그 국가들을 심판하기 위해
다시 영광 속에서 자신이 돌아오리라는 것도 그는 알고 있었다.

이렇게 그들은 그를 설득했었다.
그리고 그들은 그를 죽이게 했다.
그들은 그 일이 너무도 치욕스러워
예수의 진짜 이야기를
그들끼리 숨기기로 엄숙하게 맹세했다.

어떤 이들은 기적이 일어나기를
그가 부활하여 신으로 받들어지기를
혹은 그들의 예언대로 대이변이 일어나
모든 것을 휩쓸어가버리기를 기다렸다.
어떤 이들은 번개가 빛을 뿜으며 하늘을 가르는 것을 보았다.
어떤 이들은 꿈속에서
그를 보았노라고 말했다.
그러나 현세,
그것은 지상이며, 이 세상이었다. 아무것도 아니었다.

어느 날엔가 그는 오리라.

그는 다윗의 혈통,

에세네인의 혈통에 속하리라.

그는 지상에서 위대한 자가 되리라.

모든 자들이 그를 경배하고 그를 섬기리라.

그는 위인으로 명명될 것이며, 그의 이름은 지칭될 것이다.

그는 신의 아들이라 불릴 것이며

그들은 그를 지고의 신의 아들이라 부를 것이다.

유성처럼,

환영처럼, 그의 왕국은 그와 같을 것이다.

지상에서

그들은 앞으로 몇 년을 더 군림할 것이며

모든 것을 파괴할 것이다.

한 국가가 다른 국가를

한 지방이 다른 지방을 파괴하여

신의 민족이 들고일어나

그 칼을 포기할 때까지 파괴는 계속되리라.

이교도의 사도,

희생된 정의로운 자,

그는

그의 시간에

기름부음을 받을 것이며

어둠의 아들들과

불경한 사제에 대항하여 싸울 것이며

그의 시간에 그는 그들과 싸워 이길 것이다.

3787년

예수가 사랑하던 애제자,

숨겨진 사제, 에세네인 요한 씀.

눈으로 본 자는 증언을,

진정한 증언을 해야 하기 때문이다.

자신이 진실을 말했음을 그 자신은 알고 있기 때문이다.

메시아의 두루마리

여호수아로 불렸던 자, 그는 돌아올 것이다.
신께서 구원하실 것이다.
신께서 처음에
그를 구원하지 않으셨기 때문이다.
그는 아들이었다.
그는 성령이 되었으며
아버지가 되어
다시 돌아올 것이다.
그리고 어린 양처럼
묶일 것이며
구원될 것이다.

신께서
그분의 말씀을 완수하기 위해 구원하실 것이기 때문이다.

뿌리에서 새싹이 자라리라.
영원한 신의 성령이 그 위에서 휴식하리라.
지혜와 지성의 정신,
충고와 힘의 정신,
학문과 영원한 신의 염려하는 마음이
그 아들 위에 있으리라.

전쟁이, 복수가 있기 전에는
아무 일도 일어나지 않으리라.
어둠의 아들들과 싸우는 빛의 아들들,
레위의 아들들,
유다의 아들들,
베냐민의 아들들,
벨리알 군대에 쫓겨
사막에 유배된 자들,
팔레스틴의 주민들,
아슈르의 키팀 족 도당들,
그리고 그들을 도와준 배신자들.
빛의 아들들은 예루살렘과
여호와의 성전을 다시 정복하리라.
그리고 일곱 나라와의 이 전쟁은

사십 년 이상 계속될 것이다.

그 일은
파괴와
재난과
증오와
질병과
형제 살육전과
민족 말살 전쟁과
집단 학살의 시대가 지나간 후
일어날 것이다.

그리고 그 일은
다윗의 혈통이요
사막의 아들들의 혈통인
인간의 아들이 오면
일어날 것이다.
사람들은 그의 머리 위에
발삼유를 부을 것이며,
그는 기름부음을 받은 자가 될 것이다.
이교도 남자에 의해,
구멍 뚫림의 고통을 받은 의인에 의해,
부활한 엘리야와 요한에 의해,
그에 의해, 그분은 예언될 것이다.

그리고 숲속의 악마에게
그는 유혹당할 것이다.
세 번에 걸쳐
그는 승리자가 될 것이다.
그는 하늘의 구름을 타고 오는 영광의 왕이 될 것이다.
메마른 땅을 뚫고 나오는 새싹과도 같은
연약한 식물,
당나귀를 탄 겸손한 왕이 될 것이다.
그리고 호세아가 말했던 것처럼
독실한 신자는 고통받을 것이다.
나는 가리라. 내 거처로 돌아가리라.
그들이 저들의 죄를 자백하고
내 모습을 찾을 때까지.
영원한 신의 손이 내 위에 있으리라.

그의 빵을 먹는 모든 자들이
그에게서 발길을 돌릴 것이다.
그의 집회에 참여한 모든 자들이
사악한 혀로
그를 헐뜯을 것이다.
그들은 불행의 아들들 곁에서 그를 비방할 것이다.
그러나 그것은 신의 목소리를 격하게 만들리라.
그들의 잘못 때문에,

신께서 지성의 샘과 진실의 비밀을 감추어버렸다.

다른 자들은 그의 비탄에 또다시 비탄을 보태리라.
그들은 어둠 속에 그를 가둘 것이다.
그는 탄식에 젖은 빵을 먹을 것이며,
끊임없이 눈물을 흘리며 물을 마실 것이다.
그의 두 눈은 슬픔으로 흐려지고
그의 영혼은 일상의 쓰라림 속에 잠길 것이기 때문이다.
두려움과 슬픔이 그를 감쌀 것이다.

이윽고 전세계에
전쟁이 일어날 것이다.
그는 어둠의 아들들과 싸울 것이다.
쉬지 않고,
그는 아차같이 그들의 뒤를 쫓을 것이다.
또한 그는 불경한 사제와
싸울 것이다.
그리하여 그를 이길 것이다.
또한 그는 계율과 더불어
불경한 사제를 죽일 것이다.

그러는 동안, 모든 것이 메시아의 도래를 위해 준비될 것이다.
모든 것이 사막에서 준비될 것이다.
옛 성전에서 나온

귀중한 보석들과 성물들,
보물이 있을 것이다.
이는 그가 영광에 싸여
예루살렘으로 들어가
여호와의 성전을 다시 세우기 위한 것이니,
그는 자신의 환영 속에서 본
성전을 다시 세울 것이다.

인간의 아들, 그분이 갖게 될
군대는 해골로 가득 찬 들판에서 나올 것이다.
여기, 이 들판 너머, 그들의 숫자는 엄청날 것이다.
그들은 너무도 가차없는 군대일 것이다.
그때 만군의 신은 그에게 말씀하실 것이다.
"인간의 아들아, 이 해골들이 정말 부활하겠는가?"
그러면 그는 대답할 것이다.
"주님, 영원한 신이시여,
당신께서 그것을 알고 계십니다."
그리고 신께서 다시 그에게 말씀하시리라.
"이 해골들에게 예언하라.
그들에게 말하라.
너희들, 메마른 해골들아,
영원한 신의 말씀을 들으라."
그리하여 영원한 주님은 이렇게 말씀하셨다.
"이 해골들아, 이제 내가 너희들에게 정신을 불어넣겠노라.

그러면 너희들은 부활하리라.
내가 너희들에게 신경을 통하게 하리라.
내가 너희들에게 살이 돋게 하리라.
그리고 나서 너희들에게 정신을 넣어주리라.
그러면 너희들은 부활하리라.
너희들은 내가 영원한 신인 줄 알게 되리라."
그분께서 그에게 부탁한 대로
그는 예언하리라.
예언하는 즉시,
소음이 일고
전율이 있을 것이다.
그 해골들은 서로서로 다가설 것이다.
그는 바라볼 것이다.
마침내
그들에게 신경이 형성되고
살이 돋게 될 것이다.
그리고 그 위에 피부가 덮일 것이다.
정신이 그들 속으로 들어가면
그들은 부활하여
두 발로 서서
다시 강력한 대군이 될 것이다.

그는 그의 군대를 이끌고
예루살렘으로 갈 것이다.

그는 황금 문으로 들어가
그가 환영 속에서 보았던 그대로,
여호와의 성전을 다시 세울 것이다.
그토록 기다렸던
하늘의 왕국은
사자*Lion*로 불리게 될
구원자인
그에 의해 도래할 것이다.

그리고 이 모든 일들은
5760년에 일어나리라.

역자 후기

'거룩한' 죽음에 대한 질문

『쿰란』은 프랑스 최고의 지성인을 양성하는 고등사범학교 출신이며, 철학 교수 자격증을 딴 27세의 젊은 여성, 엘리에트 아베카시스의 첫 소설이다. 이 소설의 출발점은 기독교의 기원에 대한 비신자 입장에서의 의문, 혹은 합리적 사고를 하는 신자 입장에서의 의문이라고 할 수 있다. 기독교는 지난 이천 년간 가장 많은 신자를 가져온 종교이며, 서구 문화와 서구 정신을 이해하는 데 필수적이다. 기독교에서 예수는 하느님의 아들이라고 말해진다. 하느님이 인간을 너무나 사랑하여 하나밖에 없는 아들을 내주었으며, 그로 하여금 인간의 죄를 대신하여 십자가에 못박혀 숨을 거두게 하였다고 한다. 그러나 예수의 죽음에 관한 성경의 구절에는 모호하고 모순된 점도 적지 않다. 아베카시스는 여기서 출발한다. 그리하여 예수에 관한 현실적이며 역사적인 질문들을 중심으로 놀라운 신학적 소설을 써낸다. 그 출발점이 되는 의문 사항들은 다음과 같다.

예수는 실존 인물인가?
누가 예수를 죽였는가?
왜 죽인 것일까?
예수는 정말 신의 아들이었을까?

그렇다고 해서 『쿰란』이 심각한 신학적 논쟁으로 점철된 지루하고 무거운 소설인 것은 아니다. 또한 예수의 내면 세계를 그린 전기적 소설도 아니다. 예수의 '거룩한' 죽음에 관한 '현실적인' 의문 사항들을 규명하고자 하는 이 소설의 시간적 배경 또한 예수가 살았던 이천 년 전 과거만은 아니다. 『쿰란』에는 이천 년 전 예수의 죽음과 20세기 말의 연쇄살인 사건들이 비밀스럽게 맞물려 있다. 세기말의 잔혹한 살인 사건들의 열쇠를 풀기 위해서는 예수의 죽음에 관한 의문점을 풀어야 하기 때문에 『쿰란』에는 고고학적, 신학적 토론이 동원된다. 그러나 그것은 한가로운 탁상공론이 아니다. 신학적 담론들은 예루살렘-뉴욕-파리-런던을 오가며 벌어지는 살인 사건과 긴밀히 맞물려 있다. 그리하여 독자는 그 피의 소용돌이를 숨가쁘게 따라가면서, 소설 곳곳에서 제공되는 신학적인 지식을 바탕으로 기독교의 역사적 기원과 예수의 현실적 죽음을 흥미진진하게 추리하게 된다. 이렇듯 『쿰란』은 스릴과 박진감이 넘치는 지적 추리소설인 동시에 신학적 모험소설이다.

소설의 사건은 1999년에 시작된다. 예루살렘의 정통 가톨릭 대주교가 끔찍한 십자가형에 처해져 살해된 채 발견된다. 그후 이 십자가형 살인은 연속적으로 일어난다. 그리고 일련의 사건 배후에는 쿰란의 사라진 두루마리가 있다.

이스라엘 군당국은 극비리에 세계적으로 유명한 고고학자 다윗 코헨과 그의 아들 아리에게 사라진 두루마리를 되찾는 임무를 맡긴다. 소설의 주인공이자 화자인 아리는 예루살렘의 메아 셰아림에 사는 초정통 유태교인 하시드다. 그는 부친과 함께 유다 사막에서 뉴욕, 런던, 파리로 잃어버린 두루마리의 흔적을 찾아 떠난다. 그런 와중에 연속적인 살인, 미행, 납치, 유폐, 난투극, 연애 사건들이 벌어진다. 두 주인공은 사해 두루마리를 접하고 해독할 수 있었던 사람들을 찾아 나선다. 그러나 그들이 접근하기 전, 혹은 접근한 후에 그 사람들은 하나하나 십자가형에 처해진다. 누가 이들을 십자가형에 처하는 것일까? 사라진 육필 두루마리 속에는 예수에 관한 어떤 굉장한 비밀이 숨겨져 있기에 그것을 접한 사람마다 죽는 것일까? 바티칸과 교황 성서위원회는 왜 또 이 사라진 두루마리 찾기에 끼어드는 것일까? 숨가쁘게 연속되는 사건과 의문들은 독자를 이천 년 전 예수가 살아 있던 당시 유태의 정치적, 종교적, 역사적 상황으로 이끌고 간다. 정리하면 이렇다.

신학적·고고학적 대발견 : 쿰란의 사해 두루마리
쿰란 두루마리는 예수에 대해 말하고 있는가?
누가 예수를 죽였는지 말하고 있는가?

또한 이 소설은 실제의 고고학적 발견을 토대로 한 신학적인 주장들 위에 세워진 것이다. 소설의 제목 '쿰란'은 중대한 신학적·고고학적 발견이 이루어진 이스라엘의 한 지명이다. 1947년 사해 연안에 위치한 쿰란의 동굴에서 양피지 두루마리들이 발견되었다. 한 목동이 잃어버린 양을 찾으러 그 동굴 속으로 들어갔다가 커다란 항아리들과 그 속에 보관되어 있던 두루마리들을 발견했던 것이다. 이 두루마리들과 조각 난 단편들을 신학계에서는 사해 문서(두루마리) 혹은 쿰란 텍스트라고 부른다. 그것을 쓴 사람들은 에세네 파 교인들로 추정되고 있다. 에세네 파는 바리새 파, 사두개 파와 함께 유태교의 한 종파로서, 공동체 생활을 했던 것으로 전해진다. 에세네 파 교도들이 손으로 베껴쓴 이 문서들은 성서와 유태교, 기독교의 초기 사건들을 담고 있는 사본들 중 가장 중요한 발견물이다.

쿰란 두루마리의 발견에 얽힌 이야기들과 그 두루마리들이 밝혀주는 예수와 기독교의 기원에 관한 새로운 사실들 또한 이 소설의 뼈대와 살을 이루고 있다. 그리하여 작가는 묻는다. "이 쿰란 텍스트는 예수에 대해 말하고 있는가? 예수를 죽인 자가 누구인지 말하고 있는가? 그 당시 예수를 죽일 수밖에 없었던 정치·사회·종교적 상황에 대해 이야기하고 있는가?"

이 소설에서 소개되는 쿰란 두루마리의 발견과 그 내용, 쿰란 공동체에 관한 사실들은 『기독교 대백과 사전』(대한 기독교 서회 간행)이나 『신약성서 배경사』(E. 로제, 박창권 옮김, 대한 기독교 출판사, 1984) 등에서 읽을 수 있는 것과 놀랄 만큼 일치한다. 쿰란 문서 발견 당시의 이스라엘과 그 주변 국가들의 정치적 상황, 발견한 자들과 그것을 해독하는 과정도 인명만 제외하곤 거의 일치한다. 위의 질문들은 쿰란의 고고학적 발견에 접하는 사람들이 자연스레 품게 되는 의문점이자, 이 소설의 주인공이 풀려고 하는 의문의 핵심이다.

에세네인 공동체의 중심이었던 거주지의 발견과 그 거주지의 묘사, 그리고 쿰란에서 발견된 중요 두루마리의 내용('정의의 스승'에 대해 언급하는 〈찬양의 노래 두루마리〉, 어둠의 아들들과 빛의 아들들에 관한 싸움을 이야기하는 〈전쟁의 두루마리〉, 숨겨진 보물 목록과 보물 지도를 그리고 있는 〈청동 두루마리〉) 또한 『기독교 대백과 사전』이나 『신약성서 배경사』에서 이야기하고 있는 것과 일치한다. 다만 이 소설은 이러한 사실들을 단순히 전달하는 데 그치지 않는다. 탁월한 소설적 구성으로 20세기 말의 십자가 연쇄살인 사건의 비밀을 풀고, 그 단서와 범인을 찾는 일 속으로 독자를 끌어들인다. 그리하여 독자로 하여금 쿰란 두루마리를 추적하고 그것이 기독교에 대해 밝혀주는 새로운 사실과 유태교에 미치는 현실적인 파장을 추리해나가도록 유도한다. 이것이 이 흥미진진한 소설의 플롯이다.

사해 두루마리들을 인용하면서, 작가는 예수에 관한 신학적 의

문들을 독자에게 일깨운다. 쿰란 텍스트에는 예수라는 이름이 언급되어 있지 않다. 그러나 이름이 명명되지 않은 ‘정의의 스승’(『기독교 대백과 사전』에는 ‘의로운 교사’로, 『신약성서 배경사』에는 ‘의(義)의 선생’이라고 번역되어 있음)에 대한 구절이 있으며 그는 유태교를 정면으로 비난한 ‘불경한 사제’라고 되어 있다. 이 ‘정의의 스승’을 예수라고 해석할 수 있을까? 이러한 신학적인 의문을 소설 『쿰란』은 한 인물의 입을 통해 이렇게 제기한다.

가톨릭 교회는 두루마리들을 통해 밝혀진 사실들의 중요성을 더이상 부정할 수 없습니다. 예를 들자면 이름없는 정의의 스승, 공식적인 유태교와 여호와의 성전의 숭배와 분명하게 결별한 그는 어떤 ‘불경한 사제’에게 박해를 받았다는 사실입니다. 그는 누구였을까요? 그는 죽임을 당했거나, 혹은 ‘나무에 산 채로 매단’이라는 두루마리의 표현이 암시하는 대로 십자가에 못박혔을까요? 그는 예수와 관계가 있을까요? 어쩌면 정의의 스승과 예수는 동일인일지도 모른다고 말하는 것이 신을 모독하는 걸까요?(1권, 200쪽)

사실 『기독교 대백과 사전』의 설명에 의하면 사해 두루마리에 이름이 없이 ‘정의의 스승’이라고 언급된 사람이 예수라는 극단적인 주장이 타이커라는 신학자와, 보다 최근에는 바에르라는 신학자에 의해 제기되었다고 하며, 또한 기독교는 에세네 파의 파생체이며, 예수는 ‘의로운 교사’의 후계자라는 중간적 입장의 주장도 있었다고 한다.

소설 속에서 쿰란 두루마리 해석에 참여했던 한 인물은 위의 가설의 증거로서 다음과 같은 사실을 밝혀준다.

    에세네인들과 초기 기독교 교단 사이에 놀랄 만한 유사성이 있다는 것은 모든 사람들이 알고 있습니다. 이 유사성은 결코 우연의 결과일 수 없습니다. 두 공동체는 그들의 재산을 공동으로 관리했습니다. 일종의 총괄 금고 속에 공동 재산을 보관한 것입니다. 보물 금고였죠. 공동체의 구매를 위해 필요한 것은 정식 자격을 갖춘 재정관이 다시 나누어주었습니다. 예수는 어느 부자에게 가지고 있는 모든 것을 '가난한 자들'에게 주라고 말했습니다. '가난한 자들'이라는 칭호를 통해 예수가 가리킨 것은 자기 형제들, 즉 에세네인들이 분명합니다. '가난한 자들'이라는 용어는 바로 에세네인들이 그들 공동체의 회원들을 부르기 위해 사용하던 단어들 중 하나였던 것입니다. 에세네 종파에 합류하는 부유한 사람들은 그들의 부를 포기하고, 공동 재산에 개인 재산을 헌납해야 했습니다. 예수가 그 부자를 초대할 때 한 말은 바로 "이리 와서 우리와 함께 하자"라는 말이었고, 그것은 '예수 자신이 속해 있던' 에세네인 공동체에 합류하기를 격려하는 말이었던 것입니다. (……) 특히 에세네인들과 초기 기독교인들은 똑같은 방식으로 생활하고 있었습니다. 에세네인들은 도시를 피해 시골에 살기를 좋아했습니다. 그들은 동물을 제물로 희생시키는 것을 거부했지요. 그들의 가르침은 경건함, 정의, 성스러움, 신과 미덕과 인간에 대한 사랑에 근거하고 있었습니다. 그렇기 때문에 에세네인들은 많은 유태인들에게 존경을 받았습니다. 하지만 그것은 신앙이 없는 점령군들과 내통하고 있던 여호와의 성전의 사제들에게는 해가 되는 일이었습니다.

게다가 이 두 공동체는 유사한 세계관을 갖고 있었습니다. 둘 다 종말에는 큰 재앙이 닥칠 것이라 예언하며, 메시아가 신의 왕국을 열 것이라고 믿었습니다. 자기 공동체를 신에게 선택받은 것으로 생각했습니다. (······) 우주적 갈등의 핵심에 자신들을 위치시켰습니다. (······) 그들은 똑같은 메시아 신앙 체계를 갖고 있었습니다. 그들 공동체 조직도 똑같이 종교 운동으로 이루어져 있었으며, 우주관도 똑같았습니다. 이런 사실을 확인하려면 〈계율 개론서〉와 신약성서를 비교하십시오. (······) 여러분께 말씀드리건대, 에세네인들과 기독교인들은 하나의 종파였습니다.(2권, 43~45쪽)

또한 작가는 기독교의 기원을 역사의 관점에서 그리고 기독교 기원 당시 동시대에 존재한 다른 종교와의 관계에서 생각하게 한다. 아울러 기독교 교리와 다른 종교 교리의 상호 유사성을 제시함으로써, 우리로 하여금 종교 교리 발전사 속에서 기독교를 바라보는 시각을 이해하게 한다.

신자들은 어떻게 생각할까요? 예수는 복음을 전파했고 메시아처럼 죽어 다시 부활하였고 사도들의 주선으로 기독교 교회를 창설하여 전세계에 퍼뜨렸다고 생각하오. 혹시 부활을 믿지 않는 신자라면, 예수의 정신에 감동된 사도들이 복음서를 펴낸 후 교회를 창설했다고 가정할 수도 있어요. (······) 어쨌든 신자들은 기독교 교리의 독창성을 믿소. 그들은 자기들 이전에 일어났던 것에 대해선 거의 모르오. 모세가 성취해놓은 일과 그리스도의 재림을 예언한 선지자들에 대한 것은 예외죠. 그리고 성경에 나오지 않는 것에 대해서

도 아무 생각이 없었소. 신자들이 알지 못하는 것, 그러나 학자들은
알고 있는 것이 하나 있소. 그것은 예수가 살던 시대엔 수많은 이교
의 신들이 있었고, 그 신들의 이름으로 비슷비슷한 교리들이 설파되
었다는 것이오. 미트라 신도 인간의 구세주였소. 타무즈, 아도니스,
그리고 오시리스도 마찬가지요. 유태교적 시각으로는 예수는 구세
주가 아니오. 또한 그것은 팔레스타인에서 일어난 초기 기독교에 친
숙한 테마도 아니오. 유태인들, 그리고 유태 기독교인들이 기다리고
있는 메시아는 신의 아들이 아니오. 신이 보낸 자요. 그리고 그 메
시아는 자신의 육신과 피를 줌으로써 세상을 구원하는 것이 아니라,
지상에 메시아의 왕국이 도래함으로써 세상을 구원하는 자요. 유태
기독교인들이 바라는 것은 그들을 천국으로 인도하는 해방이 아니
오. 설령 불멸성을 믿는다 할지라도, 그들이 바라는 것은 지상에 새
로운 질서를 수립할 수 있는 해방이오. 구세주 예수라는 개념이 생
겨난 것은 이교도 세계에 기독교가 확산된 후였소. (……) 만약 예
수가 실제로 존재했있다면, 그는 분명 에세네 종파와 만났거나, 마주
쳤거나, 부딪쳤을 것이 틀림없소. 게다가 에세네 종파 소속이었을
수도 있을 것이오.(1권, 225~227쪽)

　예수의 모습은 사실상 그 이전에 이미 존재했던 미트라 신 같은
또다른 인물들에게서 영감을 얻은 것이오. 초기 기독교인들이 택한
예수의 탄생일 12월 25일은, 이교도들에게는 동지(冬至)에 가까운
미트라 신의 탄생일이기도 하오. (……) 성모 마리아의 모습은 죽
은 아들의 모습과 조화를 이루고 있소. 이런 모습은 기독교가 전파
되던 시대에 지중해의 어느 나라에서나 보편적으로 존재하던 것이

었소. 성모 마리아는 근본적으로 대지의 표상이오. 해마다 봄이 되
면 생명을 잉태하는 성(聖)처녀인 동시에 어머니인 대지를 나타내
오. 성모의 아들은 대지의 결실이외다. 이 아들은 태어나지만, 그건
단지 죽기 위해서요. 죽어서 대지와 결합해야만 새로운 순환이 시작
되는 것이지요. ‘만약 한 알의 밀이 죽지 않으면……’이라는 구절
을 기억하시지요. ‘구세주이신 신’과 ‘고통의 어머니’ 이야기는 모
두 식물의 신화이외다. 계절의 순환은 천국의 주기와도 유사하오.
또한 시리우스가 동쪽에서 떠서 태양이 다시 솟아오름을 알릴 때
동방에 처녀좌가 뜨오. 다시 말해서 이교의 신화를 보면 지평선에서
의 처녀좌의 이동은 태양과 더불어 출산하는 성모 마리아와 일치한
다는 것이오.(1권, 227~228쪽)

사라진 두루마리의 비밀

놀라울 정도로 정확한 쿰란 문서에 관한 사실들과 아직도 논란
이 되고 있는 신학적 추정들 위에 작가 아베카시스는 1999년 예
루살렘의 고고학 박물관에서 사라진 두루마리 하나를 상상해냈
고, 그것을 중심으로 예수의 죽음과 기독교의 기원에 관한 새로
운 가설을 제안한다. 결국 아리는 사라진 두루마리를 손에 넣게
되고, 그것을 아버지와 함께 해독한다. 작가의 상상력에 의해 구
축된 허구의 이야기라고 볼 수 있는, 사라진 두루마리에 담긴 비
밀은 무엇인가?
이 소설에서 예수를 죽인 자는 바로 예수 자신과 에세네 교인
들이다. 몇천 년 동안의 메시아에 대한 기다림에 종지부를 찍기

위해, 그리하여 메시아의 도래를 앞당기기 위해 에세네 교인들은
자신들의 일원인 예수를 죽음의 상황에 처하게 했던 것이다. 이것
이 바로 아베카시스가 상상해낸 놀라운 가설이다. 에세네인, 그들
은 엄청난 일을 꾸민 것이다. 예수도 그것을 알고 그 계획에 가담
했기에 예수의 죽음은 자발적으로 선택한 죽음이 된다. 에세네인
들은 예수를 메시아라고 믿었기 때문에, 가장 독실한 에세네 교인
인 유다로 하여금 예수를 밀고하도록 하여 로마군에게 넘긴다. 예
수 또한 사형이라는 극형을 피할 수 있었음에도 스스로 죽음을
자초한다. 그들은 그렇게 하여 신이 개입하지 않을 수 없는 상황
을 만들었던 것이다. 에세네인들은 이런 엄청난 일을 꾸미면서 죽
음 바로 직전에 신이 예수가 메시아임을 만인에게 드러내줄 거라
고 굳게 믿었던 것이다.
　그러나 일은 '계획'처럼 진행되지 않았다.

광신에 대한 성찰 : 가장 독실한 신자에 의한 살인?

　아베카시스는 에세네인들의 동굴 은둔생활이 현재까지 은밀히
지속되어왔다고 상상해낸다. 그리하여 이천 년 전 일어난 예수의
죽음과 관련된 믿음의 문제를 20세기 말로 옮겨 생각하게 한다.
　작가의 가설에 따르면 예수를 죽인 것은 현실과 타협하지 않은,
오로지 신앙만으로 가장 독실하게 살았던 에세네인들이었다. 또
그중에서 가장 믿음에 흔들림이 없었던 유다가 제일 악역을 맡았
다. 이와 마찬가지로 이 소설 속에서 20세기 말 유태교 신도들이
메시아라고 믿던 랍비를 죽이게 되는 자도, 부모의 신앙까지 신

랄하게 비판하는 초정통 유태교인 하시드, 자신의 순수성을 추호
의 의심도 없이 확신하는 주인공 아리이다. 그리하여 작가는 이
소설을 통해 광신에 대한 성찰을 일깨운다. 왜 작가는 가장 두텁
고 흔들림 없는 믿음을 가진 자들로 하여금 극단적인 살인을 저
지르게 하는 것일까? 왜 아리로 하여금 메시아라고 자처하는 랍
비를 후려쳐 죽게 만든 것일까?

이에 대한 답은 독자의 몫으로 남겨둔다.

다만 이 소설 속에 작가가 숨겨놓은 해답의 열쇠들을 열거해보
자. 타락한 세상에서 은둔하여 이상적인 선(善)을 추구하며 사는
에세네인들과 하시드들은 스스로를 빛의 아들이라고 생각하고 다
른 이들은 어둠의 아들이라고 확신하면서 금욕생활을 한다. 따라
서 이들은 선한 자와 악한 자를 분명히 판가름해줄 메시아의 출
현과 어둠의 아들들을 전멸시킬 최후의 전쟁을 고대하지 않을 수
없는 것이다. "금욕주의는 장중하고 즐거운 기다림이었다. 최후를
얼마나 원했던가! (……) 매일 그들은 열렬히 기다림의 말을 읊
조렸다. 별 하나가 야곱 앞으로 떨어졌도다. 이스라엘에서 왕홀이
일어섰도다. 그는 모압의 시대를 깨고 세트의 모든 아들들을 죽이
리라. (……) 시대의 종말과 신의 지배의 도래와 불경한 자들의
전멸을 희망했다."(2권, 199쪽)

그러나 랍비를 내려친 후 아리는 동굴 속 에세네인 사제에게서
새로운 지혜를 배운다. 그는 아리에게 '인간의 본성과 우리 각자
가 가지고 있는 두 가지 마음', '진실한 마음과 사악한 마음'을 구
별하는 분별을 가르친다. "선한 마음과 사악한 마음, 이 두 마음이

이 시대에서 저 시대로, 대대로 모든 세대에 걸쳐 투쟁한다"(2권, 198쪽)고 아리에게 가르친다. 그리고 아리는 이제 공동체 모임에서 이렇게 고해한다. *"저는 부당한 사람이었습니다. 저는 반항했고 죄를 지었으며, 불경한 자였습니다."*(2권, 200쪽)

이제 아리와 에세네인들은 '나와 우리'는 빛의 아들이며 '나, 우리'와 대립하는 타인들은 어둠의 아들이라는 확신에서 벗어나게 된다. 이제는 스스로를 "사랑의 형제인 동시에 죄악의 형제들", "빛의 아들들인 동시에 어둠의 아들들"로 생각하게 된다. 그리하여 빛의 아들들과 어둠의 아들들의 전쟁은 '나' 속의 선한 마음과 악한 마음의 투쟁으로, 메시아를 기다리는 것은 초조함 없는 영원한 기다림, 구도의 길이 되는 것이다.

이 책의 번역 대본으로 1996년 프랑스 랑세 Ramsay 출판사에서 간행된 *Qumran*을 사용했다.

2000년 1월

홍상희

용어 해설

쿰란

이스라엘의 사해 북서 연안에 위치한 바위 지대. 사해에서 약 1.6킬로미터 떨어진 키르베트 쿰란에서 행해진 발굴을 통해 건물 유적이 발견되었다. 가장 중요한 건물은 직사각형의 대규모 건축물로서, 위층에는 문서실이 있고, 북서쪽 모서리에는 2층으로 된 거대한 석조 방어탑이 있다. 그후에도 여러 개의 물웅덩이와 저수지, 대장간, 제분소, 1200여 개의 묘지, 공동 식사 때 쓰인 것으로 추정되는 방 등이 발굴되었다.

쿰란 두루마리(사해 두루마리)

1947년, 베두인 족의 한 양치기 소년에 의해 쿰란 동굴에서 구약성서 사본들과 사해 육필 두루마리들이 무더기로 발견되었다. 쿰란 근처에 산재한 많은 동굴들 가운데 두루마리들이 발견된 곳은 모두 11개 동굴이며, 그중 가장 많은 문서가 나온 곳은 1952년에 발견된 4호 동굴로 약 550개의 문서가 발견되었다. 이 두루마리들 중에는 동전만한 크기로 바스러진 조각들이 많아 아직도 연구중이다. 현재까지 옥스퍼드 대학 출판부를 통해 80퍼센트 정도가 시리즈로 묶여 출간되었고, 2000년까지 전체 내용이 공개될 예정이다. 쿰란 두루마리는 기원전 200년부터 서기 50년 사이에 씌어진 기록들로, 가장 오래된 구약성서 등 성서 관련 기록들만 해도 127점에 이른다. 전문가들의 분석 결과, 수세기 동안 필사를 거치는 과정에서도 성서 내용이 비교적 온전하게 이어져왔고, 고대 유태교의 형태가 다양했으며, 유태교가 초기 기독교에 끼친 영향이 상상 외로 컸던 것으로 확인되었다.

여호와의 성전

예루살렘 성전이라고도 한다. 고대 이스라엘에서 예배와 민족 동질성의 중심이었던 두 성전. 제1성전은 기원전 957년 다윗의 아들 솔로몬 왕이 완공했으나, 기원전 586년 바빌로니아의 느부갓네살 왕에 의해 파괴되었다. 바빌로니아 정복자 키루스 2세가 기원전 538년 칙령을 내려 포로로 잡혀온 유태인들이 예루살렘으로 돌아가 성전을 재건하게 하였고, 기원전 515년 제2성전이 세워졌다. 페르시아 헬레니즘 시대(기원전 4～3세기)에 이민족 군주들은 대체로 성전을 존중했으나, 안티오코스 에피파네스는 제단에서 제우스 신에게 제사를 드림으로써 하스몬 가(家)의 반란을 촉발시켰고, 반란이 진행되는 동안 유다 마카베오는 성전을 정화하고 다시 봉헌했다. 유태의 왕 헤로데의 제2성전 재건 작업은 46년간 계속되었다. 헤로데 성전은 종교의식의 중심지일 뿐만 아니라, 성서와 그외 민족 문학 자료들을 보관하는 곳이기도 했고, 로마 시대에 유태인 최고 법정이었던 산헤드린의 집회소이기도 했다. 66년에 시작된 로마에 대한 유태인 반란은 성전을 중심으로 전개되었고, 70년 로마군은 성전을 파괴함으로써 반란을 진압했다. 오늘날까지 남아 있는 부분은 오직 통곡의 벽(서벽)의 일부로서, 지금도 유태인들의 희망과 순례의 중심이 되고 있다.

에세네 파

기원전 2세기경부터 서기 1세기 말까지 팔레스타인에서 활동한 유태교 분파. 엄격한 규율과 철저한 순수성에 대한 명령을 지키며 공동체를 이루어 살았다. 약 4천 명 정도였던 것으로 전해진다. 개인 재산을 소유하

지 않고 모든 것을 공동으로 해결하였고, 여자의 유혹을 경계해 대다수
는 결혼하지 않고 독신으로 살았다. 바리새 파와 마찬가지로 모세 율법,
안식일, 정결의식을 철저히 지켰고 불멸과 죄에 대한 하느님의 심판을
믿었으나, 바리새 파와 달리 육체의 부활을 부정했고 공공생활을 거부했
다. 신원이 확실하게 밝혀지지 않은 어느 대사제('불경한 사제')에게 그
들의 스승('정의의 스승')이 박해를 받자, 그들은 성전 밖에서 생활하였
고, 성전에서 드리는 예배 또한 비판하였다. 쿰란 문서는 세상의 종말,
메시아의 도래에 대한 기대가 지니는 중요성을 강조하였다.

바리새 파

제2성전시대(기원전 515년~서기 70년) 후반기에 팔레스타인에서 융성
했던 유태교 분파. 마카베오 전쟁 직후인 기원전 165년경에 뚜렷한 한
집단으로 등장했다. 전통적으로 유태 민족 지도자들을 독점적으로 배출
해온 대제사장 집단인 사두개 파와 달리, 대부분이 평신도와 서기관들이
었다. 이들은 원래 정치적 집단이 아니라 주로 학자와 경건한 신자가 모
인 집단이었고, 대중적인 지지를 받았다. 바리새 파와 사두개 파 사이에
분열을 가져온 근본적인 원인은 토라에 대한 태도, 법적 종교적 문제에
대한 해답를 토라 안에서 찾는 방식이 서로 달랐다는 데 있다. 바리새
파는 사후의 부활을 믿었고, 이 점은 사두개 파와 완전히 구별되는 점이
다.

사두개 파

서기 70년 로마군에 의해 여호와의 성전이 파괴당하기 전 약 2세기 동
안 번성했던 유태교 제사장 분파. 사두개 파는 문서화된 〈모세 오경〉(토
라) 외에는 인정하지 않았으며, 바리새 파와 달리 죽음 이후의 영혼 불
멸성, 몸의 부활, 천사 같은 영적 존재를 부인했다. 현상 유지를 옹호하
여 기독교의 출현을 크게 경계했으며, 예수를 재판하고 죽이는 데 모종
의 역할을 했음이 분명하다.

옮긴이 **홍상희**
프랑스 파리 소르본 대학에서 불문학 박사학위를 받았다. 현재 부산 경성대학교 불어불문학과 교수로 재직하고 있다. 르 클레지오의 『섬』『사막』, 아니 에르노의 『아버지의 자리』, 카뮈의 『편도나무들』, 시몬 드 보부아르의 『노년』(공역), 파트릭 사무아조의 『텍사코』(공역) 등을 우리말로 옮겼다.

문학동네 세계문학
쿰란 2

1판 1쇄	2000년 2월 10일
1판 6쇄	2001년 2월 7일

지 은 이	엘리에트 아베카시스
옮 긴 이	홍상희
펴 낸 이	강병선
책임편집	신선영
펴 낸 곳	(주)문학동네
출판등록	1993년 10월 22일 제22-188호

주 소	136-034 서울시 성북구 동소문동 4가 260번지 동소문빌딩 6층
전자우편	editor@munhak.com
	하이텔 : podo1
	천리안 : greenpen
전화번호	927-6790~5, 927-6751~2
팩 스	927-6753

ISBN 89-8281-253-9 04860
      89-8281-251-2 (세트)
* 잘못된 책은 바꿔드립니다.
www.munhak.com

이집트
요르단
이스라엘
네게브
가자
아슈켈론
아슈도드
텔아비브
예루살렘
쿰란
사해

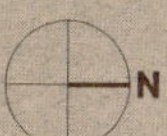

현재의 이스라엘
N
지 중 해
카르멜 산
갈릴리
나자렛
웨스트뱅크
티베리아스 호
레 바 논
메론 산
타보르 산
요르단 강
골란 고원
시 리 아